KB078577

弘源 홍원

신가 新무협 판타지 소설

FANTASTIC ORIENTAL HEROES

홍월 10

신가 新무협 판타지 소설

초판 1쇄 찍은 날 § 2018년 2월 7일
초판 1쇄 펴낸 날 § 2018년 2월 14일

지은이 § 신가
펴낸이 § 서경석

편집책임 § 이지연

펴낸곳 § 도서출판 청어람
등록번호 § 제387-1999-000006호
등록일자 § 1999. 5. 31
어람번호 § 제2-2741호

주소 § 경기도 부천시 부일로 483번길 40 서경B/D 3F (우) 14640
전화 § 032-656-4452 팩스 § 032-656-4453
http://www.chungeoram.com
E-mail § chungeorambook@daum.net

ISBN 979-11-04-91640-3 04810
ISBN 979-11-04-91291-7 (세트)

弘源

홍원

[완결] 10

신가 新무협 판타지 소설

FANTASTIC ORIENTAL HEROES

도서출판 청어람

弘源
홍원

目次

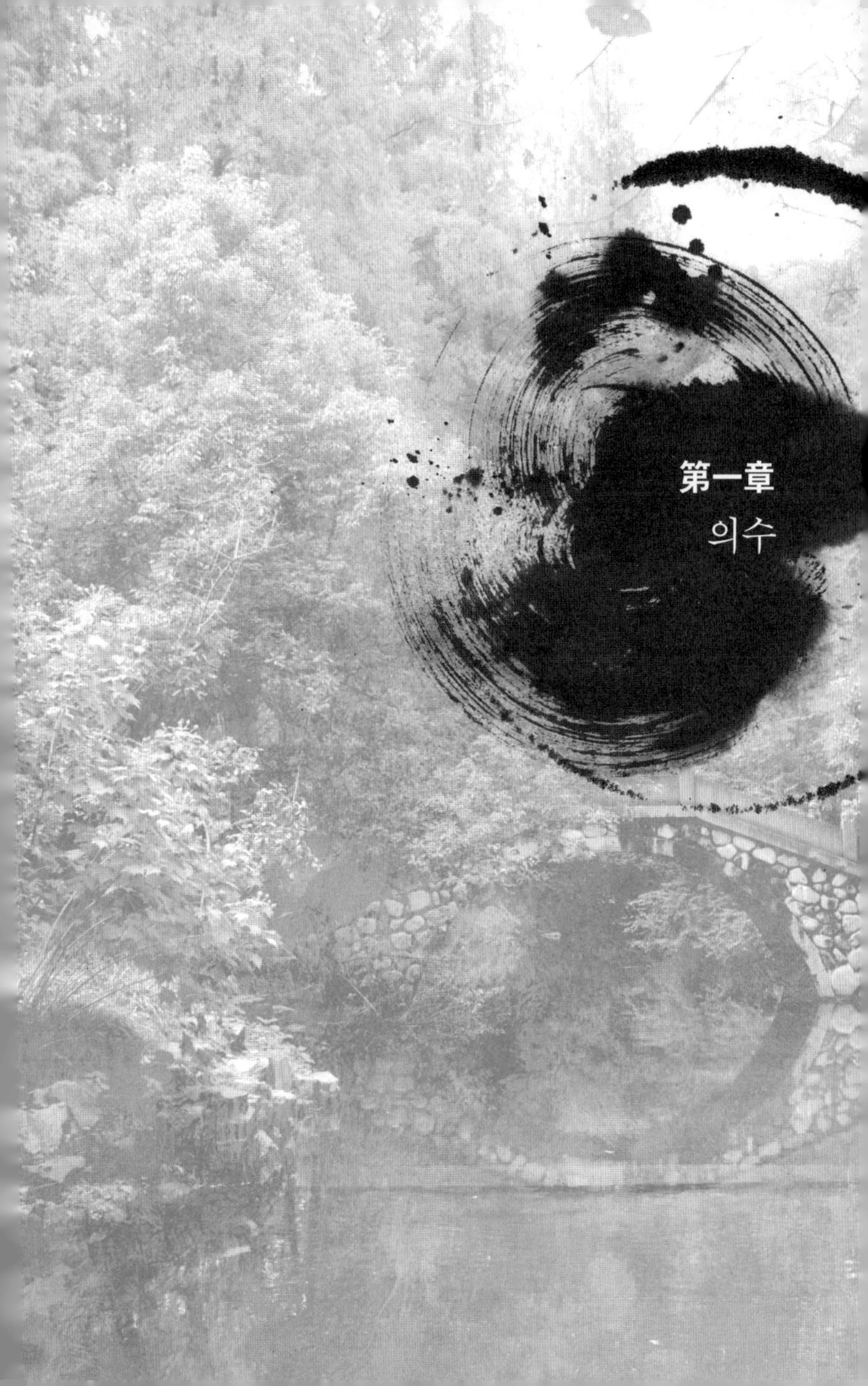

第一章
의수

홍원이 아무것도 없는 황무지에서 눈을 뜬 것은 두 시진이 지난 후였다.

격전의 흔적만 남아 있을 뿐 아무것도 없었다.

홍원은 주변을 둘러보았다.

"이번에는 완전히 끝냈어."

다시 한 번 확인하며 중얼거렸다.

홍원의 걸음은 읍성으로 향했다.

이제 읍성에서 무슨 일이 있었는지 알아봐야 할 때였다. 산인이 큰 피해는 없다고 했지만, 그래도 모를 일 아닌가.

산인에게 쫓겨 도철이 떠난 후, 사람들은 잠시 동안 있었던 끔찍한 흉사의 뒷정리를 했다.

가장 큰 피해를 입은 곳은 당연히 경천회였다.

도철에게 먹힌 무사들이 몇이던가.

"저 사람은 어떻게……."

가장 먼저 도철을 마주한 자. 비명을 질러 사람들을 불러 모은 자.

그만은 도철의 공격을 허용했으나, 정신을 잃고 쓰러져 있을 뿐이다.

목내이로 변해 처참한 죽음을 맞은 다른 이들과는 달랐다.

장내를 정리하고 중년인을 방으로 옮겼다. 아무래도 이 집은 그가 머무는 곳인 듯했다.

그러고 보면 이 사람도 참 재수가 없었다.

하필이면 그 괴물이 이곳에서 난동을 부리다니.

한 시진쯤 지났을까. 그가 눈을 떴다.

"괜찮으십니까?"

장내를 정리하는 와중에 그를 살피던 무사가 말했다.

"네… 어, 어떻게 된 것입니까?"

선우강후는 무거운 머리를 누르며 물었다. 대체 무엇이 어떻게 된 것인지 알 수 없었다.

자신 역시 비쩍 마른 목내이가 되어 죽었어야 하는 것 아니던가?

대체 이게 무슨 일이란 말인가. 그게 아니라면 도철은 왜 자신을 찾아왔단 말인가.

"귀인이 나타나셔서 그 괴물을 쫓아냈습니다."

경천회의 무사들은 산인의 행방을 쫓아갔으나 그를 찾을 수 가 없었다. 도철을 쫓아간 그의 뒤를 따랐으나 어느새 감쪽같이 사라진 것이다.

선우강후는 자신에게 저간의 사정을 이야기해 주는 이의 무복을 알아보았다. 그 괴물에게 당해 목내이가 되어 쓰러진 이들과 같은 것이었다.

“죄송합니다. 괜히 저 같은 놈 때문에 많은 무인분들께서……”

“아닙니다. 그런 괴물을 없애는 것이 저희들의 사명입니다. 오히려 갑자기 큰일을 당해 놀라지는 않으셨는지요?”

“아, 선우강후라 합니다.”

아직 자신을 밝히지 않았다는 생각에 선우강후는 침상에서 몸을 일으켜 허리를 숙였다.

“선우 대인이시군요.”

“정말 감사드립니다.”

선우강후는 포권을 하며 정말 깊게 허리를 숙였다.

그는 중원에 알려져 있지 않았다. 그렇기에 이렇게 신분을 밝힌 것이다.

사실 그의 정체를 안다고 해도 상관없었다.

이제 모두 망해 버린 것을.

“그럼 몸조리 잘하십시오. 저는 다른 일들이 많아서 이만.”

무사는 선우강후에게 인사를 한 후 바삐 방을 나섰다.

지금 읍성은 수많은 전서구와 전서응이 날아올랐다. 잠깐의 시간 동안이었지만, 사막과 숭무련의 영역에서 흉사를 일으킨 괴물이 그 모습을 드러내지 않았던가.

다른 곳과 달리 이곳의 피해는 경미했다.

아예 마을 하나가 전멸하여 대체 어찌 된 것인지 알 수 없는 일이 전부였으니.

그랬기에 각 세력의 정보원들은 정신이 없었다.

곡비연은 홍원의 집에서 상처를 돌봤다. 칭칭 감아 맨 붕대는 빨갛게 물들었다.

황급히 지어 온 약을 먹었지만 곡비연을 얼굴을 찡그리고 있었다. 팔이 잘린 통증이 보통이겠는가.

그러나 곡비연은 애써 밝은 얼굴을 하려고 했다.

자신을 보며 울먹이는 홍산 때문이었다. 곡비연이 왜 팔을 잘랐는지는 누구보다 홍산이 잘 알았다. 바로 앞에서 지켜보지 않았던가.

자신을 지키기 위해 그 괴물에게 당한 팔을 자른 거다. 그렇지 않았다면 경천회의 무사 형들처럼 목내이가 되어버릴 테니.

자신이 그리로 가지 않았다면 이런 일은 없었을 거라는 자책이 홍산의 가슴을 무겁게 했다.

단리유화 역시 어두운 표정으로 곡비연을 바라보았다. 무인에게 한 팔이 없다는 것은 어떤 의미인지 너무 잘 알았기 때문이다.

"아, 정말. 단리 언니까지 왜 그러세요. 괜찮아요. 그 무서운

놈을 상대로 이 정도라는 게 대단한 거죠."

곡비연이 애써 쾌활하게 말했지만 분위기는 달라지지 않았다.

어머니는 처음 곡비연이 돌아왔을 때 그 모습에 눈물을 흘리며 몸져누웠다. 홍해 역시 엉엉 울고 있을 뿐이다.

분위기가 정말 무겁게 내려앉았다.

선우강후는 차츰 정신을 추슬렀다.

홍원의 보호 아래 들어가기 위해 읍성에 왔건만 홍원은 없었다. 오직 그 괴물만이 자신을 찾아와 나타났을 뿐.

도망갔다고 하나, 언제 다시 나타날지도 모를 일이다.

그때 문득 머릿속에 강렬히 떠오르는 열망이 있었다.

'경천회…….'

경천회는 이곳에서 동쪽으로 한참이나 가야 하는 곳에 있었다. 과연 경천회가 도철을 막을 수 있을까?

선우강후는 고개를 저었다. 그러나 너무나도 강렬한 끌림을 느꼈다.

"왜 이러는 거지?"

혼자 중얼거렸으나 그 영문을 알 수는 없었다. 선우강후는 두 눈을 깜빡였다.

그의 눈동자가 좀 더 검게 물들고 조금 더 커졌음을, 그 자신은 알 수 없었다. 이 방에 동경이 있는 것도 아니었고, 다른 이들은 원래 선우강후의 눈동자가 어땠는지 몰랐다.

결국 선우강후는 채비를 하고는 방을 나섰다. 원래 자신이 머물던 방이었기에 필요한 것은 모두 있었다.

갑자기 떠나려는 그를 경천회의 무사들이 잡았으나, 막을 수 없었다.

이곳이 무서워져 떠난다는 그를 억류할 구실이 없었다.

그 역시 도철이라는 괴물에게 당한 피해자 아니던가. 어찌 된 영문으로 죽지 않은 것인지 몰라도 모두가 보는 앞에서 도철의 그 무시무시한 검은 기운에 당했던 자다.

운이 좋게 구사일생으로 살아남았다는 이유로 그를 잡아둘 수는 없는 노릇이었다.

숭무련이나 사혈궁, 마황성이라면 강제로 억류했을지도 모른다. 그러나 경천회는 명분 없이 그럴 수 없었다. 그랬기에 보내주었다.

물론 은밀히 사람을 한 명 붙이기는 했다. 혹시나 하는 생각에서였다.

모두가 죽은 가운데 그만이 살았다는 것은 분명 이상한 일이었기에, 정신없이 바빠 일손이 모자라는 가운데에서도 한 명을 은밀히 보낸 것이다.

얼마나 동쪽으로 걸었을까?

선우강후 앞에 끝없는 황무지가 펼쳐졌다. 그의 감각에 은밀히 자신을 쫓는 이의 기척이 잡혔다.

그러나 상관하지 않았다.

자신은 그저 안전하게 살고자 하는 욕구만 가지고 중원을 떠도는 것이었으니. 걸릴 것이 없으니 누가 쫓는다고 신경이 쓰이지도 않았다.

그렇게 얼마나 걸었을까? 적어도 몇 시진은 걸었다. 하늘이 붉게 물든 것이 곧 밤이 찾아올 때가 되었다 싶은 순간, 맞은편에서 빠른 속도로 달려오는 인영을 발견했다.

어마어마한 속도였다.

그는 찰나간 선우강후를 스쳐 지나갔다.

홍원이 읍성에 도착했을 때는 짙은 노을이 하늘을 뒤덮고 있을 때였다.

그야말로 전력으로 달렸다.

읍성에 도착하자마자 홍원은 안도의 한숨을 쉬었다.

넓게 펼친 기감으로 지인들이 모두 무사한 것을 확인한 것이다. 다만 경천회의 무사들의 숫자가 줄어 있었다.

홍원의 얼굴이 딱딱하게 굳었다.

결국 자신이 도철을 놓쳤기에 죽은 이들이었다.

홍원이 돌아왔음을 가장 먼저 발견한 이는 이번에도 진구였다. 그의 얼굴은 딱딱하게 얼어 있었다. 홍원을 보고서도 흔히 하던 농담을 건네지 않았다.

"괜찮냐?"

홍원의 물음에 진구는 애써 고개를 끄덕였다.

"어디 갔다가 이제 오는 거냐? 아니, 이제 와서 다행이다……. 읍성은 지금 난리가 났다……."

진구의 안색은 하얗게 질려 있었다.

홍원은 그런 친구의 어깨를 두드려 주었다.

"고맙다."

동문을 지난 홍원은 빠른 걸음으로 집으로 향했다.

집 근처에 도착하니 훌쩍이는 소리가 들렸다. 홍원의 걸음은 더욱 빨라졌다.

싸리문을 열고 안으로 들어서는 홍원의 두 눈에 가장 먼저 보인 것은 팔꿈치 아래로 왼팔이 사라진 채 피 묻은 붕대를 칭칭 감고 있는 곡비연이었다.

"아, 상공!"

홍원의 도착을 발견한 곡비연이 반갑게 자리에서 일어났다. 진심으로 홍원의 귀환을 반기며 다가오는 곡비연을 보며 홍원은 다시 한 번 입술을 깨물었다.

무사히 살아 있는 것이 고마웠으나, 저런 부상이라니.

곡비연의 외침에 어머니가 나왔다.

홍원은 곧장 어머니의 손에 이끌려 방으로 들어갔다. 그리고 그곳에서 어머니에게 자초지종을 들었다.

어머니의 이야기가 이어질수록 홍원의 고개는 점점 아래로 떨어졌다.

어떻게 이런 일이.

홍산을 지키기 위해 도철의 촉수에 닿았고, 기운이 빨리는 것을 막기 위해 스스로 팔을 자른 것이다.

어머니는 그 자세한 내막은 모르실 것이다.

다만 동생을 지키기 위해 자신의 목숨도 아끼지 않았다. 만약 팔을 자르는 게 조금만 늦었으면 죽었을지도 모를 일이다.

어머니의 이야기가 모두 끝나고 홍원은 방을 나왔다.

어느새 단리유화와 곡비연이 함께 자리하고 있었다. 그녀들을 발견한 홍원이 멈칫했다.

홍원의 시선은 곡비연의 왼팔에 멈춰 있었다.

"고맙소. 그리고 미안하오……."

홍원의 말에 곡비연은 두 눈을 크게 떴다.

지금까지와는 전혀 다른 말투였다. 언제나 자신에게 편하게, 아니, 어쩌면 아랫사람에게 이야기하듯 했었다.

단리유화는 홍원이 격의 없이 편히 대하는 곡비연을 부러워했지만, 정작 곡비연은 홍원이 존중해 주는 단리유화가 부럽기도 했었다.

지금 홍원은 단리유화를 대하듯 곡비연을 대하고 있었다.

"아니에요. 홍산이는 저에게도 동생 같은 아이예요. 가족이 위험한데요."

"단리 소저, 정말 감사합니다."

그녀가 지붕에서 가족들을 지켜주었다는 이야기도 들었다.

홍원의 시선이 단리유화의 손에 머물렀다. 그녀 역시 손에 붕대를 감고 있었다.

도철의 기운을 쳐내면서 그녀 역시 작지 않은 상처를 입었다. 아무리 뇌기로 그 기운을 상대할 수 있었다 하지만, 상처가 전혀 없는 것은 아니었다.

"두 분, 잠시 기다려 주십시오."

홍원은 서둘러 약초상으로 향했다. 응급처치는 한 듯하지만 제대로 된 약을 짓지는 못했을 것이다.

홍원은 필요한 약재들을 급히 구해 집으로 돌아와 화로에 불을 붙였다.

하나의 화로에서는 금창약을 만들었고, 다른 화로에서는 상처의 회복을 돕는 단약을 빚었다.

홍원은 그렇게 화로 앞에서 꼬박 밤을 새웠다.

다음 날.

홍원은 두 사람의 붕대를 풀고 자신이 만든 금창약을 발라준 후 새로이 붕대를 감아주었다.

흉측한 상처를 홍원에게 보이는 것을 두 사람 모두 부끄러워하였으나 홍원은 신경 쓰지 않고 치료했다.

치료하는 동안 곡비연도, 단리유화도 얼굴이 붉게 물들어 있었다.

그리고 홍원이 준 단약을 먹으니 확실히 통증이 덜했고, 곡비연의 얼굴도 조금 더 편하게 변했다.

그렇게 며칠이라는 시간이 금세 흘렀다.

그동안 홍원은 계속 집에 머물며 곡비연을 치료했다. 단리유화의 양손의 상처는 곡비연에 비하면 가벼운 것이라 홍원이 치료를 시작하고 나흘 정도 만에 일상에 무리 없을 정도로 회복했다.

홍원은 향산에 들어가 필요한 약초를 캐서 계속해서 금창약을 만들었다.

약초상에서 구한 것은 그야말로 급했기에 최소화해서 구한 것이었다.

어느 정도 곡비연의 상세가 안정이 된 후에는 제대로 된 약을 만들기 위해 향산을 누볐다.

지금 홍원의 신경은 두 여인에게 몰려 있었다.

평생을 갚아도 갚을 수 없는 큰 빚을 졌다.

그랬기에 다른 곳에 신경을 쓸 수 없었다. 도철 때문에 얻게 된 깨달음의 정리에 대한 생각은 어느새 사라지고 없었다.

산인에게 감사의 인사를 전하러 찾아가야 했지만, 곡비연의 팔이 그런 홍원의 발을 붙잡았다.

그렇게 홍원과 두 여인 사이의 정은 조금씩 더 깊어져 갔다.

*　　　*　　　*

엿새의 시간이 더 흐른 후에는 곡비연도 어느 정도 안정을 되찾았다.

팔에서 느껴지는 통증도 거의 없었고, 절단면의 상처도 조금씩 아물기 시작했다.

팔꿈치 아래를 잘랐기에 외팔이가 된 것은 아니었지만, 그래도 텅 빈 소매가 하늘거리는 모습을 보면 홍원은 못내 가슴이 아팠다.

'아무래도 함께 가봐야겠어.'

홍원은 이미 마음의 결정을 내린 터였다.

이런 일이 일어나려고 그랬던가, 이번 두하족 마을의 방문에서 신기한 물건을 보았다.

의수(義手)였다.

그러나 모르는 사람이 본다면 결코 알 수 없는, 그야말로 감쪽같고 자연스러운 의수였다.

동작마저 너무 자연스러웠기에 홍원은 설명을 듣기 전까지는 장갑을 끼고 있는 줄 알았다.

그 존재를 몰랐다면, 홍원이 곡비연에게 해줄 수 있는 일은 그저 상처를 치료해 주는 것 정도였다. 하지만 새로운 팔을 만들어줄 수 있을 것 같았다.

홍원은 두 여인이 안정을 되찾고, 읍성도 서서히 안정되는 것을 확인한 후 향산으로 향했다.

다녀온 지 얼마 되지 않았지만, 그들에게 약초는 많으면 많을수록 좋았다.

이번에는 큰 부탁을 해야 했으니 가급적 진귀한 녀석들 위주로 채집을 시작했다.

산의 길로 들어서 북면까지 누볐다. 그리고 산인에게도 감사의 인사를 전하러 찾아가야 했다.

일단 산인의 초옥으로 먼저 향했다.

그 덕에 읍성이 무사할 수 있었기에. 만약 그가 나타나지 않았다면 어떻게 됐을지 끔찍했다.

어머니와의 대화 이후, 곡비연과 단리유화의 상세를 치료하면서 더욱 자세한 이야기를 들을 수 있었다.

그야말로 그녀들이 모든 것을 포기할 즈음에 신비한 노인이 나타나 도철을 제압했다고 하였다.

도저히 그 노인을 당할 수 없자, 도철이 도망쳤다고.

산인이 도철을 쫓아 읍성 밖으로 나왔을 때, 홍원 자신과 만난 것이었다.

"어서 오게나."

홍원이 오고 있음을 느낀 것인지 산인이 초옥 앞에 나와 있었다.

"어르신, 정말 감사드립니다."

홍원이 깊이 허리를 숙였다.

그 모습에 산인은 고개를 저었다.

"아닐세. 내가 너무 늦었어. 최대한 서둔다고 서둘렀네만… 알아차리는 게 너무 늦었지. 설마 그놈이 그렇게 낌새를 죽이고 읍성에 들었을 줄이야. 상상도 못 했네."

산인은 안타까운 얼굴로 말했다.

"그 때문에 자네 동생도 크게 놀란 듯하네만… 홍산이를 감싼 여인은 팔을 잘라낸 듯했는데 괜찮은 것인가?"

산인은 그사이에도 장내의 상황을 모두 파악하고 있었다.

"네. 다행히 많이 좋아졌습니다."

"그렇구만. 팔이 잘린 것은 안타까운 일이네만… 그래도 좋은 판단이었어. 그렇지 않았다면 생명을 잃었을 테니."

산인의 말에 홍원이 고개를 끄덕였다.

"그리고 감사는 오히려 내가 해야 할 것 같네, 장 공자. 자네가 도철 그놈을 처리해 줘서 얼마나 다행인지 몰라. 나는 금제에 묶인 몸인지라… 자네를 만난 곳까지밖에 갈 수 없었다네."

홍원도 그런 사정은 알고 있었다.

그랬기에 자신에게 대신 흉사가 벌어지는 곳을 조사해 달라 부탁하지 않았던가.

두 사람은 초옥 안으로 들어 그간 있었던 일을 이야기했다.

"허어, 그런 일이… 참으로 공교롭구만. 그놈으로 인해 깨달음에 들었는데, 그 때문에 그놈을 놓쳤으니……."

산인은 진심으로 안타까워했다.

좋은 일이 있었음에도, 그 일에 마가 끼어버렸다.

이번에 읍성에서 흉사가 벌어지지만 않았어도, 진심으로 기꺼워하며 축하해 줬을 일이다.

"곧 소저의 팔 때문에 제법 오래 집을 비워야 할 것 같습니다."

홍원이 어렵게 입을 열었다. 감사의 인사를 하러 와서는 어려운 부탁을 해야 했기 때문이다.

산인은 알겠다는 듯 고개를 끄덕였다.

"두하족에게 가려는 모양이군."

"네."

"그렇지. 그들의 신기한 기술이라면."

산인의 말에 홍원도 같은 생각이었다. 실제로 눈으로 확인까지 했으니까.

"그러면 나에게 가족들을 부탁할 생각으로 왔겠구먼."

"죄송합니다."

산인의 말에 홍원이 머쓱한 얼굴로 말하자 그는 고개를 저었다.

"아닐세. 내 부탁으로 장 공자가 먼 길을 다녀오고, 게다가 도철까지 제거해 주지 않았던가. 그 일에 비하면 내가 도와주는 것은 그야말로 작은 일이네."

"감사합니다."

홍원이 허리를 숙였다.

"아닐세. 아니야. 그리고 말이네."

"네."

"이번 일로 아무래도 중심에서 자네에게 관심을 가진 듯허이."

"네?"

의외의 말에 홍원이 되물었다.

"자네와 싸우면서 그놈이 본신으로 돌아갔더군. 아마 인간의 껍데기를 뒤집어쓴 바람에 중심에서 놈의 기운을 느끼지 못한 듯한데, 본신으로 돌아갔으니."

맞는 말이다. 본신으로 돌아갔으면 중심에 있다는 그 신비한 존재들이 도철의 기운을 느꼈으리라.

이전에 산인에게 들은 대로라면, 그렇다면 중심에서 흉수를 잡기 위해 움직였어야 했는데 이번에는 아무런 낌새가 없었다.

도철과 싸우는 와중에도 홍원의 기감은 생생히 살아 있었건만, 주변에 다른 존재를 느끼지 못했다.

"당시에는 아무런 느낌도 없었습니다만……."

"그들은 무척이나 신비롭다네, 허허허."

산인이 홍원의 말에 너털웃음을 터뜨렸다.

"일단 그 일은 그리 급하거나 해가 되는 것은 아니니, 그저 알아만 두게."

"알겠습니다."

홍원은 그리 답했다.

"언제 떠날 것인가?"

"오늘 가족들과 대화를 한 후 최대한 빨리 떠날 생각입니다. 내일이라도 당장 떠날까 합니다."

그 말에 산인이 자리에서 일어나 짐을 꾸리기 시작했다.

홍원이 의문이 담긴 눈으로 그를 바라보았다.

"아마 제법 오랜 시간 동안 두하족 마을에 있을 터이니, 자네가 떠나 있는 동안 내가 읍성에 머물러야 하지 않겠나. 함께 가세나."

그 말에 홍원의 눈가가 살짝 떨렸다. 설마 산인이 이렇게 적극적으로 나서줄 것이라고는 생각지 못한 것이다.

채비를 모두 마친 산인이 등짐을 메고 초옥을 나섰다. 초옥에 대한 걱정은 없었다. 자신이 비워도 산록이 가끔 들러 관리를 할 테니.

"아, 그렇지."

산인은 무언가 잊었다는 듯 중얼거리더니 손으로 자신의 얼굴을 한 번 쓰다듬었다.

그러자 그의 인상이 바뀌어 있었다.

"헉."

홍원의 놀라는 모습에 산인은 빙그레 웃었다.

"이 정도로 뭘 그러나. 자네도 할 수 있을 텐데."

분명 그랬다. 사혈궁의 환사역혈변안공으로 얼굴을 바꿀 수 있었다. 그러나 산인이 그와 비슷한 무공을 익혔을 것이라고는 생각지도 못했다.

"자네 동생과 만난 적이 있는 데다, 지난번 일도 있으니 이러는 편이 좋을 것 같아서 말이네."

산인의 말에 홍원이 수긍했다.

그렇지 않아도 홍산이 지나가듯 물었었다. 그 괴물과 싸워 사람들을 구해준 노인을 본 적이 있는데, 형과 친분이 있는 것 같았다고.

그 노인분은 누구냐고 물어서 조금 곤란했었다.

그냥 약초를 캐며 알게 된 분인데, 그런 대단한 분인지는 몰랐다고 대강 얼버무리지 않았던가.

그런데 홍원과 함께 읍성으로 들어가면 어찌 되겠는가.

산인은 그런 것까지 고려해 자신의 얼굴을 바꾼 것이다.

그렇게 두 사람이 읍성으로 돌아왔다. 산인은 적당한 빈집을 구해 자리를 잡았다.

홍원은 가족들을 모아 자신의 생각을 이야기했다.

가족들과 단리유화, 곡비연은 두 눈을 끔뻑거렸다. 설마 향산에 그런 신비한 족속들이 살고 있을 것이라고는 상상도 못했다.

홍원이 그들과 친분이 있다고 하니 더 놀라웠다.

"곡 동생……."

단리유화가 곡비연의 오른손을 꽉 쥐었다. 본신의 팔만은 못하겠지만 그래도 방법이 있다니.

"그런 일이라면 당연히 함께 다녀와야지. 한시라도 빨리 떠나야지. 곡 소저에게 입은 은혜가 더없이 크지 않느냐."

어머니도 붉게 변한 눈으로 고개를 끄덕이며 말했다.

"저도 갈래요."

그때, 홍산이 입을 열었다.

반드시 함께 가겠다는 의지가 가득했다.

"산아."

홍원이 안 된다는 의미로 입을 열었으나 홍산의 결심은 단단했다. 자신 때문에 저리된 곡비연의 새로운 팔을 얻기 위한 여정이었기에 반드시 함께하려 했다.

"함께 가는 것이 좋겠어요."

곡비연의 말에 홍원은 한숨을 쉬며 고개를 끄덕였다.

"저도 함께 갈 수 있을까요?"

단리유화의 말에 홍원이 고개를 끄덕였다.

"그러도록 하지요."

산인이 아니었다면 단리유화에게 남은 가족들을 부탁했을지도 모를 일이다. 그러나 산인이 읍성에 머무르고 있는 이상 걱정은 없었다.

그렇게 함께 떠날 사람들이 정해지고, 밤이 깊었다.

날이 밝자마자 네 사람은 서둘러 길을 나섰다.

홍원의 뒤로 세 사람이 따랐다. 홍산이 뒤쳐질 것을 걱정했으나 다행히 씩씩하게 잘 따라오고 있었다.

급한 만큼 전력으로 달린다면 두하족의 마을에 더 빨리 도착할 수 있지만, 의수를 만들려면 가장 먼저 곡비연의 상처가 완전히 나아야 한다.

그것은 오직 시간만이 해결해 줄 수 있는 문제였기에 너무 급히 서두르지 않았다.

동면에 진입한 후 홍원은 곧장 산의 길로 향했다. 단리유화와 곡비연은 아무것도 모른 채 그저 홍원의 뒤만 따랐다.

하지만 홍산은 달랐다.

"어, 어어, 어……."

무언가 놀란 듯했다.

"산아, 왜 그러니?"

단리유화가 갑작스러운 홍산의 반응에 걱정스레 물었다.

"그, 그게요, 형님! 여기가 빛나는 길이 맞는 거지요?"

홍산의 물음에 다들 고개를 갸웃거렸다.

빛나는 길이라니. 무슨 말이란 말인가.

다만 홍원은 짐작이 가는 것이 있었다. 자신 역시 아버지와 향산에 들어 처음으로 산의 길을 접했을 때, 그 길이 빛나지 않았던가.

설마 홍산도 볼 수 있을 것이라고는 생각지도 못했다.

“길이 빛나 보이는 거냐?”

홍원의 물음에 홍산이 고개를 끄덕였다.

“네.”

“너에게도 그런 능력이 있을 것이라고는 상상도 못 했구나.”

두 형제의 대화에 두 여인의 눈에 호기심이 어렸다.

홍원은 그녀들에게 산의 길의 존재에 대해 설명해 주었다.

향산의 영험한 기운들이 얽혀 만들어낸 특별한 길로 아무나 드나들 수 없고, 맹수나 마수들도 절대 들어올 수 없는 길이라는 말에 두 여인은 벌린 입을 다물지 못했다.

설마 향산에 이런 비밀이 있을 줄이야.

“그, 그러면 장 공자는 아무런 제약 없이 북면을 마음대로 누빌 수 있었던 건가요? 옛날부터?”

홍원이 고개를 끄덕이자, 단리유화는 무언가 억울한 표정을 지었다.

아무것도 모른 채 수련을 위해 북면에 들었다가 겪게 된 고생이 떠오른 탓이다.

“저… 빛나는 길을 본 건 이번이 처음이 아니에요.”

그때 홍산이 끼어들었다.

그 말에 홍원은 짐작 가는 것이 있었다.

“산에서 하룻밤을 보냈을 때를 말하는 게냐?”

오래전 일이다. 홍원이 두 여인과 함께 수련에 몰두했을 때.

“네.”

그 말에 곡비연이 떠오르는 것이 있는지 가볍게 입을 벌렸다.

"홍산이 하루 동안 실종되었다는 소식이 왔을 때를 말하는 거지요?"

그 소식을 전해준 것이 자신 아니던가. 하오문을 통해 전해진 소식이었다.

"사실 그때 누군가 무서운 사람에게 쫓겼었어요……. 그때 도망치다 보니 길이 빛나는 곳이 보였고, 저도 모르게 그리로 들어갔었어요."

홍산은 자신이 빛나는 길을 처음 겪었을 때를 이야기했다.

홍원은 그때 홍산을 쫓은 이를 알고 있다.

은월.

그러고 보니 그때도 자신 때문에 동생이 위험에 처한 것이다. 설마 백치가 된 그가 제정신을 찾고 동생을 노릴 줄이야.

그야말로 산정 밖의 사태였다.

"사실 그때……."

홍산은 무언가를 더 말하려다가 곧 입을 다물었다.

"응? 그때, 뭐?"

곡비연이 물었으나 홍산은 고개를 저을 뿐이다.

"나중에 말씀드릴게요."

아버지의 죽음과 유서에 대한 내용은 지금은 말하면 안 될 것 같았다.

자신이 아는 형님이라면 당장 그곳으로 갈 것 같았기 때문이다.

어린 홍산이 생각하기에, 지금은 곡비연의 팔이 먼저였다. 자신 때문에 저리된 것이니까.

형님이 말한 두하족의 마을이라는 곳에 도착하면, 조용히 형님에게만 말해야겠다고 생각을 정리했다.

*　　　　*　　　　*

산의 길은 신비로운 곳이었다.

특히나 곡비연은 더했다. 처음 겪는 일 아니던가. 단리유화는 예전 홍원과 영약을 찾아 동면을 움직일 때 잠깐씩 겪은 적이 있었다.

그렇다고 해도 그때는 이런 비밀을 전혀 몰랐었기에, 지금 느끼는 놀라움은 대단한 것이었다.

홍산 역시 마찬가지였다.

형은 너무나 능숙하게 이곳에서도 길을 찾아 움직이고 있었다.

목이문 사람들을 만났을 때가 세 사람의 놀람의 절정이었다. 중원의 절대 금지가 된 향산 남면의 주민이라니.

그리고 그렇게 금지가 된 이유가 이들 때문이라니.

산의 길에서 그들과 잠깐의 인사 이후 계속해서 서쪽으로 움직였다.

"형님, 그런데 이렇게 남쪽으로 돌아가는 이유가 있나요?"

홍산이 물었다.

"동면에서 산을 넘어 서면으로 가는 길은 없다."

홍원이 짧게 대답했다.

"향산의 중심이라는 거네요."

곡비연이 홍원의 말을 받았다. 그녀는 이미 예전의 그 쾌활함을 되찾은 지 오래였다.

"그렇지요."

과연 하오문 출신답게 향산의 중심에 대해서도 알고 있었다.

"중심?"

단리유화가 곡비연을 돌아보며 물었다.

"네, 단리 언니. 향산의 중심요."

그 말에 단리유화는 고개를 갸웃거렸다. 그러고 보니 향산의 북면과 남면에 대한 이야기는 많이 들었으나 중심에 대해서는 몰랐다.

"저희 문도 중에 산을 좋아하는 사람이 있었어요. 그 사람이 호기심을 가진 거죠. 절대 금지라는 향산이 북면과 남면에 대한 이야기는 있지만 그 정상에 대한 이야기는 없어서요."

"그래서요?"

홍산도 곡비연의 말에 흥미를 가졌다. 그것은 홍원 역시 마찬가지였다. 그랬기에 내색은 하지 않았지만 귀를 기울이고 있었다.

"별다른 위협이 없다고 알려진 동면을 통해서 정상까지 오르려고 시도를 했어요."

"실패했나 보네."

단리유화이 말했다. 이미 곡비연이 향산의 중심은 금지라는 듯 말을 했기에 결과를 예측하는 것은 쉬웠다.

그녀의 말에 곡비연이 쓴웃음을 지으며 고개를 끄덕였다.

"눈에 보이지 않는 장벽이 있었다고 해요. 향산의 진정한 금지는 그 중심에 있는 최고봉이라고, 그렇게 기록이 남아 있었지요."

"기록요?"

"그래. 그 시도를 했던 사람이 백 년 전의 사람이거든."

홍산의 물음에 곡비연이 웃으며 답해주었다.

'중심이라.'

그 장벽은 홍원도 겪은 적이 있었다. 산의 길로 가도 여전했던 장벽.

귀향 후 호기심에 잠깐 시도해 보았을 때 마주쳤었다.

그런 곳의 존재가 자신에게 관심이 있다니. 묘하게 기대가 되면서도 우려도 되었다.

여정은 순조로웠다.

어려울 것이 없었다. 산의 길로만 이동을 했기에 아무런 장애가 없었다.

충분한 식량을 챙겼고, 노숙을 할 준비도 했다. 물이야 그때그때 향산의 맑은 물을 마시면 된다.

홍원이 잠깐씩 산의 길을 벗어나 물을 길어 왔다.

그랬기에 시작할 땐 커다랬던 세 사람의 등짐은 여정이 지날

수록 점점 작아졌다.

오직 홍원의 등짐만이 그대로였다.

그곳에는 두하족에게 전해줄 약초가 가득이었다.

잘 말려서 손질까지 했으면 좋았으련만, 급하게 채집해 온 것이라 뒷손질을 못했다.

두하족의 마을에 머물며 그 뒷손질도 할 요량이었다.

홍원은 내공을 사용해 가는 동안 약초가 상하지 않도록 꾸준히 신경을 썼다. 덕분에 한시도 등짐을 내려놓을 틈이 없었다.

그렇게 곡비연과 단리유화의 등짐이 홀쭉해질 무렵, 네 사람은 두하족의 검은돌 마을에 도착했다.

"어서 오게나, 장 공자! 다녀간 지 얼마 되지도 않았는데 이리 다시 찾아주었구만!"

타라호가 양팔을 벌리며 웃는 얼굴로 홍원을 확인했다.

일행 세 사람은 주변을 두리번거리느라 정신이 없었다. 목이문의 사람들도 그랬지만, 두하족이라는 이들도 무척이나 신비로웠다.

"이쪽은 제 일행입니다."

홍원이 일행 하나하나를 소개했다. 단리유화와 곡비연 그리고 홍산은 예를 다해 인사를 나누었다.

그들과 인사를 나누던 타라호가 알겠다는 듯 고개를 끄덕였다.

"여기 곡 소저 때문에 이리 찾아왔구만."

타라호는 지난번 홍원이 방문했을 때, 의수를 보고 갔음을 기억했다.

"네."

홍원이 짧게 답했다.

"먼 길 오느라 피곤할 텐데, 오늘은 일단 쉬게나."

타라호는 마을 사람들을 불러 일행이 쉴 곳을 안내해 주었다. 세 사람은 숙소에서 다시 한 번 놀랐다.

이곳은 정말로 신기하고도 신비로운 마을이었다.

그렇게 일행이 숙소로 들어간 후 타라호가 홍원의 옆구리를 툭 쳤다.

"그래서 누군가?"

"네?"

"단리 소저인가? 곡 소저인가? 아니면 둘 다?"

타라호의 은근한 물음에 홍원의 얼굴이 붉게 변했다.

"예끼, 욕심 많은 사람 같으니라고. 껄껄껄."

그렇게 타라호는 크게 웃으며 자신의 집으로 향했다. 홍원만 붉어진 얼굴로 잠시 있다가, 홍산이 들어간 숙소로 향했다.

홍산은 모든 것이 신기하고도 새로웠다.

"형님, 세상에 이런 곳이 있을 줄은 몰랐습니다."

홍원이 빙그레 웃으며 고개를 끄덕였다. 자신 역시 이곳에 처음 왔을 때는 같은 심정이었으니까.

그렇게 하루가 지났다.

다음 날 타라호가 찾아왔다. 홍원은 전날 타라호와의 마지막 대화가 떠올라 괜히 그와 눈을 맞추기가 어려웠다.

"자, 오늘은 좀 걸어야 하네. 아름다운 곡 소저의 새로운 팔을 만드는 것은 이곳에서는 불가능하거든."

그 말에 곡비연과 단리유화가 의문이 담긴 시선으로 그를 보았다.

홍원은 타라호의 새로운 면모를 알아가고 있었다. 영석과 왔을 때나, 홀로 왔을 때는 몰랐는데 은근히 능글맞은 구석이 있는 사람이었다.

"의수를 만드는 전문가는 푸른불꽃 마을에 있다네. 여기서 제법 더 올라가야 하지. 우리 마을이 가장 아래에 있으니. 여기 장 공자의 도를 만들어준 친구가 우리 일족 중 최고의 의수 장인일세."

"하만 어르신이군요."

홍원의 말에 타라호가 고개를 끄덕였다.

그렇게 네 사람은 타라호의 뒤를 따라 푸른불꽃 마을로 향했다.

서면의 척박한 땅을 한나절을 넘게 걸어서야 푸른불꽃 마을에 도착할 수 있었다.

미리 소식을 전한 탓에 많은 이들이 마중을 나와 있었다. 다시 한 번 떠들썩한 분위기가 이어졌다.

그날 역시 하루를 푹 쉬었다.

이미 전날의 경험이 있었기에 세 사람은 호들갑을 떨지는 않았으나 신기하다는 마음은 여전했다.

그리고 다음 날, 하만의 공방을 찾았다.

"어제는 잘 쉬었는가? 허허."

하만이 너털웃음을 흘리며 네 사람을 맞았다. 한데 하만의 시선이 심상치 않았다. 은근한 눈으로 홍원을 바라보고 있었다.

'설마…….'

홍원 일행은 이른 밤에 숙소로 들어가 휴식을 취했지만, 이들은 오랜만의 새로운 손님이라면 그 핑계로 늦은 밤까지 모여서 술을 들이켰다.

"장 공자, 참 능력이 좋네 그려. 장 엽사도 아주 기뻐할 걸세."

"끄응."

하만이 네 사람을 공방 옆 작은 방으로 데리고 가며 말했다. 그 말에 홍원은 작은 신음을 흘렸다.

아무래도 타라호가 술김에 푸른불꽃 마을에 아주 소문을 크게 낸 듯하다.

자신은 아무런 말도 하지 않았건만, 그저 그의 짐작에 불과한 것을 말이다.

그렇다고 싫은 내색을 할 수도 없었다. 홍원이 두 여인에게 은근한 마음이 있는 것은 사실이었으니까.

전에는 긴가민가했으나, 도철 때문에 한 팔을 잃은 곡비연을 보고 그 감정의 정체를 확인했다.

그러던 차에 타라호가 저리 소문을 내버리다니. 아마도 이 마을에 제법 오래 머물러야 할 텐데, 그 소문이 그녀들 귀에 들어갈지도 모를 일이다. 그 때문에 곤혹스러움을 느낀 것이다.

"일단 곡 소저의 상세 먼저 살펴주시지요."

홍원이 화제를 돌렸다. 하만의 말에 세 사람의 얼굴에 호기심이 어렸기 때문이다.

"그렇지. 이곳에 온 목적이 그것이니. 어디 왼팔을 이리 줘보게나."

하만이 다탁에 앉아 손을 내밀었고, 곡비연은 맞은편에 앉아 왼팔의 소매를 걷어서 하만에게 보여줬다.

하만은 잠시 두 눈을 빛내며 팔을 자세히 살폈다.

"흠."

아무 말 없이 그렇게 일각 정도의 시간이 흘렀다.

하만은 홍원을 보며 말했다.

"흉수가 나타났다는 소문은 못 들은 것 같은데… 나타났던 겐가?"

그 물음에 홍원은 깜짝 놀랐다. 어찌 그것을 안단 말인가.

"좋은 약을 써서 상세를 잘 돌봐서 제법 잘 아물고 있네만… 그래도 중간중간 회복이 느린 부분이 있네. 원기를 빨렸을 때 나타나는 증상이라 하더군."

네 사람은 하만의 말에 집중했다.

"나도 기록으로 본 게 전부일세. 그 기록에는 흉수 도철의 촉수에 당했을 때, 그 부위를 잘라낸 후 나타나는 특징이라 하더군."

어찌 그런 기록이 두하족에게 있을까. 그런 기록을 남기려면 적어도 곡비연처럼 도철과 싸워서 살아남아야 하지 않은가.

"아주 오래전, 당시의 바위도 스러져 사라지고 기록이 남아 있기도 어려운 옛날, 사흉수를 봉인하던 시절의 기록이지. 우리니까 그 기록을 가지고 있는 걸세."

홍원의 얼굴을 가득 채운 의문에 대한 답이었다.

"소저는 참으로 대단하군."

하만의 칭찬에 곡비연이 살짝 얼굴을 붉혔다.

"기록에 의하면 도철의 촉수에 당한 후 순식간에 모든 기운이 빨려서 목내이가 되어버리니, 찰나의 순간 촉수에 닿은 부분을 잘라야 한다고 하네. 알고 있어도 어려운 일이지. 그런 단호한 결단은 말일세. 그런데 아무것도 모르는 채로 그런 일을 해냈다니 참으로 대단해."

단리유화가 고개를 끄덕이며 곡비연을 바라보았다. 그 당시를 다시 한 번 떠올려도 대단했다. 자신 역시 그녀가 그렇게 단번에 자신의 팔을 자를 거라고는 생각도 못 했으니까.

"일단 차나 한잔하면서 천천히 이야기해 줌세."

하만은 일행에게 차를 한 잔씩 준비해 주었다. 방을 가득 채운 다향은 심신을 부드럽게 어루만져 주었다.

"실상 우리가 의수를 만들게 된 연원도 당시의 도철 때문이라고 하더군. 당하면 잘라야 하니. 나도 의수 만드는 법을 공부하면서 그 역사를 거슬러 올라 기록을 살피다가 알게 된 걸세."

홍원은 새삼 놀랐다.

이들은 향산에서 대체 얼마나 오랫동안 살아온 것일까. 오랜 세월 떠돌다가 정착한 곳이라 했는데, 그 세월은 대체 얼마일까 싶었다.

"소저는 그래도 운이 좋은 편일세. 불행 중 다행이라고 해야 하나. 그 첫 번째가 장 공자를 통해 나와 만나게 된 것이지."

그 말에 곡비연과 단리유화가 고개를 끄덕였다.

홍원이 아니었으면, 곡비연은 그렇게 왼팔 전완부가 없는 채로 살았어야 했으니까.

아니, 그렇게 살 마음을 먹고 자른 것 아니던가.

"그리고 두 번째는 말일세, 팔꿈치 관절이 살아 있어. 전완부만 아주 짧게 잘랐더구만. 촉수가 닿은 부분이 그쪽이라 가능한 일이네만. 팔꿈치 관절만 살아 있어도 의수를 사용하는 불편함이 굉장히 줄어들지. 물론 힘드네만."

그 말에 곡비연은 의지를 다졌다.

평생 외팔이로 살아야 한다 여겼건만, 의수나마 팔을 다시 찾을 수 있게 되지 않았던가.

"일단 의수를 만들려면 절단부가 완전히 회복해야 하네. 보아하니 서너 달은 걸릴 것 같군. 기운을 빼앗겨 회복이 늦는 부분까지 고려하면 그 정도일세. 그리고 완전히 회복한다고 해도 그 부분의 피부는 연약하지. 의수를 무리 없이 사용할 정도로 회복한다 하더라도 단련에 시간이 필요할 거야."

곡비연은 오른손의 주먹을 꽉 쥐었다. 얼마든지 자신 있었다.

"마지막으로, 사실 이게 문제일세."

문제라는 말에 단리유화와 곡비연의 얼굴이 긴장이 어렸다. 홍원은 여전한 신색이었다. 이미 그 문제를 알고 있었다.

지난번 방문에서 의수를 어떻게 움직이는지 직접 보았기에.

그리고 그 문제를 어느 정도 해결할 수 있을 것이라 여겼다. 그랬기에 이렇게 서둘러 왔다.

굳이 상처가 완전히 회복되는 것을 읍성에서 기다리지 않은 이유다.

"의지라는 것이지."

"의지요?"

그 말에 두 여인은 고개를 갸웃거리며 물었다.

"그래, 의지. 사실 우리가 만드는 의수나 의족은 우리 일족이 사용하기 위해서이네. 다른 사람이 사용할 거라고는 생각도 하지 않았지."

무언가 불안해지는 이야기였다.

"의수는 굉장히 특별한 금속들의 합금으로 만들어지네. 그 중 의지에 반응하는 금속이지. 철들기도 전에 금속을 가지고 노는 우리 일족은 금속에 의지를 싣는 것이 아주 손쉬운 일이네만… 과연 소저는 어떨지 모르겠군."

"의지를 싣지 못하면 어떻게 되는 건가요?"

곡비연이 조심스레 물었다.

"그냥 팔 모양 장식일 뿐일세."

그 말에 곡비연의 얼굴이 살짝 굳었다. 오직 두하족만을 위해서 만들어진 의수를 자신이 움직일 수 있을까?

아니, 너무 큰 욕심을 부렸다. 그저 자연스럽게 보일 수 있는 팔을 얻는 것만 해도 어디던가.

곡비연은 그렇게 스스로 마음을 다잡았다.

"방법은 있습니다. 그래서 이렇게 찾아온 것이지요."

그때 입을 연 것은 홍원이었다. 홍원의 말에 하만은 고개를 끄덕였다.

"장 공자가 그렇다면 그런 것이겠지. 다만 시간이 상당히 필요한 모양일세. 이렇게 빨리 우리 마을을 찾은 걸 보면 말이야."

그 말에 홍원이 슬며시 웃었다.

"그렇습니다."

다른 세 사람은 멀뚱멀뚱 홍원을 보았다. 대체 무슨 방법이 있단 말인가.

"백 번 듣는 것보다는 한 번 보는 것이 나은 법이지. 따라오게나."

하만이 몸을 일으켰다. 그가 앞장서 나가자 나머지 사람들은 자연스레 그 뒤를 따랐다.

무얼 보여준다는 것일까.

아마도 실제 의수를 사용하는 사람이 아닐까 싶었지만, 입 밖으로 그런 의문을 내지는 않았다.

하만의 뒤를 따라 마을 깊은 곳의 집을 찾았다. 문을 열고 일행을 맞아준 이는 아름다운 여인이었다. 이제 중년으로 넘어

가는 듯해 보이는 이였다.

"하만 어른, 어쩐 일인가요?"

"손님을 좀 모시고 왔네."

하만의 말에 문을 열고 나타난 여인의 시선이 홍원 일행을 향했다.

"장 공자로군요. 장 공자라면 언제든지 환영이지요. 우리 마을의 큰 은인이신데."

그녀가 웃음을 지으며 말했다.

홍원이 마주 웃으며 말했다.

"오랜만이라 말씀드리기에는 다녀간 지 얼마 되지 않았군요, 하리 님."

홍원은 하리의 앞에 마주 서며 오른손을 내밀었다. 하리 역시 손을 내밀어 홍원의 손을 맞잡고 위아래로 흔들었다.

그녀만의 독특한 인사법으로 지난번 만남 때 홍원이 알게 된 악수라는 것이었다.

"그쪽은?"

"아, 제 일행입니다."

홍원의 말에 알겠다는 듯 하리가 고개를 끄덕였다. 곡비연이 텅 빈 왼손 소매를 보았기 때문이다.

"반가워요. 하리라고 해요."

하리가 가장 먼저 곡비연을 향해 다가가 손을 내밀었다. 이미 홍원이 한 양을 보았기에 곡비연도 손을 내밀었다.

"곡비연이라 합니다."

"네. 그렇잖아도 소문은 들었어요."

고작 하룻밤 지났을 뿐이다. 그런데 소문이라니. 홍원을 슬쩍 향하는 하리의 은근한 웃음으로 보아 그렇게 반가운 소문은 아닐 거란 생각이 홍원의 머리를 스쳤다.

"단리유화라고 해요."

"홍원 형님의 동생인 장홍산입니다."

"어머, 반가워요. 어린 공자님."

홍산의 소개에 그녀는 방긋 웃었다. 하리의 안내에 따라 일행은 그녀의 거처로 들어갔다.

그러고는 커다란 원탁에 빙 둘러앉았다.

"아마도 의수 때문에 온 모양이네요."

하리가 먼저 말을 꺼내자 하만이 말을 받았다.

"그렇지. 그것도 아주 정교한 의수를 원하는 듯해서 말일세. 움직이는 것은 장 공자에게 방법이 있다고 하니, 일단 제작을 위해서 자네에게 데리고 온 걸세."

"정교하다고 하면 이 정도를 말하는 거겠죠?"

하리가 자신의 오른손을 슬쩍 들어 올리며 말했다. 그 말에 곡비연과 단리유화, 홍산 세 사람은 고개를 갸웃거렸다. 그녀가 말한 의미를 이해하지 못한 것이다.

그런 반응에 하리는 여전히 웃는 채로 왼손으로 오른 손목을 잡아당겼다.

그러자 오른손 팔꿈치 부분부터 뚝 떨어져 나왔다.

"헉!!!"

곡비연과 단리유화는 애써 참았으나, 어린 홍산은 탄성을 흘리고 말았다. 금세 자신의 실례를 깨닫고 얼굴이 빨갛게 변했다.

"괜찮아요, 어린 장 공자. 놀라라고 일부러 그런 거예요. 어린 공자마저 안 놀랐으면 섭섭할 뻔했어요."

웃는 얼굴로 말하며 하리는 자신의 오른 의수를 다시 부착했다.

"전혀 몰랐어요."

곡비연이 놀란 얼굴로 말했다. 저 손과 악수까지 직접 하지 않았던가.

감촉과 체온, 그 모든 것이 그냥 사람의 손과 팔이었다. 그랬기에 의수라고는 상상도 하지 못했다.

"의수의 기본적이 뼈대와 가동 부위 같은 것은 내가 만드네만, 그걸 사람의 진짜 팔처럼 만드는 것은 여기 하리가 한다네."

그 말에 이곳을 찾은 이유를 알 수 있었다.

"아무래도 여인이다 보니 남들에게 보이는 것이 신경이 많이 쓰이더라고요."

하리가 담담한 얼굴로 말했다.

"실제로 신경 쓰지 않는 이들은 그냥 내가 만들어준 의수 뼈대를 그대로 쓰기도 하지. 그게 편하다면서."

하리가 고개를 끄덕이며 긍정의 뜻을 보였다.

"실용성에서는 그렇지요. 괜히 이렇게 정교하게 만들었다가 가죽이 찢어지기라도 하면 그 수리도 여간 귀찮은 게 아니고 말이지요. 하지만 우리 같은 아름다운 여인이라면 보이는 것도 신경을 써야지요. 그렇지 않나요, 곡 소저?"

그 말에 곡비연은 무의식적으로 고개를 끄덕였다.

"제 공방을 보실까요?"

하리의 안내에 옆에 있는 문을 열고 공방으로 들어가자 기묘한 약품과 재료의 냄새가 코를 찔렀다. 그곳에는 반쯤 가죽이 덮인 의수가 있었고, 아무런 작업이 진행되지 않은 의수도 있었다.

"기계장치 같아요. 그것도 굉장히 정교한. 중원에서는 절대 볼 수 없는 기술이네요."

곡비연이 그 의수를 보며 말했다. 그랬다. 금속 뼈대와 금속 연결부, 금속 실 등으로 만들어진 그것은 기계라고 보는 것이 맞았다.

다만 이런 정교하고 세밀한 기계는 일찍이 본 적이 없었다.

그저 나무와 금속으로 간단히 만들어진 기구들을 보았을 뿐이다.

"흠흠."

그 말에 하만이 괜히 헛기침을 했다. 자신의 작품에 대한 자부심이었다.

"이런 것이 유지 관리가 편하다고 그냥 쓰는 남정네들이 많지만, 우리네 여인들은 그렇지가 않아요. 그래서 이렇게 열심히 만들고 있지요."

반쯤 가죽이 덮인 팔은 그 차이가 극명했다.
기계와 사람의 기묘한 결합 같아 보이기도 했다.
"물론 그만큼 고통도 따른 답니다……."
왜인지 섬뜩하게 들렸다.
그렇게 그녀의 공방을 둘러본 일행은 다시 아까의 원탁에 앉았다.
"한데 고통이라는 것이 무슨 말입니까?"
홍원이 물었다. 사실 홍원도 어떻게 저렇게 정교하게 만드는지는 몰랐다.
지난번 방문 때 홍원도 하리와 악수를 하다가 깜짝 놀랐으니까. 당시 홍원은 기감으로 그 손이 의수인 것을 알아차렸던 것이다.
그리고 다른 기계 형식의 의수도 볼 수 있었다.
"흐음, 뭐라고 해야 할까… 사실 손과 피부라는 것을 실제와 똑같이 그대로 만드는 데는 아무래도 어려운 점이 많아요."
다들 고개를 끄덕였다. 실제로 보지 않았으면, 믿지 못한 신과 같은 기술인데 어려움이 없다면 거짓말이다.
"특히 소재 면에서 그런데… 일단 피부요. 짐승의 가죽은 아무리 가공을 해도 그 피부색이나 질감에서 자신의 팔과는 차이가 날 수밖에 없지요."
당연한 말이었다. 그래서 인피면구를 만드는 기술자들 중 일부 미친놈들은 실제 사람을 잡아다가 얼굴 가죽을 벗기기도 하지 않던가.

"피부색과 질감이야 사용자가 감수하겠다고 하면, 살짝 다르게 할 수도 있지요. 작품을 만드는 저로서는 조금 아쉽지만요."

그리 말하는 그녀의 눈빛에 설핏 어떤 광기와도 같은 것이 지나간 듯했다.

세 사람은 모두 그것을 보았다.

두하족의 장인이라 하는 이들은 집착과 광기 비슷한 그 무엇을 모두 가지고 있는 듯했다.

"제일 골치 아픈 게 바로 이거예요."

하리는 오른손을 살짝 모아 쥐고 뒤집어서 앞으로 내밀었다.

사람들은 시선은 자연히 그곳으로 향했다. 무얼 보여주려는 것일까?

"손톱요."

그 말에 다들 탄성을 흘렸다. 자신들의 눈에 보인 손톱은 사람의 그것과 한 치도 다르지 않았다.

그 기색을 읽은 하리가 계속 말했다.

"당연해요. 바로 제 손톱이니까요."

진짜 손톱이라고 한다. 하지만 그녀는 오른팔이 없었다. '어떻게'라는 생각을 하던 사람들의 얼굴이 흠칫 굳었다.

"그래요. 제 왼손의 손톱이에요. 하나씩 뽑아서 심은 거죠. 어차피 손톱은 다시 자라니까요."

그 말에 가장 먼저 반응을 보인 것은 홍산이었다. 온몸을 부르르 떨었다. 생각만 해도 아픈 듯했다.

홍원도 놀라기는 마찬가지였다. 설마 멀쩡한 손의 손톱을 뽑아야 한다니. 그렇다면 꼭 손톱을 만들어야 하는 것일까?

그때.

"예끼, 장난 좀 적당히 쳐!"

하만이 웃는 얼굴로 하리를 타박했다.

"맞는 말인걸요."

"그 작품은 그렇겠지. 그렇다고 작품 만들겠다고 다른 손의 멀쩡한 손톱을 모두 뽑으면 그게 미친년이지!"

"호호호, 그렇긴 하죠."

네 사람은 두 사람의 대화를 멍하니 지켜만 보았다.

"저, 혹시 그러면 피부를 가장 정교하게 만드는 방법이란 것도 혹시 다른 팔의……."

눈치가 빠른 곡비연의 말에 하리가 고개를 끄덕였다.

"그래요. 다른 팔의 피부를 벗겨서 특수 처리 한 다음에 위에 덮는 거죠."

홍산은 다시 한 번 몸을 부르르 떨었다. 아직 어린 홍산이 듣기에는 너무 고통스러운 대화였다.

"이게 그렇게 만든 거예요."

하리가 자신의 오른팔을 다시 한 번 들었다.

"물론 모든 것을 이렇게 만들지 않아요. 굉장한 고통이 수반되는 일이니까요."

"손톱 같은 경우는 그냥 길게 길러서 자른 후 채워 넣는 방법을 많이 쓴다네."

하만의 말에 단리유화와 홍원이 고개를 끄덕였다.

"대신 그러면 자연스럽지가 않아요. 색상이 죽어 있어서요."

"얼핏 봐서는 절대 못 알아보지. 가죽도 그렇고."

하만이 말을 덧붙였다.

곡비연은 그저 가만히 입을 다물고 있었다.

"선택은 사용자가 하는 거예요, 곡 소저. 저는 사용자가 바라는 대로 만들어주는 것이니까요. 다만, 한 가지 말씀드릴 수 있는 것은 아름다워지는 데는 반드시 고통이 따른답니다, 호호."

입을 살짝 가리고 웃는 하리였다.

홍원은 그녀의 말에서 다시 한 번 섬뜩함을 느꼈다.

"제 작업은 일단 하만 어른의 작업이 끝난 다음이니까 시간은 많아요. 천천히 생각해 보세요."

그렇게 일행은 하리의 집을 나왔다.

홍원과 홍산은 몸을 흠칫 떨면서 걸음을 옮겼고, 곡비연은 생각이 많은 듯했다.

"굉장히 어렵네, 곡 동생."

단리유화가 입을 열었다.

"그러네요."

홍원은 그 말을 이해할 수가 없었다. 무엇이 어렵단 말인가. 그냥 손톱을 기르면 될 일이고, 어린 짐승의 가죽을 가공하면 될 일 아닌가.

"그런가요?"

홍원의 물음에 두 여인은 고개를 끄덕였다.

"참을 수 있겠어?"

단리유화의 말에 곡비연은 홍원을 슬쩍 쳐다보았다.

"상공, 혹시 고통을 줄여주거나 느끼지 못하게 해주는 약초의 배합은 없을까요?"

그 물음에 홍원은 흠칫했다.

그녀들이 무슨 생각을 하는지 이제야 알았기 때문이다.

"그건 별로 좋은 방법은 아닌 듯하군요."

그 말에 두 여인은 고개를 저었다.

"모르거나 보지 못했으면 모르죠. 하지만 저런 작품을 본걸요."

단리유화의 말에 곡비연이 고개를 끄덕였다.

"그래요. 아름다움에는 고통이 따르는 법이에요."

그녀의 두 눈이 빛나고 있었다.

홍원은 도무지 여인의 마음이라는 것을 모르겠다는 생각이 들었다. 아무리 아름다움을 위해서라지만 손톱을 뽑고, 피부를 벗기겠다니.

그것은 그야말로 고문에나 쓰던 방법이 아니던가.

"아."

그때 단리유화가 손뼉을 쳤다.

"그보다 먼저 해결해야 하는 게 있잖아요. 어떻게 곡 동생이 의수를 사용할 수 있게 해준다는 건가요?"

그제야 하리의 의수 생각에서 벗어나 곡비연이 홍원을 쳐다보았다.

"우리는 금속을 다루는 장인이 아니라, 무인입니다. 그렇다면 뻔하죠. 무공입니다."

"무공요?"

곡비연이 물으며 고개를 갸웃거렸다. 그러나 단리유화는 무언가를 느낀 듯했다.

"설마… 곡 동생이 그 경지에 올라야 한다는 건가요?"

"네? 언니?"

곡비연이 단리유화를 보며 물었다.

"곡 동생, 의지로 사물을 움직이는 무공이 뭐가 있겠어?"

단리유화는 하만이 의지로 움직인다고 했던 것을 떠올리며 물었다.

"의지로 사물을 움직인다면… 허공섭물요?"

그 물음에 단리유화가 고개를 저었다.

"이기어검."

대답은 홍원에게서 나왔다. 그 대답을 듣는 순간 곡비연은 흠칫 굳었다.

이기어검이라니. 그런 극상승의 경지가 곡비연에게 가능할 리가 없었다.

"제가 강제로라도 끌어 올려줄 겁니다."

第二章
후폭풍

선우강후는 성현성에 도착해서 객잔에 방을 잡았다.

아직도 흥분이 가시지가 않았다. 설마 그 괴물이 자신을 쫓아올 줄이야.

그 괴물에게 당한 가슴 어림의 통증도 이제는 사라지고 없었다.

이곳으로 오는 길에 황무지 한가운데가 마치 지진이라도 일어난 것처럼 파괴된 것을 보았다. 그는 그곳에서 도철과 홍원이 싸웠을 것이라고는 상상도 하지 못했다.

그저 도철의 마수에서 벗어난 것에 안도하고 있을 뿐이다.

"후우, 이제 어디로 숨어야 하나……."

현재 선우강후에게 남은 것은 생존의 욕구뿐이었다.

가문의 부흥이나, 일신의 영달 따위의 욕망은 사라진 지 오래다. 가장 안전할 것이라 여겼던 읍성까지 그놈이 자신을 찾아왔다.

한 신인에 의해 쫓겨나긴 했지만, 언제 다시 나타날지 모른다.

선우강후로서는 도철이 완전히 죽었다는 사실을 알 수가 없었다. 그랬기에 이리 안절부절못하며 방에 틀어박혀 숨을 죽이고 있었다.

그의 눈동자의 검은 동공이 시간이 갈수록 점점 커지고 있음을 그는 미처 알지 못했다.

나이 든 남자가 동경을 볼 일이란 거의 없으니 모를 수밖에 없었다.

그렇게 성현성에 들어온 지 이틀이 흘렀을 무렵.

"크헉."

깊은 밤, 잠을 자던 선우강후가 갑자기 비명을 토했다. 그는 양손으로 자신의 가슴을 움켜쥐었다.

도철에게 당한 그 부분이었다.

순식간에 동공이 그의 눈 전체를 집어삼켰다.

"헉, 헉, 헉."

그러고는 가쁜 숨을 몰아쉬기 시작했다.

"아, 아, 안 돼!!!!"

무엇을 본 것일까. 선우강후는 절규하며 비명을 질렀으나 이내 조용해졌다.

그리고 잠시 동안 그는 미동도 하지 않고 가만히 누워 있었다.

이각(대략 30분) 정도 시간이 흘렀을까.

그가 침상에서 몸을 일으켰다.

"안 되긴, 뭐가?"

히죽 웃으며 중얼거리는 그. 목소리가 달라져 있었다.

선우강후는 양손을 내려다보며 말했다.

"선우평이라는 놈에 비하면 손색은 있는 몸이지만… 그래도 이게 어디야, 크흐흐."

섬뜩한 웃음이 흘러나왔다.

그 목소리는 도철의 그것이었다.

"후우, 정말 아슬아슬했어. 발아를 시킨 다음이었기에 망정이지. 정말로 죽을 뻔했어."

도철은 안도의 한숨을 내쉬며 침상에 걸터앉았다.

그는 자신의 계획을 수정했다. 이 세상에 자신을 막을 수 있는 존재가 없다는 확신으로 활개를 치다가 당했다.

이제는 조심스레 움직여야 한다.

가장 먼저 도철이 한 일은 선우강후의 머릿속을 헤집는 것이다. 그가 알고 있는 모든 것을 우선 흡수할 요량이었다.

이 세상에 대해 알아야 계획을 세우고 움직일 테니까.

도철은 그렇게 두 눈을 감고 대략 반 시진의 시간을 보냈다.

"장홍원이라……."

선우강후의 머릿속에 있는 한 이름을 중얼거렸다.

"그놈."

자신을 죽인 그놈. 그놈에 대한 정보가 있다.

현재 중원에서 가장 강할 것으로 생각되는 놈이라니. 재수가 없었다. 하필이면 그놈과 맞닥뜨리다니 말이다.

"아무리 그렇다고 해도……."

도철은 작은 목소리로 중얼거렸다. 그의 얼굴은 심각했다.

아무리 중원에서 가장 강하다고 해도, 영기를 그렇게 자유자재로 사용하다니.

그야말로 자신의 천적이다.

중심의 하수인이 자신의 정체를 눈치챘었다고는 하지만, 어차피 중심에 매인 몸이다.

당장 읍성에서 자신을 쫓다가 중간에 멈추지 않았던가.

"이번에는 그렇게 당하지 않는다."

도철이 주먹을 꽉 그러쥐며 중얼거렸다. 그러기 위해서는 계획을 세워야 했다.

선우강후와 선우평의 머릿속에서 얻은 지식을 천천히 정리했다.

모두 흡수한 것과 자신이 분명하게 인식하고 활용하는 것은 다른 영역의 문제였다.

*　　　*　　　*

"이제 세 마리째군."

북궁휘용은 눈앞에 쓰러져 있는 용의 시체를 보면서 중얼거렸다.

이번에는 제법 고생을 했다.

그의 온몸은 상처투성이였다. 하지만 결국 승리한 것은 그였다.

북궁휘용은 거침없이 용의 내단을 흡수했다. 용의 피를 모두 가죽 자루에 받은 것은 물론이다.

용의 피는 패검을 통해 본문으로 보낼 예정이다. 그에게는 피를 어떻게 사용할지 일러두었다.

진법이 용혈을 흡수해 빛나는 모습을 본다 해도 상관없었다.

어차피 그곳은 순천의 대법이 펼쳐지는 곳이니, 문의 사람이라면 그 기현상에 감탄할 뿐, 의문을 가지지는 않을 것이다.

북궁휘용은 그사이 내단을 흡수하고 다음 용을 사냥하러 암투와 함께 움직일 것이다.

그러는 사이 패검이 본문을 다녀오면, 그다음은 암투를 보내고. 그런 식으로 움직일 생각이다.

자신이 매번 본문에 다녀오기에는 중원 천하는 너무 넓었다.

그렇다고 계속해서 가죽 자루를 가지고 다니기도 힘들었다.

결국 두 사람 중 한 명을 번갈아 본문에 보내는 방법을 택한 것이다.

북궁휘용은 패검이 떠난 후 적당한 곳을 찾아 암투의 호법

아래 내단을 흡수했다.

과연 용이 강한 만큼 얻게 된 힘도 거대했다.

북궁휘용은 다시 한 번 환골탈태를 경험했다. 그의 눈빛은 더욱 깊어졌고, 가진 바 기운은 더욱 고요해졌다.

“전부를 잡고 난 다음은 상상이 안 되는군.”

북궁휘용이 담담히 중얼거렸다.

“별일은 없었나요?”

대략 열흘의 시간이 걸렸기에 암투를 보자마자 물었다.

“네. 별다른 일은 없었습니다. 다만, 흉사가 멈췄다고 합니다.”

“흉사요?”

“네.”

그 말에 북궁휘용은 사람이 목내이로 변해 죽는 흉사를 떠올렸다. 그 소식을 들었을 때의 께름칙함도 함께 떠올렸다.

“다행이로군요.”

한데 멈췄다니 다행스러운 일이다.

계속되었다면 분명 황제는 자신을 불렀으리라. 용을 잡기에도 시간이 부족한 이때에 말이다.

“그것이 마지막으로 일어난 곳이 읍성이라 합니다.”

그 말에 북궁휘용이 반응했다. 읍성이라는 곳은 무인들에게는 특별한 곳이다.

홍원이 있는 곳이니.

특히나 북궁휘용에게는 일생일대의 적이 있는 곳 아니던가.

"그가 나선 건가요?"

그 물음에 암투는 고개를 저었다.

"아닙니다. 한 신비인이 나타나 쫓아냈다 합니다."

"아, 흉사의 원흉이 무엇이었나요?"

그제야 북궁휘용은 가장 중요한 것을 빠뜨렸다는 듯 물었다.

"그것이……."

이미 중원 전역에 소문은 날 대로 났다. 그랬기에 경천회는 지금 비상이 걸리지 않았던가.

다만 자신들이 용을 찾아 심산유곡으로만 돌아다니다가 정보를 늦게 받은 것이다.

"사도평이라 합니다."

암투의 대답에 북궁휘용의 눈썹이 꿈틀했다. 자신이 잘못 들었나 싶었다.

"사도평요? 경천회의 대공자인 그 말입니까?"

"네."

"허어……."

믿을 수 없다는 탄식을 흘렸다.

"본 사람들이 많습니다. 그의 몸에서 뿜어져 나온 촉수 같은 기운에 닿은 자들이 모두 비쩍 마른 목내이가 되었습니다. 경천회의 무사들 다수가 그에게 당했답니다."

읍성에는 홍원의 가족을 지키기 위해 경천회의 무인들이 머물러 있었다.

그들이 직접 보고 겪은 것이니 틀림없을 것이다.

"다만, 사도평의 모습을 하고 있는데 사도평이 아닌 듯했답니다. 경천회의 무인들을 제대로 알아보지 못했다고 하더군요."

"괴사로군요. 거기에 신비인까지 나타났다라… 홍원이 그놈을 감당 못 한 건가요?"

"아닙니다. 당시에 장홍원은 읍성에 없었답니다."

참으로 공교로운 일이었다.

께름칙함은 오히려 더 커졌다.

"그 이후 사도평은 어찌 되었는지 아무도 모르겠군요."

분명 암투는 쫓겨났다고 했었다. 죽었다고 하지 않았으니, 도주한 것이리라.

"그 때문에 경천회는 지금 정신없이 움직이고 있습니다."

암투의 말에 북궁휘용이 고개를 끄덕였다.

당연한 일이다. 공명정대한 정파의 협의를 기치로 내건 경천회다. 그런데 회주의 대제자의 모습을 한 이가 중원이 치를 떨게 만든 흉사의 원흉일지도 모른다니.

그들로서는 어떻게든 해결을 해야 했다.

"우리는 이제 다음 목적지로 가지요."

북궁휘용과는 상관없는 일이다. 어쩌면 좋은 일일지도 모른다.

경천회가 직접 나섰으니 황제도 잠자코 지켜보리라.

'그 일로 경천회가 타격을 입으면 더 좋고.'

어차피 모든 용의 내단을 흡수하고, 홍원을 꺾으면 그다음은 천하를 발아래로 둘 차례다.

결국 사대세력은 그에게 있어서 잠재적인 적일 뿐.

무거운 기운이 경천회를 짓누르고 있었다.
대전에 모인 이들은 누구도 쉬이 입을 열지 못했다.
읍성에서 일어난 일 때문이다.
마황성과의 전쟁 때 사라진 사도평이 이런 식으로 나타날 것이라고 누가 예상이나 했을까.
"그 아이가 확실한 것인가?"
모용백의 물음에 심온이 고개를 끄덕이며 답했다.
"네, 그렇습니다. 읍성에 있던 무사들이 분명히 확인했습니다."
"허어."
난감한 일이다.
숭무련의 영역에서 일어난 흉사에 대한 소문은 이미 중원 전체에 퍼져 있었다.
사대세력에서 각기 그 원인을 밝히기 위해 움직이던 차다.
자신의 영역에서 일어난 일이기에 숭무련이 가장 적극적으로 움직였으나, 아무것도 알아내지 못했었다.
그런데 읍성에서 원흉이 밝혀졌다.
지금까지는 몰살을 당했으나, 읍성에서는 몇몇만 당했다.
그랬기에 흉사의 원흉에 대한 정보를 얻을 수 있었다.
그것이 사도평이라는 점이 경천회로서는 여간 곤혹스러운 일이 아니었다.

현재 경천회는 본 회를 지킬 최소한의 인원을 제외하고는 모든 인원이 중원 전체로 퍼져 나갔다.

사도평의 행방을 찾기 위해서였다.

궁가방과 하오문의 정보도 적극적으로 이용했다.

그만큼 큰일이었다.

"흡성대법이라니……."

그들은 그리 생각할 수밖에 없었다. 흡성대법이 아니고는 그런 일은 불가능했으니까.

"사혈궁에 협조를 구한 답이 왔습니다. 그들이 금서고에 보관하고 있는 흡성대법의 비급은 아무런 문제가 없다고 합니다. 도난이나 손상이 없다고 하는군요. 그리고 자체적으로 분석한 결과 자신들의 흡성대법으로는 그런 흉사는 절대 불가능하다고 합니다."

심온이 제법 긴 이야기를 단숨에 이야기했다.

흡성대법이 아니라니.

"가히 흡성마공이라 불러야 할 위력입니다."

위지천악이 침중한 얼굴로 말했다.

아무리 마공이라 이름 붙인다 하지만, 과연 인간의 힘으로 그것이 가능한 일일까 싶었다.

"차라리 마공이었으면 좋겠군."

모용백이 중얼거렸다.

마공이라면 상대할 방법은 있다. 자신이 익힌 내공심법은 마공의 상극이었으니까.

물론 상대가 상극을 압도할 만큼 어마어마한 힘을 가지고 있다면 아무 소용이 없지만.

그래도 일말의 희망을 기대할 수 있지 않은가.

"일단 평이의 행방을 찾는 것이 우선입니다."

심온의 말에 다들 고개를 끄덕였다.

"읍성에서 신비인에게 쫓겨 달아났다고 했었지?"

모용백의 물음에 심온이 답했다.

"그렇습니다. 읍성 동쪽으로 떨어진 황무지의 한 곳이 엉망진창으로 파괴되어 있었습니다. 사람과 사람의 싸움이라고 보기에는 무리가 있는 형태라고 합니다. 마치 천재지변이 일어난 것 같았다고 보고가 올라왔습니다."

"원래 있던 지형인가?"

"읍성과 성현성의 사람들에게 알아본 결과 얼마 전까지는 없었다고 합니다."

심온의 대답에 모두의 안색은 더욱 어두워졌다.

도무지 상식으로 납득할 수 없는 일들이 연이어 일어나고 있었다.

그리고 사도평은 그야말로 사라졌다.

어디에도 그 흔적이 없었다. 물론 나타난 것도 아무런 낌새도 없이 하늘에서 뚝 떨어지듯 나타나기는 했지만.

사람들은 그 누구도 사도평이 이미 죽었으리라고는 생각도 못 하고 있었다.

"장 공자에게서 급신입니다!"

그때 무사 한 명이 서신을 들고 황급히 회의장으로 달려왔다.

서신은 곧장 모용백에게 전해졌다. 모두들 숨을 죽이고 그런 모용백을 바라보았다.

서신에 적힌 글자를 따라 모용백의 눈이 빠르게 움직였다. 그의 손이 조금씩 떨렸다.

이윽고 모든 내용을 읽은 모용백은 의자에 풀썩 기대며 눈을 감았다. 서신은 심온에게 전해졌다.

심온은 빠르게 그 내용을 읽었다.

"허어, 이런 일이……."

탄식이 흘러나왔다. 모용백은 두 눈을 감은 채 아무 말도 하지 않고 있었다.

서신에는 이번 흉사의 원흉에 대한 내용이 쓰여 있었다.

홍원은 읍성에서 도철이 사도평의 모습으로 흉사를 저지르는 것을 경천회의 사람들이 보았다는 이야기에 서신을 보낸 것이다.

경천회에서 이 사건의 본질을 알아야 한다는 생각에 두하족을 찾아 떠나기 직전에 급히 보낸 서신이다.

그것이 이제야 도착한 것이다.

심온은 담담히 서신에 적힌 내용을 이야기해 주었다.

흉수라니.

전설 속에나 전해지던 그 존재가 실재했다니. 다들 무언가에 머리를 두들겨 맞은 표정이었다.

그리고 홍원이 직접 그 존재를 지웠다고 했다.
그 말인즉, 사도평도 죽은 것이다.
이미 그 존재가 제자가 아님을 알고 있음에도, 제자를 죽인 홍원으로부터 그 사실이 적힌 서신을 받았으니.
아무리 모용백이라 하지만 그 심사가 복잡했다.
그런 심정을 이해한 것인지 아무도 모용백에게 말을 걸지 않았다.
심온이 회의를 계속해서 주재했고, 그렇게 마무리가 되었다.
사람들이 모두 회의장을 벗어날 때까지 모용백은 그렇게 있었다.
회의장이 텅 비고 모용백만 홀로 남았을 때, 그의 뺨으로 작은 눈물방울이 떨어져 내렸다.
"평아……."
담담한 한 마디에는 온갖 감정이 모두 담겨 있었다.

읍성흉사에 대한 일은 그렇게 마무리가 되어가고 있었다.
경천회에서 공식적으로 흉사의 원흉은 사도평이었고, 그는 홍원의 손에 죽었다고 천하에 알린 것이다.
다만 흉수 도철에 대한 내용은 묻었다.
그들도 홍원이 이야기했기에 믿은 것이지, 쉬이 믿지 못할 말 아니던가.
최근에 용이 출현했다고는 하지만, 거기에 사흉수 중 도철이 나타났다니.

오히려 사람들은 경천회가 자신들의 치부를 가리기 위해 상상 속의 존재를 끌어들였다고 손가락질할지도 모를 일이다.

그랬기에 경천회는 오히려 모든 오욕을 자신들이 뒤집어쓰는 길을 택했다.

다만 도철의 존재에 대해서는 은밀히 전해졌다.

각 세력의 최고위층에만 조용히 알린 것이다. 이미 끝난 일임에도, 그들은 알아야 할 필요가 있었다.

"흉수, 흉수라……."

심온은 이제 마무리가 되어가는 읍성흉사의 관련 서류를 정리했다.

사실 그조차도 아직 믿을 수가 없었다.

산해경에나 나오는 존재가 실재한다니. '그렇다면 나머지 셋은'이라는 생각에 털이 쭈뼛 곤두섰다.

"응?"

그때 그의 눈에 띈 보고서가 있었다.

"신원을 알 수 없는 자가 도철에게 일격을 당했으나, 정신만 잃었을 뿐 무사했다고? 그리고 하루 뒤 사라졌다라……."

별것 아닌 내용일 수도 있었다.

그가 운이 좋았다고 생각할 수 있는 일이니까.

하지만 원흉이 흉수 도철이고, 그에게 당한 이들은 모두 목내이가 되었다는 사실이 심온의 머리 한쪽을 간질였다.

그 서류만 따로 필사한 후, 정리를 마무리한 심온은 몸을 일으켜 경천회의 장서고로 향했다.

아무래도 산해경을 비롯해 사흉수에 대해 나와 있는 책들을 뒤져봐야 할 것 같았다.

용은 물론이고, 도철까지 실재한다는 것을 알고 나니, 그 책들이 허황된 이야기책은 아니라는 생각이 들었다.

어쩌면 그곳에 자신을 찜찜하게 만든 서류에 대한 답이 있을지도 모를 일이다.

그와 같은 일은 사혈궁에서도 일어나고 있었다.

흡성대법에 대한 경천회의 문의 때문에 교하운이 직접 금서고를 다녀오지 않았던가.

그에 대한 보답이라고 할까, 경천회에서는 홍원에게 받은 정보를 모두 교하운에게 알렸다.

"흐음… 사흉수라……."

"믿기십니까?"

하후필의 물음에 교하운은 고개를 끄덕였다.

"홍원 그 친구가 그렇다면 그런 거지."

"하면 다른 셋도 있을 수 있습니다."

"있어. 사실 향산 북면 같은 말도 안 되는 곳도 있는데, 사흉수도 있겠지."

교하운의 대수롭지 않다는 듯한 반응에 하후필은 어떤 표정을 지어야 할지 몰랐다.

"다만 문제는 이거야, 이거."

교하운이 서류 한 장을 손가락으로 톡톡 두드렸다.

야율초가 그 부분을 읽었다.

"흉수의 검은 기운에 당한 중년인이 정신만 잃고 쓰러졌다가, 다음 날 사라졌다. 이거 말입니까?"

교하운이 고개를 끄덕였다. 하후필의 얼굴도 굳었다.

"이상하지?"

"이상하군요."

교하운의 물음에 문인백송이 답했다. 지금껏 잠자코 있던 그였다.

"원흉이 흉수 도철인 것을 몰랐다면… 그저 운이 좋았다고 할 수도 있습니다. 흡성대법으로 추정되는 무공의 기혈이 뒤틀렸거나, 흡성할 수 있는 한계에 도달한 때였다거나 하는 식으로요. 하지만 흉수라면 다르지요. 무언가 놈의 의도가 있었다고 생각할 수밖에 없습니다."

교하운과 하후필이 공감한다는 얼굴로 고개를 끄덕였다.

"그 의도를 알아야 해. 홍원이 아무리 도철을 없애 버렸다고 했다지만, 흉수라는 놈이 한 짓이니까."

"그중 도철이 가장 교활하다고 기록되어 있지요."

하후필의 말이었다.

"나 참, 이야기책이 이야기책이 아닐지도 모른다니."

교하운이 고개를 저으며 툴툴거렸다.

"일단 사흉수에 관한 서책은 모두 뒤져봐야겠습니다."

문인백송의 말에 교하운이 몸을 일으켰다.

"나도 뒤져야지. 금서고는 내가 맡도록 하지."

금서고는 아무나 쉬이 들어갈 수 없는 곳이었다. 하후필과

문인백송도 바삐 움직였다.

사혈궁의 장서고에 있는 책을 얼마나 뒤져야 할지 모를 일이다.

책과는 친하지 않은 야율초만 멀뚱거리다가 자리를 뜰 뿐이었다.

한 달의 시간이 흘렀다.

선우강후, 아니, 도철이 모습을 드러낸 곳은 황도였다. 그의 얼굴은 바뀌어 있었다. 역용을 한 것이다.

"좋군. 이 많은 사람들이라니."

도철은 입꼬리를 올리며 웃었다. 아주 먹음직스러운 곳이다.

하지만 먹을 수가 없었다.

아무리 자신이라도 이 많은 인간들이 떼로 달려든다면 어찌 될지 알 수 없었다.

게다가 아직 힘도 제대로 회복하지 못했다.

탐식을 멈췄기에 기운을 회복하는 속도가 굉장히 느렸다.

그럼에도 황도로 온 이유가 있었다.

선우황가의 세력. 그들이 중원에 마련한 기반은 아직 남아있었다.

사막의 근거지가 초토화되었기에 그들도 갈팡질팡하고 있을 때다. 그것들을 정리해서 흡수해 자신의 수족으로 만들어야 했다.

본디 그 일을 했던 것이 선우강후였던지라, 그의 몸을 차지하고 그 지식을 제대로 흡수한 도철에게는 아주 손쉬운 일이었다.

그중 중원의 기반을 모두 알고 있는 인물을 만나기 위해 황도에 온 것이다.

정해진 곳에 정해진 표식을 하고, 정해진 객잔의 방을 잡았다.

이제 할 일이라고는 기다리는 것뿐이다.

표식을 본다면 이곳으로 자신을 찾아올 것이다.

"그나저나 천선문이라. 선우황가를 무너뜨린 곳에 자신들의 자손을 세작으로 밀어 넣다니. 제법 칼을 갈았던 모양이군, 크크."

천선문이라는 곳에 대한 호기심도 있었다.

아무리 세월이 흘러 엷어졌다지만, 자신이 전한 힘과 무공을 그렇게 부숴 버리다니.

절대 쉬운 일이 아니다.

"천선이라고 했던가?"

선우평과 선우강후의 머릿속에 있던 천선문 무공의 명칭을 떠올렸다.

그런 무공이 천 년 전 갑자기 뚝 떨어지다니. 참으로 신기한 일이다.

똑. 똑똑. 똑. 똑똑똑. 똑.

그때 방의 문을 두드리는 소리가 들렸다.

약속된 횟수의 두드림이다.

"무영아, 들어오너라."

완벽한 선우강후의 목소리요, 말투였다.

문이 열리고 한 사내가 들어왔다. 사도평을 경천회에서 빼내 사막으로 보냈던 이였다.

“오랜만에 뵙습니다, 숙조부님.”

방으로 들어온 무영은 허리를 숙였다. 그의 얼굴은 무표정했다.

“갑작스러운 일 때문에 소식이 끊겨 걱정이 많았을 걸로 안다.”

“그저 명령에 따를 뿐입니다.”

감정이 배제된 목소리였다.

‘그렇게 내 그릇이 되기를 원했던 녀석이라더니.’

선우평의 기억에서 읽은 것이다. 그렇게 암천의 계승자가 되기를 원했던 선우무영.

“천선문에는 별다른 움직임은 없느냐?”

“문주의 외유가 잦아진 것 말고는 없습니다.”

그 말에 도철의 표정이 변했다. 완벽히 선우강후의 행세를 하고 있었다.

“외유라… 그러면 그를 칠 기회가 많은 텐데? 우리의 대업을 위해서는 아주 좋은 일 아니냐? 비은팔호법 중 하나인 너라면 그 기회를 잡을 수 있을 텐데?”

천선문의 비은팔호법.

은월, 유검, 거도, 신뇌, 암투, 혈창, 환영, 패검.

이 여덟 중 환영이 바로 선우무영의 정체였다.

"암투와 패검만 데리고 움직이더군요."

그 말에 도철은 아쉽다는 듯 입맛을 다셨다.

"그리고 사막의 근거지가 사라진 이상, 그를 죽인다 해도 무엇이 달라지겠습니까?"

날카로운 물음이었다.

이미 사막 근거지의 상황을 알아본 듯했다. 하긴 너무 오랫동안 소식이 없었으니, 무영이라면 알아볼 법도 했다.

"예기치 못한 재앙이 덮쳤다."

"어떤 상황인 겁니까?"

"중원의 기반만으로 대업을 이루어야 할 상황이지."

도철의 말에 무영이 고개를 끄덕였다.

"과연, 혼자 살아남으신 분답습니다."

무언가 날이 선 어투다. 지금까지는 무감정하다고 여겼는데 그것이 아니었다.

"무슨 말이냐?"

"선우평 숙부가 흉수 도철에게 몸을 빼앗겨 흉사를 일으켰음을 알고 있습니다. 암천을 얻으러 간 숙부가 그 꼴이 되었다니. 대체 암천은 무엇이었습니까?"

도철은 내심 놀랐다. 그 사실을 이놈이 어떻게 알고 있단 말인가. 그러나 선우강후의 얼굴은 평온하기 그지없었다.

그야말로 완벽한 연기였다.

"평이 흉수에게 몸을 빼앗겼다는 것은 어찌 아는 게냐? 나도 아버님께 듣기는 했다만, 아직도 믿기지가 않거늘."

"저는 비은팔호법 중 한 사람입니다. 문주의 외유가 잦은 덕에 태상호법이 모든 일을 주관하고, 신뇌와 저에게 많은 것을 의논하지요."

"완벽히 녹아들었구나."

도철이 감탄한 얼굴로 말했다.

"네. 그래서 일족이 모두 도철에게 먹힐 때, 숙조부는 무얼 하셨습니까?"

"아버님의 명령이었다. 살아남으라는."

그 말에 무영은 고개를 끄덕였다.

"그래서 읍성에서 도철에게 공격을 당했는데도 살아남으셨군요. 대단하십니다."

그 말에는 아무리 도철이라도 흠칫할 수밖에 없었다.

선우강후의 용모파기는 이미 은밀히 퍼져 있었다.

도철에 대한 조사를 진행하는 와중에 선우강후의 행방을 쫓기 위해서였다.

"딱 좋은 때에 표식을 남기셨습니다. 마침 이 책을 읽던 참이었지요."

무영은 품에서 책을 한 권 꺼냈다.

그도 다른 이들과 마찬가지로 도철에 대한 조사를 하면서 무수한 책을 읽던 참이었다.

한 달이 흘렀음에도 도통 알아내는 곳이 없던 차였다.

도철도록(饕餮圖錄).

그것은 도철의 모습을 세밀히 그려놓은 그림책이었다. 그 책을 확인한 선우강후, 아니, 도철의 얼굴이 확연히 일그러졌다.

"어디까지 읽었지?"

"막 절반을 읽던 차에 표식을 발견한 이가 연통을 주었지."

선우무영의 어조가 변해 있었다.

"크크크."

그 말에 도철이 웃음을 흘렸다. 선우강후의 목소리는 사라지고, 도철 본연의 목소리였다.

선우무영이 그 책을 발견한 곳은 폐서고의 잡서 더미 한가운데서였다.

오늘 아침에 혹시나 하고 들어갔던 곳에서 우연히 빛바랜 도철이라는 글자를 보고 챙긴 것이다.

"그 책이 아직도 남아 있을 줄이야."

도철은 정말로 놀랐다는 얼굴로 말했다.

"그런데 순순히 왔다? 정말 놀랍군. 무식한 건지, 용감한 건지, 무모한 건지."

도철은 고개를 절레절레 흔들었다.

"일족의 원수는 갚아야 하니까."

책을 다시 품에 넣으며 그 말을 하는 순간, 선우무영의 두 눈은 사납게 빛났다. 지금까지의 무심한 눈빛은 애써 분노를 참고 연기를 하던 것이었다.

"도록을 절반이나 봤다면서? 그런데 원수를 갚겠다고?"

도철이 어이가 없다는 얼굴로 되물었다. 선우무영은 입술을 깨문 채 고개를 끄덕였다.

그런 그의 손에는 어느새 단검이 한 자루 들려 있었다.

"크크, 그럼 어디 재주를 마음껏 부려보라고."

도철의 몸에서 검은 기운이 세 줄기 솟아올랐다. 그것은 곧장 선우무영을 향해 날아갔다. 좁은 공간이었기에 가늘었지만, 재빨랐다.

퍽, 퍽, 퍽!

세 번의 격타음이 울리고 선우무영은 짧은 단검으로 도철의 기운을 모두 쳐냈다.

"호오?"

도철은 흥미롭다는 듯 선우무영의 단검을 바라보았다.

"네놈은 모를 테지. 천 년 전 우리가 어떻게 북궁가에게 밀렸는지 말이다. 어딘지 모를 곳에 웅크리고 숨어 있었을 테니까."

무영의 도발에도 도철은 그저 가만히 있었다. 촉수는 여전히 도철의 몸에서 나와 있었다.

"북궁가의 무공은 선우가의 무공의 상극이었다. 우리는 그 때문에 너무 어이없이 패퇴했지. 선조들은 왜 그런지 몰랐다. 나야 알게 되었지만. 그들의 무공은 바로 네놈의 기운에 상극이었던 거지."

"재미있는 이야기로군."

도철의 반응에 무영은 단검을 앞으로 쭉 뻗어 도철을 겨눴다.

"내가 왜 그 오랜 세월 천선문에 잠입해서 비은팔호법까지 되었다고 생각하나?"

"호오, 그러고 보니 상극의 무기를 확보하기 위해서?"

그러고 보니 선우강후의 머릿속에 그 내용이 있었다.

"기록대로군."

무영은 도철이 선우강후의 기억을 아무렇지도 않게 떠올리는 모습을 보며 고개를 끄덕였다. 그것은 도록에 나와 있었다.

도철의 부활의 수단, 씨앗의 발아.

단 한 번 사용할 수 있는 수단이라고 기록되어 있었는데, 그것이 분명했다.

"이번에 네놈을 죽이면, 그야말로 완벽하게 네 존재를 소멸시키는 것일 테지."

무영의 손에 들린 단검에서 강기가 솟아올랐다. 그 빛이 옅은 게 지금은 그 정도가 무영의 한계인 듯했다.

"그런 것치고는 너무 미약한데?"

도철의 얼굴에 조소가 어렸다.

"천선문의 내공을 운용하고 있기에 이 정도면 충분하다. 북궁가의 무공뿐 아니라 몇몇 무구들은 우리의 무공에 상극 중의 상극이었다. 그 무공과 무구가 만나 상승작용을 일으키면 그야말로 파죽지세였다고 기록되어 있지."

무영은 자신의 강기를 힐끔 쳐다보았다.

"그런데 천 년의 세월이 흐르는 동안 북궁가에서도 그런 무구의 존재를 잊었다. 때린 놈은 잊는 법이지. 그것을 알게 된 우리는 그 무구를 탈취하여 연구하기 위해 내가 잠입한 거지. 이것을 얻은 지 삼 년 정도 되었군. 그 덕에 천 년만의 복수의 단계를 시작하고 있었지."

그 말을 하는 무영의 두 눈은 아련했다.

이것을 얻기 위해 바친 자신의 인생이 떠오른 것이다. 그리고 이제 그 결실을 보려 하는데.

저 괴물이 일족을 모두 몰살시켰다.

"과연. 그래, 그렇군."

도철은 고개를 끄덕였다.

무영의 이야기를 들으며 미처 살피지 못한 선우강후의 기억을 떠올린 것이다.

"천선문에서 자신들의 특별한 무구를 완전히 잊었으니, 그것을 찾아 연구해서 왜 자신들의 무공과 상극인지 알아내려 했다. 그리고 네놈이 그걸 삼 년쯤 전에 얻었는데, 기록에 나타난 것과 같은 상극은 아니었다. 해서 천 년의 복수를 차차 진행하다가, 천기의 흐름을 본 선우예극이 선우평에게 암천을 예정보다 일찍 전했다."

도철이 담담하게 중얼거렸다.

"그래. 우리는 왜 그토록 무구를 두려워했는지 기록을 이해하지 못할 정도였다. 한데 이 도록을 보고 알게 되었지. 그 모든 것이 네놈 때문인 것을. 결국 이 단검은 네놈의 기운에 상극이었던 거야. 천 년의 세월이 흐르며 우리의 기운에서 네놈의 기운이 옅어졌기 때문에 그런 결과가 나왔던 거고."

그 말이 끝남과 동시에 무영은 도철에게 달려들었다. 그의 검은 무유팔절검해의 움직임을 따르고 있었다.

무유팔절검해가 이 단검의 기운과 가장 큰 상승작용을 일으켰기에 은밀히 익혔다.

그리고 지금 이것이 도철에게 무영이 할 수 있는 가장 강한 공격이었다.

검의 움직임을 본 도철의 얼굴이 딱딱하게 굳었다.

익히 본 적이 있던 검로 아니던가.

'그렇다면 그놈도 천선문의…….'

홍원의 검로가 떠올랐다. 그러나 이놈의 검은 그에 비할 바가 아니었다.

자신과 상극의 기운을 담았기에 까다롭기는 했으나, 두려울 정도는 아니었다.

"네놈, 착각하는 게 하나 있는데 말이야."

검은 촉수는 순식간에 다섯으로 늘었다.

"상극이라는 것은 힘의 크기가 큰 차이가 없을 때나 의미가 있는 법이지. 어느 한쪽이 압도적이면 아무 의미가 없어. 촛불 하나로 거대한 얼음덩이를 녹이지 못하듯이."

그리고 그 말을 마치는 순간, 촉수의 수는 스물로 늘어나 무영의 모든 방위를 막았다.

챙.

결국 단검은 바닥에 떨어지고 스무 가닥의 촉수에 무영은 꽁꽁 묶였다.

그 모습을 보며 도철은 히죽 웃었다. 자신의 왼쪽 뺨을 슬쩍 문지르니 피가 묻어 나왔다.

아주 작은 자상.

그게 선우무영이 도철에게 입힌 타격의 전부였다.

"크으윽."

분함이 가득한 얼굴로 도철을 노려보는 무영.

도철은 그런 무영의 품에서 도철도록을 꺼냈다.

"이 책의 절반을 읽고, 내 정체를 깨닫고 찾아왔다고 했지?"

조소가 가득한 얼굴이었다.

도철은 천천히 책을 펼쳐 책장을 넘겼다. 그리고 후반부의 어느 장에서 멈췄다.

그것을 잘 볼 수 있게 펼쳐 선우무영의 눈앞에 들이댔다.

"이 부분을 잘 읽어보라고. 네 녀석이 저지른 가장 큰 실수는 이 도록을 끝까지 읽지 않았다는 거야. 지피지기면 백전불패라고 했던가? 만약 네놈이 이 도록을 모두 읽었다면 이렇게 홀로 날 찾아오지 않고 죽어라 도망쳤을 거다, 큭큭큭."

선우무영은 떨리는 눈으로 눈앞에 펼쳐진 부분을 읽고 있었다.

"그도 아니라면, 이 선우강후란 놈처럼 홍원이라는 놈을 찾아갔겠지."

이어진 도철의 말은 선우무영의 귀에 들리지 않았다.

그가 읽은 내용이 너무 충격적이었기 때문이다. 도무지 믿을 수가 없었다.

그의 두 눈에 두려움이 가득했다.

"물론 난 이제 씨앗이 없어. 중심 놈들을 상대로 하면서도 단 한 번도 사용한 적이 없던 씨앗을 너무 허무하게 사용했지. 대신 나는 다른 능력도 아주 많아. 너희들이 모를 뿐. 이 도록이 유일하게 그 모든 것이 적힌 책이지. 빌어먹을 중심 놈들이 나를 쫓겠다고 수천 년 전에 만들어서 뿌린. 보아하니 원본은 아니로군."

도철이 펼쳤던 책을 덮으며 말했다.

화르르륵.

삼매진화를 일으키자 도철도록은 순식간에 재로 변해서 흩날렸다.

"내가 가진 능력 중 하나는 말이지. 내가 굳이 몸을 차지하지 않아도, 인간 한둘의 심령을 제압하는 것은 우습다는 거지."

그 말을 하는 순간 도철의 몸에서 새로운 기운이 촉수의 형태로 솟아올랐다.

검은빛이 아닌 검붉은빛이다.

그것은 서서히 움직여 선우무영의 얼굴로 다가갔다.

"아악! 아아악!"

선우무영은 비명을 지르며 몸부림을 쳤으나 꼼짝도 할 수 없었다. 스무 개의 촉수는 그를 완벽하게 구속하고 있으며, 이 방은 도철의 기운에 의해 소리가 차단당한 지 오래였다.

결국 검붉은 촉수는 무영의 얼굴을 완전히 뒤덮었다.

"으으읍……."

계속해서 몸부림치던 그의 몸이 축 늘어졌다. 그것을 확인한 도철은 모든 기운을 거둬들였다.

무영은 잠시 동안 멍한 얼굴로 그렇게 서 있었다.

"이걸로 하나는 확보했고… 이제 하나가 더 가능한데, 그건 어느 놈으로 해야 하려나?"

도철이 씨익 웃을 때, 무영의 두 눈에 서서히 초점이 돌아왔다.

"주군, 명령을 내려주십시오."

도철을 향해 무릎을 꿇고 담담히 내뱉은 선우무영의 음성이 낮게 울렸다.

선우무영이 도철의 손에 들어간 날 이후로 한 달이 흘렀을 무렵.

"차, 찾았다!!!"

사혈궁의 금서고에서 교하운이 큰 소리로 외쳤다.

그의 손에 들린 책은 역시나 도철도록이었다.

"대체 왜 이런 잡서 같은 게 금서고에 있었지? 그것도 절대비공을 분류한 곳에?"

도록을 절반 정도 읽은 후 교하운은 고개를 절레절레 흔들며 중얼거렸다.

"금서고를 만들 때나 지금이나 일 대충 하는 놈들은 어쩔 수 없나 보군."

먼지가 가득한 채로 자신의 집무실로 향한 교하운은 급히 수하들을 불러 모았다.

의자에 앉은 채, 수하들이 도착할 때까지 교하운은 도철도록의 남은 부분을 빠르게 읽었다. 그럴수록 그의 얼굴은 딱딱하게 굳어갔다.

"찾으셨다고요!"

하후필이 큰 소리로 외치며 들어왔다. 그 뒤로 문인백송과 야율초가 들어왔다.

그들 모두 먼지를 뒤집어쓴 꾀죄죄한 몰골이었다.

수하들과 함께 장서고의 먼지를 뒤집어쓰면서 책을 찾은 것이 장장 한 달에 가까운 시간이었다.

그런데 성과는 없었다.

금서고는 오직 교하운 혼자서 뒤졌다. 그랬기에 그의 몰골이 더욱 심했다.

그리고 혼자서 책을 찾은 것이다.

수하들이 모두 자리에 앉을 때, 교하운은 마침 도철도록을 모두 읽었다.

턱.

교하운은 그들이 둘러앉은 거대한 서탁에 책을 가볍게 던져 놓았다.

"무시무시하더군. 저 내용이 정말 사실이라면. 정말 말도 안 되는 괴물이 세상에 나타났어."

하후필이 슬며시 책을 가져가 빠르게 읽었다.

읽을수록 그의 얼굴은 딱딱하게 굳어갔다.

그다음은 문인백송이었다.

"허어… 어찌 이런 일이……."

세 사람은 말이 없었다. 야율초만이 멀뚱거리며 있었다. 그는 하후필이나 문인백송과 같은 속독의 능력이 없었기에 도철도록에 손을 뻗지도 않았다.

"결국 그 흉수는 여전히 건재한 거로군요."

하후필의 말에 교하운이 고개를 끄덕였다.

"그래. 홍원이 속았어."

침중한 한마디였다.

"그 중년인은 결국 도철의 씨앗을 가졌던 거로군요. 그리고 마지막에 도철이 발아를 시킨 것이고."

어디서 이런 책이 나타났다 싶을 정도로 도철도록은 도철에 대해 자세한 내용이 쓰여 있었다.

"결국 쫓아야 할 것은 사도평이 아니라, 그 의문의 중년인이었던 거지."

읍성흉사가 벌어진 후, 모든 세력은 사도평을 찾기 위해 동분서주했다. 그리고 홍원의 서신이 경천회에 전해진 후에야 그 수색은 멈췄다.

그사이 그놈이 어디로 갔는지 알 수가 없었다.

"그 중년인이 결국은 도철인 것이니까요."

네 사람은 잠시 말이 없었다.

"용모파기는 없나?"

교하운의 물음에 문인백송과 하후필이 고개를 저었다.

"경천회에 알아봐야겠군."

교하운의 말에 야율초가 입을 열었다.

"그런데 궁주님, 그 도철이라는 놈을 쫓는 건 좋은데, 그다음은 어찌할 겁니까? 상대할 수 있을까요?"

순수한 의문에 교하운과 하후필, 문인백송은 서로를 바라보았다.

그리고 동시에 답했다.

"그야, 홍원 그 친구에게 부탁해야지."

"소검선에게 부탁해야지."

"장 공자에게 부탁할 수밖에……."

같은 내용의 답이었다.

"일단 도철도록, 이거 최대한 많이 필사해서 각 세력으로 보내. 그중 경천회는 최지급으로. 그놈의 용모파기를 부탁한다는 내용도 함께."

그때부터 바쁘게 움직였다.

"그리고 읍성에도 사람 보내고. 아니, 아니야. 읍성에는 내가 직접 가지."

그리 말하고는 교하운은 몸을 일으켰다.

재앙이나 다름없는 존재, 흉수 도철.

그놈이 지금은 웅크리고 있지만 언제 다시 흉사를 벌일지 모르는 일이다.

최대한 빨리 찾아서 소멸시켜야 했다.

第三章
만남

북궁휘용은 네 마리째의 용도 어렵지 않게 잡았다.

가장 큰 고비는 지난번이었다. 아무래도 홍원 때문에 한 단계를 건너뛴 탓인 듯했다.

"도철이라……."

이번에 잡은 녀석은 재미있는 말을 하고 죽었다.

자신을 용의 아홉 자식 중 도철이라 스스로 말한 놈이다.

이렇게 자신을 죽인 이상 용의 분노를 피할 수 없을 것이라는 악담까지 했었다.

용이 이렇게 의사를 전할 수 있다는 사실 자체가 신기했다.

마치 혜광심어라는 상승의 전음처럼 머리에 그 의사가 직접 울렸으니.

"도철이라 하셨습니까?"

한창 용과 전투 중에 본문의 일을 마치고 당도한 패검이 신기하다는 듯 물었다.

암투는 용의 피를 자루에 담느라 바빴다. 북궁휘용은 이미 용의 내단을 갈무리했다.

작업이 끝나는 대로 암투가 떠나면 적당한 장소를 찾아 흡수할 생각이었다.

"그렇습니다만……."

"문주님께서 어찌 그 이름을 알고 계시는 것인지……."

"무슨 일이 있습니까?"

북궁휘용의 물음에 패검이 고개를 끄덕이며 답했다.

"네. 지난번에 말씀드렸던 흉사의 원흉이 밝혀졌습니다."

"그건 사도평이라 하지 않았던가요?"

북궁휘용이 알 수 없다는 얼굴로 물었다.

"아니었습니다. 그사이 새로운 정보가 밝혀졌는데… 사흉수 중 하나인 도철이라 합니다."

그 말에 북궁휘용의 얼굴이 묘하게 변했다. 그러고는 한창 암투가 피를 받아내고 있는 용의 사체로 시선을 향했다.

"저놈의 이름이 도철이라고… 아니, 그것보다 사흉수라는 놈들은 산해경에나 나오는 전설 아니었습니까?"

북궁휘용의 물음에 패검이 딱딱하게 굳은 얼굴로 답했다.

"그렇습니다만 실제로 존재한다고 합니다."

패검의 시선도 용의 사체로 향했다.

자신들은 이렇게 직접 용을 찾아서 잡고 있다. 용도 잡는 판에 흉수가 없으라는 법은 없었다.

"똑같은 도철이라……."

북궁휘용이 작게 중얼거렸다. 그러다가 무엇인가 떠오른 듯이 중얼거렸다.

"용생구자불성룡(龍生九子不成龍)이라."

그 작은 말소리에 패검이 물었다.

"그것은 그저 전설 아닙니까?"

"사흉수도 나타난 판에 전설이라 치부할 수 없지요."

맞는 말이다.

용의 전설 중, 용에게는 아홉의 자식이 있다고 했다. 그들을 용생구자(龍生九子)라 하는데, 그들은 용의 자식이되 용이 아니었기에 그리 부르는 용생구자불성룡이라 불리는 전설이 존재했다.

그 전설을 살피면, 그중 다섯째의 이름이 도철이다.

먹고 마시는 것을 좋아하는 존재로 늑대의 형상을 닮았다고 했다.

그 전설을 떠올리며 북궁휘용은 용의 사체를 자세히 살폈다.

그러고 보니 그랬다.

얼굴이 용과 늑대의 얼굴을 섞은 듯했다.

불성룡이라 했으니, 본디 더욱 늑대에 가까운 얼굴을 가지고 있다가, 점차 용이 되어가는 단계인 듯했다.

그 사실을 인식하자 북궁휘용의 가슴 한구석에 찝찝함이 자리했다.

‘진실된 용이 자식의 복수를 하리라.’

도철이라 한 저 용이 남긴 마지막 저주와 같은 말이 신경이 쓰였다.

“진실된 용이라… 그런 놈이 어디에 있다고.”

그리 중얼거리며 고개를 흔들었다.

설혹 있다 해도, 그놈마저 잡으면 될 일이다.

그리 생각하며 북궁휘용은 다시금 마음을 다잡았다. 암투가 용혈을 자루에 담아 떠나고, 북궁휘용은 패검으로부터 그간의 일을 보고 받았다.

그 흉수라는 놈을 홍원이 잡았다니.

좀 더 용을 잡는 속도를 올려야 할 것 같았다. 내단 하나하나를 흡수할 때면 자신이 얼마나 더 강해질 것인지 도무지 상상이 되지 않았다.

아직 도철도해에 대해서는 몰랐다.

패검이 천선문을 떠날 때, 그와 관련한 정보는 들어오기 전이었기 때문이다.

이번에도 북궁휘용은 적당한 토굴을 찾아 내단을 흡수했다.

* * *

“흐음.”

도철과의 싸움 이후 기절하듯 잠에 빠져든 홍원을 내려다본 흑발 흑염의 사내가 얼굴을 찡그렸다.
"왜 그러십니까?"
산인이 사내에게 조심스레 물었다.
그를 알게 된 후 그가 이렇게 얼굴을 찡그리는 것을 처음 본 탓이다.
"요사이 천하가 어찌 되려는 것인지 모르겠군."
담담한 말이나, 은은한 분노가 담겨 있었다.
"무슨 일이 또 벌어진 것입니까?"
가뜩이나 도철 때문에 복잡한 상태다. 홍원이 완전히 도철을 소멸시켰다 생각했건만, 그는 아니라고 했다.
그 때문에 그 무거운 몸을 이끌고 이렇게 자신을 방문한 것 아니던가.
"격랑이 몰아치고 있어. 대체 무슨 일인지 천 년에 한 번 일어날까 말까 한 일이 자꾸 일어나고 있으니."
그리 말한 사내는 찻잔을 입에 가져갔다.
"아이가 하나 죽었네."
그 말에 산인이 대경했다.
그의 정체를 알기에 그의 아이가 누구인지도 알기 때문이다.
"하필이면 그 아이 이름도 도철이구만."
찻잔을 내려놓으며 씁쓸하게 말했다.
"도철 그놈과 성정이 워낙에 닮아서 경계하라고 도철이라 했건만… 그놈이 나타난 순간 이렇게 허망하게 죽어버리다니……."

"뭐라 말씀을 드려야 할지……."

산인이 어쩔 줄을 몰라 했으나 사내는 손을 내저었다.

"괜찮아. 인간의 척도로 생각하지 말아."

씁쓸함이 사라진 담담한 목소리다.

"하지만 참으로 신기한 일이로군. 그 아이는 불성룡의 한계를 극복하겠다며 중심을 뛰쳐나간 녀석인데… 그 아이를 해할 존재가 있다니. 천하에 아무런 낌새가 없는 걸로 보아 인간의 손에 당한 것 같은데……."

그의 눈이 산인에게로 향했다.

"역시 아무래도 자네 쪽인 것 같아."

"……."

산인은 마른침을 삼켰다.

"천선을 가만히 두는 것이 아니었는지도 모르겠군. 고작 그것 하나로 무얼 이룰까 하고 내버려 두었건만."

"하지만 균형을 해치는 정도는 아닙니다."

"지금까지는 그랬지."

"그리고 도철도 찾아야 하지 않습니까?"

이어진 말에 고개를 끄덕였다.

"그래. 그게 문제야. 그때 본신을 드러낸 덕분에 내가 놈을 찾았지만… 놈의 몸에서 중요한 게 없었어."

"씨앗이라는 거로군요."

사실 산인은 지금까지 사내와 이 이야기를 나누고 있었다.

그러다가 갑자기 아이가 죽었다 한 것이다.

"놈의 본신에는 그게 없었지. 그건 놈에게 또 하나의 목숨이야. 그게 없는 이상 놈은 죽여봐야, 다시 다른 곳에서 다시 부활하지. 딱 한 번 쓸 수 있는 것이건만, 설마 벌써 썼을 줄이야."

사내는 아쉽다는 듯 말했다.

"문제는 그놈이 다시 인간의 탈을 뒤집어쓴 것이겠군요."

사내가 고개를 끄덕였다.

"그래, 그거야. 그래서는 내가 찾을 수가 없으니. 한 번 당했으니 이번에는 더 조심스레 움직일 텐데……."

사내가 골치 아프다는 듯 중얼거렸다.

"인간의 껍질을 뒤집어쓴 놈을 상대할 때, 이상한 게 없었나?"

이것이 사내의 진짜 용건이었다.

"제가 도착했을 때, 놈은 촉수를 뽑어내서 사람들을 먹어치우려 할 때였습니다."

"흐음, 씨앗을 심은 후에 발아를 시켜야 하는데, 그때 그놈은 발아를 위한 기운을 작은 흑옥으로 만들어 대상에게 흡수시키지. 그런 것을 보지 못했는가?"

그 물음에 산인은 고개를 절레절레 저었다.

그가 도착했을 때는 이미 도철이 선우강후에게 흑옥을 흡수시킨 이후였다.

"난감하군. 자네는 영역을 벗어날 수 없고, 나는 놈을 찾을 수가 없으니. 그놈이 멀리서 인간의 껍질을 뒤집어쓰고 웅크리고 있으면 방법이 없군."

"홍원, 그 친구에게 부탁하려고 하신 게 아닙니까?"

그가 홍원에게 관심을 가지고 있는 것을 알기에 산인이 말했다.

"뒤틀림을 가진 친구 말이로군."

사내는 잠시 고민했다. 도철의 본신을 소멸시킬 수 있는 실력을 가진 친구였다.

"천선을 가졌고, 스스로 영기를 깨친 친구라면야. 하지만 균형을 너무 해치는 존재인데……."

"무림의 여러 세력과도 친분이 있는 듯하니, 놈의 행방을 쫓기에도 유리할 겁니다. 제가 보지 못한 것을 본 사람들이 있을 수도 있으니까요."

산인의 말에 사내는 고개를 끄덕였다.

'묵애 녀석의 말을 믿지 않았거늘……'

더 많은, 더 순수한 기운이 필요하다며 제멋대로 두하족의 마을에 자리를 잡았다가, 꼬리가 떨어진 채 돌아와서는 뒤틀림을 발견했다 하지 않았던가.

다만 천하의 균형이 어그러지지 않고 있었기에 그냥 두었다.

한데 그 뒤틀림이 도철을 소멸시켰다.

뒤틀림이 어그러짐을 막은 것이다.

"한번 만나봐야겠구만."

"그 홍원 그 친구는 지금 두하족의 마을에 있습니다."

그 때문에 지금 산인 자신은 읍성에 머물지 않았던가.

"이 마을에 있는 것이 아니라?"
"의수가 필요한 모양이더군요."
그 대답에 사내는 고개를 끄덕였다.
"한번 가봐야겠군."
그 말을 끝으로 그는 몸을 일으켰다. 산인 역시 함께 일어나 정중히 배웅했다.
그는 기척도 없이 눈앞에서 순식간에 사라졌다.

*　　　*　　　*

"아아아아악!"
여인의 비명이 마을에 울렸다.
단리유화는 차마 지켜보지 못하고 공방 밖에 있었다. 그것은 홍원도 마찬가지였다.
홍산은 아예 데리고 오지 않았다.
잠시 후 오른손 검지를 붕대로 동여맨 곡비연이 문을 열고 나타났다. 그녀의 얼굴은 식은땀이 가득했다.
홍원이 준비했던 단약을 내밀었다.
곡비연은 얼른 단약을 삼켰다. 고통을 줄여주는 진통 성분과 상처를 잘 아물게 하는 성분이 있는 단약이었다.
"후아, 가장 자연스러운 모양을 위해서는 혈을 점해서도 안 되고, 약을 먹어서도 안 된다고 하다니… 너무하네요."
곡비연이 기운 빠진 목소리로 말했다.

"그래도 벌써 두 번이나 참아냈잖아."

단리유화가 곡비연의 등을 토닥였다.

"후우, 저는 절대 적에게 잡히면 안 될 거 같아요. 고문 시작만 해도 다 불어버릴 것 같네요."

엄지의 손톱을 뽑기 전까지 그녀는 자신이 이렇게 고통에 약한 줄은 몰랐다.

자신의 팔을 직접 자른 그녀 아니던가.

자른 직후 혈을 점해 고통을 줄이긴 하였으나. 그 정도만 해도 대단한 일이었다.

"이런데, 자기 팔은 어떻게 자른 거야? 곡매."

"그때는 제정신이 아니었나 봐요."

단리유화의 말에 곡비연이 머리를 절레절레 흔들었다.

홍원은 대체 어떤 표정을 지어야 할지 알 수 없었다.

그녀의 왼팔의 상처는 이제 거의 아물어서 하만이 의수 제작에 들어갔다. 그와 동시에 하리 역시 작업을 위한 준비를 시작했다.

그중 하나가 손톱을 뽑는 것이다.

한 번에 모두 뽑을 수는 없기에 시일을 두고 하나씩 뽑고 있었다. 어차피 시간의 여유는 있었으니까.

"오늘은 쉬도록 하지요."

홍원이 입을 열었다.

그녀의 수련은 순조롭게 진행 중이었다. 강제로 밀어 넣다시피 하는 것이었지만, 어떻게 의수가 완성될 때쯤에는 이기어검의 경지에 오를 수도 있을 것 같았다.

편법이었다.

그녀가 이기어검의 경기에 오르려는 목적이, 무공의 깨달음이 아닌 의수의 사용이었기에 가능한 일이었다.

“네, 상공.”

의수를 사용하기 위한 무공 수련이었기에 굉장히 열성적으로 임하는 곡비연이었지만, 손톱을 뽑은 날만큼은 힘들어했다.

지난번에 그랬기에, 홍원은 이번에는 아예 쉬게 하기로 마음을 먹은 것이다.

“그런데 피부를 벗길 때는 어떻게 해?”

단리유화의 물음에 곡비연이 온몸을 부르르 떨었다.

“몰라요. 벌써 걱정하기 싫어요.”

그 말을 남기고 곡비연은 자신의 거처로 빠른 걸음으로 사라졌다. 피식 웃은 단리유화는 홍원에게 고개를 숙이고는 그 뒤를 따랐다.

두 사람이 사라진 후 홍원은 자신이 수련을 하는 곳으로 향했다.

요즘은 그곳에서 천선의 비급을 읽는 재미에 푹 빠져 있었다.

곡비연을 가르치면서 느끼는 바가 많았기 때문이다. 지난번에 도철과의 첫 싸움에서 맛봤던 무아지경의 단서를 정리하는 데도 큰 도움이 되었다.

천선.

그야말로 끝이 없는 무공이었다.

"그래. 그 속에 무엇이 있는가?"

한참 비급에 빠져 있는데 갑자기 들린 낯선 목소리에 홍원이 고개를 번쩍 들었다.

홍원의 시선이 향한 곳에 한 사내가 도도히 서 있었다. 흑발에 흑염을 길게 늘어뜨린 잘생긴 사내였다.

중요한 것은 기척을 전혀 느낄 수 없었다는 사실이다.

그 사내를 바라보는 홍원은 마른침을 꿀꺽 삼켰다.

도철을 상대하지 않았다면, 놈의 본신을 보지 않았다면 미처 느끼지 못했을 것이다. 하지만 지금 홍원은 분명히 느낄 수 있었다.

'인간이 아니다.'

홍원은 한껏 내공을 끌어 올려 경계했다.

그러자 사내는 손을 들어 천천히 내저었다.

"그리 경계하지 않아도 돼. 난 대화를 나누고자 찾아온 것이니까."

사내는 그리 말하며 홍원의 맞은편 적당한 바위에 기대앉았다.

"누구십니까?"

홍원이 낮은 목소리로 물었다. 목소리에 긴장한 기색이 역력했다.

"흐음, 산인에게 듣지 못했는가?"

그 말에 짐작이 되는 바가 있었다. 중심에서 자신에게 관심을 가지고 있다 하지 않았던가.

"그러면 중심에서……."

홍원의 중얼거림에 사내는 고개를 끄덕였다.

"그렇지, 그래."

새삼스러운 얼굴로 사내를 보았다. 대체 이 세상은 어찌 되는 것이란 말인가.

인간들이 사는 세상이라 여겼건만. 이렇게 인외의 존재들이 계속해서 나타나다니.

"무슨 생각을 하는지 알겠군. 그리 생각하면 애초에 북면 자체가 말이 안 되는 곳이지. 세상은 모든 존재를 위한 곳이야. 우리는 그 균형을 조율하고 있고. 인간의 세상이라니. 무척이나 이기적인 생각이군."

사내의 말에 홍원은 화들짝 놀랐다. 생각을 읽을 수 있는 능력까지 가졌단 말인가.

"아, 그렇다고 생각을 읽을 수 있다거나 그런 건 아니니까. 너무 경계하지 마."

그 말에 오히려 홍원은 더욱 경계했다. 그렇지 않은가. 자신의 생각을 바로바로 읽어내고 있으니.

"후우, 경험과 연륜이라는 거라고. 뭐, 그렇게 생각하기에는 내가 간혹 오락가락하긴 하지만."

사내를 한숨을 내쉬며 머리를 절레절레 흔들었다.

"중심에 계신 존재께서 무엇 때문에 저를 찾으셨지요?"

홍원이 그 말에 애써 경계를 누그러뜨리고 물었다. 내공은 여전히 온몸 가득 끌어 올린 상태다. 사내는 그 사실을 알고 있었으나 굳이 지적하지 않았다. 아무래도 좋았으니까.

홍원의 마음 가득한 경계심만 일부 푸는 것만으로도 충분했다.

"도철 때문이지."

그 말에 홍원의 표정이 살짝 변했다. 소멸시켜 버린 녀석의 이름이 나온 탓이다.

"내가 말했지? 나는 균형을 조율하는 존재 중 하나라고. 그렇다고 전지전능하지는 못해. 나 역시 균형 속의 존재니까. 그런데 도철 그놈이 어떻게 알아냈는지, 그 속의 허점을 찾아냈지."

"인간의 모습으로 있는 걸 말하는 겁니까?"

홍원의 물음에 사내는 고개를 끄덕였다.

"그래. 그리고 놈은 아직 살아 있어."

홍원은 깜짝 놀랐다. 완벽하게 소멸시키지 않았던가.

"아, 네가 도철과 싸우는 모습은 잘 봤어. 놈이 본신으로 돌아온 덕분에 내가 찾아갈 수 있었거든. 내가 나설 필요도 없이 아주 깔끔하게 처리해 줘서 고맙기도 하고."

다시 한 번 놀랐다. 당시에 이 사내가 자신의 싸움을 지켜보고 있으리라고는 생각지도 못했으니까.

"다만 놈은 흉수답게 생명 줄이 하나 더 있지."

그러고는 사내는 씨앗과 그 씨앗의 발아에 대해 설명했다. 홍원은 묵묵히 들었다.

요약하자면 도철은 자신의 또 하나의 생명을 이미 다른 인간에게 심은 후에 자신의 손에 소멸된 것이고, 지금은 부활해 있는 상태다. 그런데 인간의 모습을 하고 있어서 찾을 수가 없으니 도와달라는 것이다.

고민할 필요가 없었다.

그놈은 어떻게든 없애 버려야 할 놈이니까.

"알겠습니다."

"대화가 잘 통해서 좋군."

사내는 빙그레 웃었다.

"거기에 대해 고마운 의미로 조언을 하나 해주자면, 네가 지금 걷고 있는 길은 제대로 된 바른길이야. 의문을 가지지 말고 정진하도록 해."

그 말을 남기고 사내는 사라졌다.

홍원은 사내가 사라진 곳을 얼떨떨한 얼굴로 바라보았다. 과연 자신이 지금 현실에 있는 것인지 의문이 들었다.

홍원을 만났던 사내는 까마득히 높은 하늘 위, 허공을 걷고 있었다.

"재미있군, 재미있어. 뒤틀림이 천선을 만나 그 깊은 곳을 향해 가고 있으니, 하하. 중심이 싫다고 천 년 전에 도망친 녀석의 손에 들린 것이 이렇게 세상에 자리 잡을 줄이야."

사내는 빙그레 웃었다. 그는 가벼운 산책을 가듯 허공을 걸었으나, 상상도 할 수 없는 속도로 움직이고 있었다.

"이쯤인가?"

몇 걸음 걷지도 않은 듯하다 멈춰선 사내는 아래를 힐끔 내려다보았다.

순식간에 그는 지상에 자리했다.

그의 시선은 두 사람의 뒷모습을 향해 있었다.

다음 목표물을 찾아 움직이는 북궁휘용과 패검이었다. 북궁휘용은 사내의 존재를 전혀 느끼지 못하고 있었다.

"흐음, 또 뒤틀림이군."

사내는 처음으로 얼굴을 찌푸렸다.

설마 뒤틀림이 둘이나 존재할 줄이야.

"거기에 또 천선이고. 조금 다른 길로 들어선 것 같지만."

사내는 느릿느릿 북궁휘용의 뒤를 따라 움직이며 그를 찬찬히 살폈다.

"분명 도철을 죽였군. 거기에 그 권능을 흡수했고. 저놈은 그 권능을 알려나?"

언제 얼굴을 찌푸렸냐는 듯, 재미있다는 얼굴이었다.

"애매하군."

그랬다.

말 그대로 애매했다.

저놈은 이미 많은 용을 죽이고 그 힘을 흡수했다. 하지만 그것이 균형을 벗어나지는 않았다.

아직은 균형 안의 존재인 것이다.

그랬기에 자신이 나설 수가 없었다. 균형을 조율하기에, 균형을 어긴다는 것은 곧 자신의 존재의 소멸을 의미했기 때문이다.

사내는 문득 홍원을 떠올렸다.

"이것 또한 균형이라는 것인가?"

뒤틀림과 뒤틀림이다.

바른길과 지름길이다.

오랜 세월 존재해 왔지만, 세상이란 아직도 모를 곳이다. 균형이란 참으로 절묘했다.

"일단은 지켜봐야겠군."

사내는 다시 허공으로 올랐다. 그리고 순식간에 중심으로 돌아갔다.

북궁휘용은 꿈에도 몰랐다.

도철이 예언한 진정한 용이 자신을 찾아왔다가 지켜보고 돌아갔음을 말이다.

홍원의 집 싸리문을 열고 나오는 교하운의 얼굴에는 허탈함이 가득했다.

설마 홍원이 없을 줄이야. 중요한 일로 향산에 들어갔다고 했다. 게다가 몇 달은 걸릴 여정이라 한다.

"난감하군."

그렇다고 자신이 향산에 들어갈 수는 없었다.

동면을 제외한 곳은 그에게도 절대적인 금지나 다름없었다.

"기다리는 수밖에 없는가?"

교하운이 낮게 중얼거렸다. 오랜만에 다시 온 읍성은 여전히 정겨웠다.

어쩔 수 없다는 얼굴로 그는 객잔으로 향했다. 문을 열고 들어선 그의 얼굴이 대번에 변했다.

그곳에 반가운 얼굴이 있었던 것이다.

비영이었다. 비영이 오랜만에 고향에 돌아와 철우와 회포를 풀고 있었다.

"묵 숙수."

교하운의 목소리에 비영은 깜짝 놀랐다. 당연한 일이다.

사혈궁의 궁주를 설마 이런 작은 성의 작은 객잔에서 만날 것이라고 누가 상상이나 할까.

"구, 궁주님을 뵙습니다."

비영이 황급히 자리에서 일어나 허리를 숙였다. 철우도 친구의 행동에 엉거주춤 일어나 허리를 숙였다.

갑자기 식욕이 동했다.

그 감각에 교하운은 쓴웃음을 지었다.

'이런 상황에서도 나란 놈은, 쯧쯧.'

스스로를 욕하는 것은 욕하는 것이고, 식욕은 식욕이었다. 교하운은 자연스레 비영의 자리에 합석했다.

어차피 홍원이 올 때까지는 읍성에서 기다려야 할 판이다.

그는 전음으로 은밀히 수하들에게 명령을 전하고는 비영에게 정중히 부탁을 시작했다.

교하운의 명령을 받은 수하들은 바빴다.

어떻게든 흉사와 비슷한 흔적을 찾으라 했다. 도철의 행적을 미리 찾아놔야 홍원을 만나 부탁을 하고, 빠르게 처리할 수 있으니.

숭무련과 마황성의 경계에 절묘하게 걸친 땅이다.

그랬기에 이곳을 오가는 사람들이 많았고, 그 덕에 무척이나 번화한 마을이 자리했다.

이 정도의 인구라면 당연히 성이 자리해야 했지만, 두 세력의 영역 경계에 걸쳐 있다는 특수성이 마을만 자리하게 만들었다.

그 마을에서 세 손가락 안에 드는 장원.

이곳은 선우가에서 은밀히 마련한 안가였다. 후일을 도모하기 위한 근거지 중 한 곳이었다.

하지만 지금은 도철의 차지였다.

선우무영이 친히 이곳으로 안내했고, 중원에 있는 선우가의 모든 기반을 도철에게 넘겼다.

이곳은 선우강후의 기억에도 없는 곳이었다.

"운이 좋았어."

장원에서 가장 크고 좋은 방의 의자에 앉아 있는 도철이 중얼거렸다.

선우무영이 자신을 찾지 않았다면 이런 훌륭한 은거지를 마련하지 못했을 테니까.

게다가 이 장원은 지하에 커다랗고 은밀한 공간도 있었다. 후일의 전쟁을 대비한 곳이었다.

그랬기에 더욱 마음에 들었다.

"이제 천천히 먹기만 하면 되겠군, 크크크."

물론 이전처럼 무식하게 닥치는 대로 먹어치울 생각은 전혀 없었다.

이미 무영을 통해 선우가의 남아 있는 무사들을 부리고 있었다. 그들은 은밀히 무인들을 하나둘 납치해 올 것이다.

그러면 자신은 그것들을 먹으면 된다.

이 얼마나 편하고 좋은 일인가.

선우가의 무인들을 꿈에도 모를 일이다. 그저 이제 대계가 시작되었고, 그 작업을 하고 있다 생각할 것이다.

"좋아. 기다려라, 홍원."

그 말을 내뱉는 순간, 도철의 두 눈이 섬뜩하게 빛났다.

다섯 번째 용은 가까운 곳에 있었다. 덕분에 금방 찾을 수 있었다.

더군다나 용의 내단을 흡수하면 흡수할수록 용의 존재가 쉽게 느껴졌다. 그래서 용을 찾는 속도도 점점 더 빨라지고 있었다.

콰콰콰쾅!!!

요란한 폭음이 울렸다. 용의 꼬리가 땅을 내려치자 흙먼지가 사방을 자욱하게 뒤덮었다.

북궁휘용은 아랑곳 않고 빠르게 움직였다.

사방에서 뇌전이 떨어져 내렸지만, 북궁휘용은 어렵지 않게 모두 쳐냈다.
오히려 북궁휘용이 만들어낸 강기로 이루어진 혈도강이 용을 노리고 날아들었다.
무려 열 개의 혈도강이 허공을 수놓고 있었다. 살룡도는 북궁휘용의 허리에 고이 매달려 있었다.
용의 내단의 개수가 늘어날수록 혈도강의 숫자가 배가되어 늘어났다.
홍원과 싸울 때는 고작 하나의 혈도강을 만들었을 뿐이다. 살룡도를 이기어도의 수법으로 움직이며 만들 수 있는 한계가 딱 거기였다.
그러나 지금은 열 개의 혈도강이 허공을 수놓아도 전혀 부담이 되지 않았다.
네 개의 내단을 흡수한 것만으로도 그랬다.
'아니, 도철이라는 놈의 내단이 특별했어.'
그랬다. 다른 용의 내단을 흡수했을 때와는 차원이 다른 힘을 얻었다.
그랬기에 북궁휘용은 용들도 그 종류가 다른 것은 아닌가 하는 생각을 하게 되었다.
"크아아아아!"
용의 울음이 하늘과 땅을 흔들었다.
뇌전과 강기가 혈도강과 얽혀 싸우는 가운데, 북궁휘용은 두 주먹을 부지런히 휘둘렀다.
용도 그냥 당하지 않았다. 여의주를 입에 문 채 양발을 휘둘렸다.

이놈은 다른 놈들과 달랐다. 짧은 앞발이 쭉쭉 늘어나 북궁휘용을 공격했다.

오른쪽 발을 쳐내는 순간, 갑작스레 날아든 왼발의 발가락 하나를 잡아서 놈의 공격을 막았다.

점점 승기는 북궁휘용에게 기울고 있었다.

와사호의 용을 건너뛰고 세 번째 용을 상대한 이후로는 이렇다 할 어려움이 없었다.

이제 곧 끝난다는 생각이 드는 순간, 식욕이 동했다.

저놈의 내단을 먹어치우면 또 얼마나 강해질까 생각하는 순간. 막대한 기운이 몸속으로 흘러들어 왔다.

"응?"

갑작스러운 기현상에 북궁휘용은 깜짝 놀랐다.

그리고 그의 눈에 띈 것은 바짝 말라비틀어진 용의 발가락이었다. 아니, 왼발이 말라비틀어져 용의 몸에서 떨어져 있었다.

"크아아아아아아!"

분노와 고통에 가득 찬 용의 울음이 터져 나왔다.

고통에 몸부림치는 용의 난동에 몸을 피한 북궁휘용이 자신의 손을 내려다보았다.

"뭐지?"

순간 일어난 일을 이해할 수 없었다. 머리는 이해를 못 하고 있었지만, 몸은 느끼고 있었다.

몸 안에 충만해진 내공이 느껴졌다.

"흡성한 것인가?"

얼떨떨한 듯 중얼거렸다. 그러고 보니 스스로를 도철이라 한 용과의 싸움이 떠올랐다.

싸움 자체는 어렵지 않았지만, 유독 내공의 소모가 컸다.

용의 내단이 하나만 모자랐어도 어려운 싸움이 될 뻔했다. 그러지 않았기에 대수롭지 않게 느꼈을 뿐.

북궁휘용은 조금 전의 상황을 복기하면서, 다시금 용에게 달려들었다. 그리고 용의 남은 발을 잡았다.

그러나 아무런 변화가 없었다. 그의 눈썹이 꿈틀했다. 괜한 시도에 용에게 일격을 허용해 버린 것 때문이다.

그리 큰 타격은 아니었지만 짜증이 치미는 것은 어쩔 수 없었다.

'어떻게 했던 거지?'

북궁휘용은 다시 한 번 조금 전의 상황을 더 자세히 복기했다.

'식욕?'

그때 자신의 심리가 떠올랐다. 설마 싶었다. 그래도 다시 한 번 시도했다. 이번에는 조금 전 같은 불의의 일격을 허용하지 않게끔 집중력을 최고조로 끌어 올렸다.

다시금 잡은 용의 발. 그리고 떠올린 식욕.

그와 동시에 푸스슥 용의 발이 말라비틀어져 떨어져 나왔다.

"크아아아앙!"

다시금 울리는 용의 비명. 그 비명을 듣는 북궁휘용의 입꼬리가 슬쩍 올라갔다.

이제 자신이 얻은 이 능력을 조금 더 알아봐야 했다.

마침 딱 알맞은 대상이 눈앞에 있지 않은가. 그 때문에 싸움은 예상보다 길어졌지만, 북궁휘용은 새로운 힘을 완전히 파악했다.

"직접 접촉해야 하고, 식욕을 떠올려야 하군. 허공에 떠도는 기운은 흡성할 수 없고… 그리고 흡성을 한 부위는 떨어져 버려."

접촉한 일부분이 덩어리째 떨어지면서 말라비틀어졌다.

도철이라 칭한 용과의 싸움을 떠올려 보면, 그놈은 허공의 기운도 마구 먹어치운 듯했다. 접촉 없이도.

"아마도 내가 놈의 내단을 흡수하면서 그 능력이 변이되어서 전해진 모양이야."

북궁휘용은 그렇게 결론을 내리고 내단을 흡수할 곳을 찾아서 자리했다.

손으로 흡수해도 되지만, 말라비틀어지면서 부서지는 것이 찝찝했기에 그냥 입으로 삼켰다.

모든 세력이 긴장한 채, 천하를 주시하고 있었다. 그럼에도 세상은 조용했고, 그저 시간만 흘렀다.

사람들은 똑같은 일상을 반복하며 같은 하루하루를 보냈다.

그사이 숭무련과 마황성의 무사들이 하나둘 실종되었다.

처음에는 하급 무사였기에 문제가 크게 불거지지 않았으나, 점점 상급 무사로 확대되더니 결국 숭무련의 장로 한 명이 실종되었다.

이 사건을 은밀히 조사하던 숭무련은 결국 대대적으로 범인을 색출하여 했으나 찾지 못했다.

"그만둬야 할까……."

공야무가 지끈거리는 이마를 짚으며 중얼거렸다.

거대한 대전의 가장 높은 곳.

태사의에 앉아 있지만, 이런 것이 다 무슨 소용인가 싶었다. 그토록 바라고 바랐던 련주의 자리였지만, 자신이 련주가 된 이후에 일어난 일들을 생각하면 차라리 아니 됨만 못 했다.

너무나도 외롭고, 괴로운 자리였다.

차라리 자신과의 경쟁에서 밀렸던 태고령이 부러울 지경이었다.

숭무련은 예전의 숭무련이 아니었다.

신도운악이 오천존의 일좌를 차지하며 당당히 있던 그때와는 전혀 달랐다.

"아니… 지금은 신도운악이 있어도 똑같을 거야."

공야무가 허탈하게 중얼거렸다.

홍원이라는 괴물 같은 존재. 그 하나로 천하의 판세가 완전히 뒤바뀌어 버렸다.

거기에 더해 흉수라니.

도무지 수습할 수 없는 일들만 터져 나왔던 가운데, 이제는 의문의 실종 사건까지 벌어졌다.

공야무는 새삼 숭무련주가 이렇게 무능한 위치인가라는 자괴감까지 들었다.

"그만두고 싶은가 보군."

그때 등 뒤에서 들리는 낯선 목소리.

공야무의 등에 소름이 돋았다. 어떻게 바로 지척에 이를 때까지 느끼지 못할 수가 있는가.

게다가 이곳까지 어떻게 아무 소란도 없이 왔단 말인가.

적어도 공야무가 알기로 그것이 가능한 사람은 단 한 명이었다.

"죽림인가?"

돌아보지 못하고 떨리는 목소리로 물었다.

"죽림? 그건 또 누구지?"

어이없다는 기색의 목소리가 들리고, 그 주인이 공야무의 앞에 나타났다.

선우강후, 아니, 그의 모습을 한 도철이었다.

"누, 누구냐?"

"네놈들이 아주 애타게 찾는 것 같아서 말이야. 손수 찾아왔다네, 크큭."

도철의 대답에 잠시 머리를 굴리던 공야무는 입을 크게 벌렸다.

자신이 지금 애타게 찾고 있는 자는 단 하나. 실종 사건의 범인이었다.

"그렇다면, 네, 네놈이!!"

도철을 가리키는 공야무의 손가락이 부들부들 떨렸다.

"너무 그러지 말라고. 이제 슬슬 떠날 준비를 하던 참이니까."

도철이 빙그레 웃으며 말했다.

"아무도 없느냐!!!"

공야무가 크게 소리쳤으나, 그 음성은 두 사람이 함께 있는 공간을 빠져나가지 못했다.

도철이 만든 기의 장막에 막힌 것이다.

"소용없을 거라는 것 알잖아?"

"크윽."

공야무가 이를 악물었다.

"이제 이곳에서 얻을 건 거의 얻은 것 같거든. 그래서 다른 곳으로 가보려고. 그래서 가기 전에 가장 맛있는 건 먹고 가야 할 것 같아서 말이야, 크크."

도철의 웃음에 공야무는 온몸의 내공을 끌어 올렸다.

자신은 숭무련의 련주다. 이런 불청객에게 허무하게 당할 수 없는 사람이었다.

그렇게 마음먹고, 막 일수를 내지르려는 순간.

공야무는 자신을 덮치는 수없이 많은 검은 촉수를 보았다. 그리고 공야무의 의식은 거기까지였다.

순식간에 모든 기운을 빨리고 목내이가 되어버렸으니까.

"역시. 련주라 그런지 가장 좋군. 일전에 먹었던 그 장로라는 녀석보다 나아."

하지만 선우가의 근거지에서 먹었던 것들에 비하면 손색이 있었다.

질에서 떨어지는 것은 수로 메우면 될 일이다.

도철의 가벼운 손짓에 목내이로 화한 공야무의 시신은 불에 타 가루로 흩날렸다.

"다음은 마황성주인가? 그러고 나면 경천회다."

이미 도철이 떠난 공간에 그의 혼잣말만 잠시 허공을 떠돌다 사라졌다.

천하가 다시 요동을 쳤다.

짧은 시일 사이에 일어난 숭무련주와 마황성주의 실종 사건.

그러나 그 어디에서도 범인을 찾지 못했다.

차라리 시신이라도 있었다면 죽림을 의심했을지도 모를 일이다. 그러나 고운 먼지 가루를 제외하고는 그 무엇도 남아 있지 않았다.

그렇게 대륙의 북부를 발칵 뒤집어놓은 도철은 선우무영과 함께 천천히 경천회를 향해 움직였다.

가는 동안 식욕이 동했으나, 섣불리 움직이지 않았다.

무사들의 실종은 오직 숭무련과 마황성의 영역에서만 일어나야 한다. 그것도 그들의 성도 부근에서.

그래야 당분간은 꼬리가 붙지 않고, 세상의 이목이 그곳에

쏠려 있을 테니까.

경천회에서 편하게 움직이려면, 조심 또 조심해야 했다.

'큭큭, 네가 그리도 바라는 경천회에 곧 도착한다. 조금만 더 참아라.'

아직도 머릿속 한 곳에서 쿡쿡 쑤시는 그놈의 잔재.

씨앗을 발아해 몸을 바꿨음에도 따라온 그 잔재.

그것이 계속해서 경천회를 떠올리게 하고 있었다. 무엇이 그리 원통한 것일까.

경천회를 세상에서 완전히 지우면, 이 귀찮은 찌꺼기도 사라질까.

그런 의문을 떠올린 도철의 입가에는 잔혹한 미소가 걸려 있었다.

*　　　　*　　　　*

"이, 이것이?"

곡비연이 멍한 눈으로 자신의 왼팔을 내려다보았다.

그곳에는 흉측하다고밖에 말할 수 없는 기계장치의 팔이 달려 있었다.

홍산은 굉장히 흥미로운 얼굴로 그 모습을 바라보았다.

곡비연과 단리유화는 흉측하다고 생각했지만, 홍산은 달랐다. 굉장히 정교하고 아름다웠다.

세상의 이치를 고작 저런 금속 막대와 톱니바퀴, 그리고 금속 줄로 재현한 것만 같았다.

"움직여 보게."

하만의 말에 곡비연은 정신을 집중했다.

그러자 움찔거리던 손가락이 아주 조금씩 움직였다.

"훌륭하군!"

그 모습에 하만이 진심으로 감탄했다. 설마 처음 장착한 날 저렇게 움직일 거라고는 생각도 못 한 듯했다.

곡비연은 정신을 집중하고 있었기에 그런 하만의 음성도 듣지 못한 듯했다.

얼굴 가득 땀을 뻘뻘 흘리며 손가락을 움직였다. 그녀의 시선은 기계장치의 팔에 고정되어 있었다.

홍원은 그런 모습을 담담히 지켜만 보았다.

그렇게 일각(약 15분)이 흐른 후.

"후아… 이거 너무 힘든데요?"

그녀는 이미 땀으로 흠뻑 젖어 있었다. 머리칼까지도 땀에 젖어 얼굴에 달라붙었다.

홍원은 문득 그 모습이 고혹적이라는 생각을 떠올렸다가 이내 머리를 살짝 흔들어 쓸데없는 상념을 지웠다.

그런 홍원의 변화를 알아챈 사람은 아무도 없었다.

"아닐세. 아니야. 이렇게 금세 적응을 할 줄은 몰랐군. 이 정도면 금세 적응할 수 있을 거야."

하만의 칭찬에 곡비연의 얼굴에 작은 미소가 떠올랐다.

"정말 훌륭했어요."

이어진 홍원의 칭찬에 그 작은 미소는 함박웃음으로 바뀌었다.

“자, 그럼 이제 장착과 탈거법을 다시 한 번 설명해 주겠네. 여기 이 하얀 고약은 의수와 팔이 잘 붙게 도와주는 역할을 한다네. 더해서 팔의 피부를 보호해 주기도 하지. 동물의 기름과 밀랍을 섞어서 만든 걸세. 이건 충분히 주도록 하겠네만 2년이 지나면 썩네. 그러니 정기적으로 보내주도록 하지.”

정기적으로 보내준다는 말에 고개를 갸웃거리던 곡비연은 금방 한 사람을 떠올렸다.

정영석이라는 상인이었다. 홍원의 도움으로 두하족과 거래를 한다고 했던 자다.

일전에 검은돌 마을에 왔다는 소식에 다 함께 잠깐 가서 인사를 나눴던 적이 있지 않던가.

그때 홍원은 거금의 전표를 받았다. 이자를 톡톡히 쳤다는 말과 함께.

“그리고 모양은 지금은 곡 소저 마음에 안 들겠지만, 제일 먼저 사용에 익숙해져야 하네. 이상이 있는 부위가 없는 것도 확인해야 하고. 그러니 최소한 한 달은 이 상태로 사용하고 아무 문제가 없으면 피부와 손톱을 만드는 작업에 들어갈 걸세.”

하만의 말에 곡비연은 그에게 허리를 깊이 숙였다.

“정말 감사드립니다, 하만 어르신.”

그 모습에 하만은 그저 웃음을 지을 뿐이었다.

“아니야. 나도 즐거웠네. 사용 연습은 꾸준히 하고, 혹시라도 이상한 부분이 있다 싶으면 아무리 작은 거라도 무시하지 말고 찾아오게나. 무척이나 섬세한 아이라, 작은 것도 무시하면 안 된다네."

"네."

그렇게 네 사람은 하만의 공방을 나왔다.

곡비연은 연신 신기한 듯 의수를 조금씩 움직였다.

홍원이 그 모습을 보며 말했다.

"지금까지와는 비교도 할 수 없는 좋은 수련이 되겠군요. 확실히 없는 것을 상상하는 것과 실제라는 것을 보고 움직이는 것은 다르네요."

의수를 장착하기 전과 후의 곡비연의 경지는 또 달라져 있었다.

"팔을 가지려면 이 정도는 감수해야죠."

홍원의 말에 그리 대답한 곡비연의 시선은 계속해서 의수에 향해 있었다.

"그렇다고 너무 무리는 하지 마세요. 엄청난 심력을 소모하는 일입니다. 내공의 소모도 상당하고요. 그러니 칠 일 정도는 하루 두 시진 정도만 연습하도록 하지요."

홍원의 말에 곡비연이 고개를 끄덕였다.

"축하해, 곡 동생."

단리유화가 웃으며 건네는 말에 곡비연 역시 미소로 화답했다.

네 사람은 느끼고 있었다.

이제 두 달 정도 후면 이곳을 떠나게 될 거라는 것을.

'그럼 이제 도철의 행방을 좇아야겠군.'

홍원은 자신을 찾아왔던 사내를 떠올렸다.

그때 그가 홍원에게 바른길을 가고 있다고 했었다. 홍원은 그 의미를 알 수 없었으나, 개의치 않았다.

그저 하던 것을 계속할 뿐이다.

그렇게 천선의 비급을 읽고 또 읽었다.

읽을 때마다 새로웠다. 참으로 신비로운 무공이고, 비급이었다.

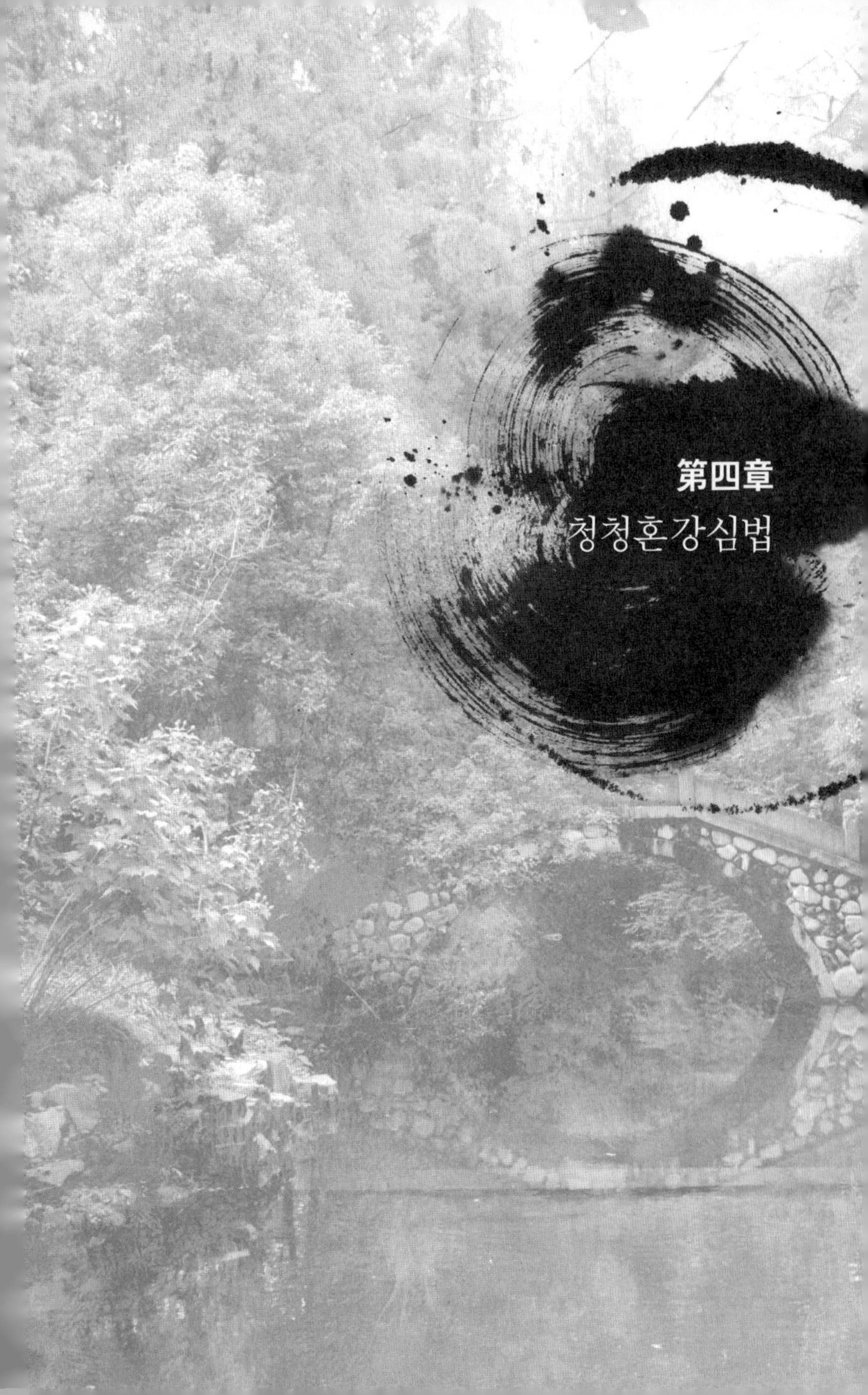

第四章 청청혼강심법

읍성의 한 객잔에 잡은 방에서 보고서를 보고 있는 교하운이 눈가를 찡그렸다.

이곳에 자리를 잡고 홍원을 기다리고 있지만, 그의 소식은 없었다. 처음 읍성에 도착했을 때 만났던 묵비영도 다시 성현성으로 돌아간 지 오래다.

그리고 그사이 전해지는 보고들은 절로 그의 눈살을 찌푸리게 만들었다.

"숭무련주와 마황성주의 실종이라……."

현재 그 두 세력은 혼란에 빠져 있었다. 그럴 수밖에 없었다. 너무나 갑작스러운 일이었으니까.

그간 무사들이 실종되어 그에 대한 조사로 바쁘다는 소식은

들었으나, 설마 양 세력의 수장들마저 사라질 줄이야.

기분 나쁜 예감이 교하운의 몸을 훑었다.

너무나 은밀하고 빨랐으며, 흔적이 없었다.

그 이후로는 다시 너무나 조용했으니까.

범인이 누구인지 모르겠으나, 다음으로 노릴 곳이라면 두 곳이 뻔했다.

경천회와 사혈궁.

"으음, 내가 읍성에 있어도 되는 건지 모르겠군."

다른 걱정이 아니다. 읍성에는 홍원의 가족과 지인들이 있었기에 자신이 읍성에 있음으로 해서 이곳이 혼란스러워지는 것을 저어한 것이다.

홍원이 굉장히 싫어할 일이기 때문이다.

"그런 것치고는 너무 조용합니다."

그간 너무 조용한 덕에, 자신의 일을 모두 처리하고 읍성에 합류한 하후필의 말이었다.

"그렇지. 경천회도, 사혈궁도 무사들의 실종은 없는 거지?"

"네."

교하운의 물음에 하후필이 짧게 답했다.

"단지……."

그 뒤에 자신 없이 따라붙는 말이 있었기에 교하운은 눈짓으로 계속 말하게 했다.

"이게 흉수 도철의 짓이 아닌가 하는 생각도 듭니다."

그 말에 교하운이 흥미를 보였다.

"근거는?"

"궁주께서 찾으신 도철도록이지요. 그 외에도 찾아낸 도철에 대한 자료들도 있고요."

교하운은 하후필의 말에 집중했다.

"씨앗을 발아시켜 부활을 하게 된 도철의 힘은 아주 미약하다고 기록되어 있었습니다. 그렇다면 힘을 회복해야 하는데… 흉수 도철이 하는 방법은."

"흡성이지. 그 흉사들처럼."

교하운이 뻔하다는 듯 말했다.

"그렇습니다. 그렇지만 이미 한 번 흉사를 일으킨 터라 그게 도철의 짓임을 알 수 있게 되었지요. 그리고 도철을 제압할 수 있는 장 공자가 존재하구요."

"막 부활하여 힘이 미약할 때면, 홍원 그 친구가 두렵겠군."

"그렇습니다. 자신보다 강한 자는 피하는 습성을 가진 교활한 녀석입니다. 그런 만큼 아마도 눈에 띄지 않게 은밀히 움직이려 하겠지요."

그 말에 교하운이 고개를 끄덕였다.

사실 숭무련주와 마황성주가 사라지기 전까지는 그 자신도 무사들의 실종을 대수롭지 않게 여기지 않았던가.

"일리가 있어. 기록대로 도철이 교활한 녀석이라면……."

"그리고 기록에 따르면 씨앗의 양분으로 쓴 존재의 모든 기억을 흡수할 수 있다고 했습니다."

"정체불명이긴 하지만 어쨌든 중원의 무사를 양분으로 삼았지."

교하운이 점점 더 알 것 같다는 얼굴로 말했다. 그리고 그의 표정에는 안타까움 역시 자리했다.

끝내 그 중년인의 정체를 알아내지 못한 것이다. 행방을 모르는 것도 당연했다.

사혈궁과 경천회, 하오문에 궁가방까지 나섰음에도 알아내지 못했다.

"그렇습니다. 도록에는 단지 다른 괴수들을 양분으로 삼는다는 식으로 표현되어 있었습니다만… 사람도 마찬가지이겠지요."

"그래. 그리고 인간의 심령을 제압해 노예로 부릴 수도 있다고 했어."

두 사람은 대화를 나눌수록 점점 더 심각해졌다.

"숭무련과 마황성의 주인이 행방불명되었다는 것은, 어쩌면 도철이 먹어치웠을 수도 있다는 뜻입니다."

"거기에 이목이 집중될 것을 알면서도 움직였다는 것은 어느 정도 힘을 회복했다는 것이고."

"그럼에도 종적을 알 수 없다는 것은 또 무언가를 노리고 숨었다는 뜻이지요."

하후필과 대화를 나눌수록 교하운의 얼굴은 점점 심각해졌다. 어디까지나 그의 가설에 불과한 내용이었지만, 교하운의 예감은 그것이 사실일 것만 같다고 말하고 있었다.

유검은 광평성의 저잣거리를 걷고 있었다.

홍원에게 무유팔절검해에 대한 가르침을 얻고 난 후 그의 일상은 단조로웠다.

천하 곳곳을 유람하며 검을 수련하는 것, 그뿐이었다.

비은팔호법 중 한 사람으로서의 책무도 있었지만, 어찌 된 일인지 천선문에서는 딱히 그를 찾지 않았다.

그래서 더없이 자유로이 움직이다가, 다시금 광평성을 찾은 것이다.

문의 명령 때문에 홍원을 찾아왔던 그 다루에 올랐다.

어느 정도 자신만의 무유팔절검해를 완성하였기에 이곳을 다시 찾은 것이다.

스스로 기념하기 위해서였다. 시작은 이곳이었으니까 말이다.

'설마 무유팔절검해에 그런 공능이 있을 줄이야.'

십이 성, 극성을 완성했다고 할 수 있을까?

그런 의문을 떠올리자마자 유검은 고개를 저었다. 검선 백리평이 이룬 경지는 그보다 훨씬 높을 것이기에.

그럼에도 스스로 일가를 이루었다 자부할 정도의 경지에는 올랐다. 모두 홍원 덕이었다.

그래서 이곳을 찾지 않았던가.

그날 시켰던 차를 다시금 시켰다. 앉은 자리 역시 그날 앉았던 자리다.

그랬기에 경천회의 정경이 눈에 너무나 잘 들어왔다.

잠시 그날의 추억에 젖었다.

일이 잘 풀렸기에 추억이지, 잘못되었다면 악몽이었을 날이다.

"응?"

그때 이질적인 기운에 유검은 고개를 갸웃거리며 고개를 돌렸다.

한 중년인과 눈이 마주쳤다. 마친 그도 유검 자신을 보고 있었다.

아무리 봐도 아는 사람이 아니다. 거기에 그 이질적인 기운도 씻은 듯이 사라지고 없었다. 자신의 착각인가 하고 다시 시선을 돌리려는 찰나.

그 중년인과 함께 앉아 있는 사내가 유검의 눈이 띄었다.

그는 익히 아는 이였다.

유검 자신과 함께 비은팔호법에 있는 환영이었다.

'무슨 임무 중인가?'

환영은 쉬이 문에 모습을 드러내지 않았다. 은월과 함께 가장 은밀하고 비밀스러운 임무를 맡아 움직였기 때문이다.

그런 그가 본 모습으로 이 다루에 앉아 있으니 이상하기도 했지만, 실상 그의 본 모습을 아는 이도 극소수였기에 그러려니 했다.

다른 이의 임무에 간섭하는 것은 그로서는 무척이나 귀찮은 일이었다.

[아는 놈인가?]

유검의 기색을 느낀 도철이 무영에게 전음으로 물었다.

[저와 같은 천선문의 비은팔호법 중 한 명입니다.]

그 대답에 고개를 끄덕였다. 그다지 신경 쓸 위인은 아닌 듯했다.

왜 갑자기 자신에게로 시선을 향했는지는 알 수 없었다.

광평성에 머무른 지 이제 딱 두 달째 되는 날이다.

그동안은 조용히 지냈다.

숭무련과 마황성이 시끄러워졌기에 구태여 이곳으로 시선을 가져오지 않기 위함이다.

여전히 그곳은 혼란스러웠다.

'천하에 바보 멍청이들만 있는 것이 아니라면… 이제 슬슬 내 존재를 눈치챈 사람이 있을지도 모르는 일이지.'

도철도록.

설마 그 빌어먹을 기록이 여전히 남아 있을지는 생각지도 못했다.

아주 오래전 옛날 중심의 빌어먹을 것들이 인간에게 뿌렸던 기록이다.

하나가 있었다면, 둘 셋도 있으리라.

그랬기에 더욱 은밀히 움직였다.

'내일 한 번에 경천회를 먹어치운다. 저곳까지 먹어치우면 홍원이라는 그 빌어먹을 개자식도 아무것도 아니야.'

도철의 두 눈이 스산하게 빛났다.

그동안 자신이 먹어치운 힘을 잘 갈무리해 다스렸다. 그리고 시간을 일부러 내서는 경천회를 살폈다.

모든 준비는 끝났다.

경천회를 무너뜨리면, 다시 한 번 자신에게 이목이 모일지 몰라도, 그때는 자신을 어떻게 할 수 있는 존재는 없으리라.

본신으로 돌아간다면, 지금도 홍원 따위는 얼마든지 밟아 죽일 수 있다. 다만 그 뒤가 문제였다.

'본신으로 돌아가면 중심의 놈이 나타날 테니까.'

도철은 찻잔을 내려놓으며 입술에 묻은 찻물을 혀로 핥았다.

내일이면 경천회는 사라지고 자신은 모든 힘을 갖추게 된다. 그러면 자신을 계속 신경 쓰이게 하는 선우평의 작은 잔재도 사라지리라.

밤이 깊었다.

모용백은 평소와는 다른 느낌에 쉬이 잠에 들지 못했다.

결국 침의를 무복으로 갈아입고 검을 들고, 자신의 거처 뒷마당으로 나왔다.

한바탕 도를 휘두르고 나면 잠이 오지 않을까, 그런 생각이 들었다.

청청혼강심법을 먼저 운용했다.

맑고도 맑은 기운이 사지백해로 퍼져 나갔다.

그 기운은 이윽고 모용백의 팔과 손을 거쳐 도에도 어렸다.

맑디맑은 강기가 어렸다.

평소와는 달랐다.

무언가가 계속 모용백의 청청혼강심법을 자극하는 듯했다.

척마멸사(拓魔滅私).

경천회의 기치와 다름없는 그 네 글자가 오롯이 모용백의 가슴에 새겨지는 듯했다.

'이상한 밤이로고.'

한바탕 단천참마도를 휘두른 모용백은 고개를 갸웃거렸다. 가볍게 흘린 땀을 씻고 다시 잠자리에 들기 위해 움직였다.

그런 밤이 흐르고 이른 아침이 밝았다.

"누, 누구냐!!!"

막 동이 튼 아침부터 경천회는 낯선 방문객으로 인해 시끄러웠다.

본전 앞 너른 공터에 웬 중년인이 뒷짐을 진 채로 오연히 서 있었기 때문이다.

"크크크, 아주 좋은 아침이야."

수많은 경계가 펼쳐져 있음에도, 하늘에서 뚝 떨어진 듯 나타난 중년인 때문에 경천회 전체가 비상에 걸렸다.

경천회의 무사들은 저런 일을 할 수 있는 고수를 한 명 알고 있었다. 바로 홍원이었다.

그 말인즉슨, 저 정체불명의 침입자가 홍원 정도로 강할 수도 있다는 말이었다.

무시무시한 긴장감이 경천회 전체를 뒤덮었다.

교하운과 하후필이 심각하게 이야기를 나눈 다음 날. 그리고 유검이 광평성의 다루에 오르기 칠 일 전.

홍원은 일행과 함께 읍성의 서문을 바라보고 있었다.

정말 오랜만의 고향이었다.

단리유화와 곡비연의 얼굴에도 반가움이 가득했다. 단지 그 일행에 홍산이 빠져 있었다.

홍산은 두하족의 마을에 남았다. 하만의 작업에 관심을 보이는 듯하더니 한 달 전부터 본격적으로 배우기 시작한 탓이다.

학문에 뜻이 있다던 녀석이 갑자기 대장장이 일을 배우기 시작하자 홍원은 깜짝 놀랐다.

"형님, 이건 단순한 대장장이 일이 아니에요. 기계장치들의 조화에 세상의 조화가 숨어 있습니다. 이것을 익히는 것 또한 제가 바라는 공부 중 하나입니다."

사실 홍원에게는 어려운 말이었다.

하지만 홍산이 원하고, 하만이 흔쾌히 가르치겠다고 했기에 남겨두고 왔다.

그렇잖아도 홍해에게 은밀히 전해 듣기는 했었다. 홍산이 읍성을 답답해한다고 하지 않았던가.

그런 동생이 새로운 배움터를 찾았으니 도와주는 것이 형으로서 할 일이었다.

세 사람은 곧장 집으로 향했다.

어머니께서 반가이 맞아주었다. 그리고 곡비연의 왼팔을 보고는 몇 번을 쓰다듬었다.

정말로 진짜 팔이 다시 자라난 것만 같았다.

어머니는 그렇게 곡비연의 왼손을 꼭 잡으며 눈물을 흘리셨다.

아직 왼팔의 움직임에 조금 어색함은 있었으나, 쉬이 알아차릴 정도는 아니었다.

그렇게 오랜만에 홍원의 집에 웃음이 피어났다.

그리고 홍원의 도착 소식을 어찌 알았는지 교하운이 방문했다.

어머니에게 미리 그들이 읍성에서 자신을 기다린다는 이야기를 전해 들었기에 홍원은 곧장 교하운과 함께 나섰다.

"자네는 정말 볼 때마다 대단해져 있군."

교하운은 감탄한 얼굴로 말했다.

자신이 이런 상대와 손을 섞었다는 사실만으로 자부심을 가져도 될 정도의 차이였다.

"과찬이십니다."

홍원의 말에 교하운이 고개를 절레절레 저었다.

"하고 싶은 말도 많고, 회포도 풀고 싶네만 지금 그럴 상황이 아니라서 말일세. 자네가 소멸시켰던 흉수 도철 말일세."

"살아 있다는 말씀을 하시려는 겁니까?"

홍원의 물음에 교하운이 깜짝 놀랐다.

도철을 죽인 후 곧장 향산으로 향했다는 홍원이 어찌 그 사실을 알고 있단 말인가.

"소식을 접할 방법이 있었습니다."

중심의 사내에 대해 말할 수 없었기에 홍원은 그리 말했다.

"그렇다면 이야기가 쉽겠군."

교하운은 그간 사혈궁에서 조사하고 수집한 정보와 거기에 대한 분석까지 전부 상세하게 홍원에게 알려주었다.

그 이야기를 듣는 홍원의 얼굴이 딱딱하게 굳었다.

"이런 사실을 저에게 알려주시는 이유가 뭡니까?"

홍원의 물음에 교하운이 빙긋 웃었다.

"당금 천하에 자네 말고는 그 괴물을 상대할 방법이 없다네."

너무나도 솔직한 대답이었다.

"가족들은 걱정 말게. 내가 계속 이곳에 머무를 예정이니까. 자네만은 못하다 하지만 그래도 어디 가서 맞고 다니지는 않는다네, 하하."

실없는 농담에 홍원이 피식 웃었다.

"숭무련과 마황성의 무사들을 은밀히 빼돌려 도철이 먹어치워 힘을 되찾았고, 그 마지막이 각 련주와 성주. 그리고 지금은 어디에 있는지 찾을 수가 없을 정도로 조용하고… 숭무련과 마황성은 현재 혼락이 극에 달해 있다는 거로군요."

홍원의 정리에 교하운은 고개를 끄덕였다.

"그렇다면 놈의 다음 목표는 궁주님 아니면 모용 회주님일지도 모르겠습니다."

그 말에 교하운은 다시 한 번 고개를 끄덕였다.

"제가 떠난 다음에 도철이 오히려 궁주님을 노리고 이곳을 찾는다면 어찌할 겁니까?"

갑작스러운 질문에 교하운은 어색한 웃음만 지었다.

그렇다면 그야말로 끝장이니까.

그 모습에 홍원이 피식 웃었다.

"이곳은 안전합니다. 그러니 이곳에 머무르시는 것도 좋겠군요."

아직 산인이 읍성에 머무르고 있다.

잡스러운 무림 세력을 교하운이 막아준다면, 도철은 산인이 막아줄 테니 그가 이곳에 있는 편이 좋았다.

그를 위해서도, 자신의 가족들을 위해서도.

"자네가 그렇다면 그렇겠지."

교하운은 구태여 묻지 않았다. 홍원의 말을 전적으로 신뢰하는 모습을 보였다.

"그런데 그놈이 어디로 숨었는지 도통 찾을 수가 없어."

교하운이 머리를 절레절레 흔들며 말했다.

"방법은 있습니다. 시간이 조금 필요합니다만."

홍원의 말에 교하운이 반색을 했다.

"그렇다면 꼭 좀 부탁하네. 천하의 안위가 자네에게 달려 있네."

교하운이 홍원의 손을 꽉 쥐며 말했다.

고개를 끄덕인 홍원은 그와 헤어지고 곧장 산인에게로 향했다. 그리고 중년 사내와 만났던 이야기와 도철에 관한 이야기를 했다.

"허허. 그래, 이제 어떻게 할 겐가?"

"놈을 찾아야지요. 설마 그런 식으로 부활이 가능한 놈일 줄은 몰랐습니다."

"교활한 놈이 꽁꽁 숨었는데 찾을 수는 있고?"

산인의 물음에 홍원은 작게 고개를 끄덕였다.

"이제 자네의 성장은 나로서도 감히 추측을 할 수가 없는 정도이니, 이번에도 무언가 심득이 있었나 보군."

"작은 성취일 뿐입니다."

홍원의 말에 산인은 그저 빙그레 웃었다.

회포를 풀고 나니 어느새 밤이 찾아왔다. 홍원은 집으로 향하는 대신 읍성에서 가장 높은 누각 지붕에 올랐다.

그 누구도 그곳에 홍원이 있음을 알아차리지 못했다.

가부좌를 틀고 앉은 홍원은 정신을 집중했다.

그의 기감이 얇디얇게 펴져서 점점 더 넓게 퍼져 나갔다. 확장의 한계를 넘어서서 계속해서 퍼뜨렸다.

그 방향은 중원이었다.

기감이 넓어져 가고 있음에도 홍원은 아무것도 느끼지 못했다.

한계 이상으로 늘어뜨리고 얇게 만든 기감은, 기감이라고 하기에는 우스울 정도로 아무것도 느끼지 못했다.

이는 홍원이 의도한 것이다.

홍원이 느껴야 할 것은 단 하나였다.

도철의 기운.

그랬기에 다른 그 어떤 기척을 느끼지 못하더라도, 오직 흉수의 기운에만 반응할 정도로 한계까지 기감을 얇게 만들어 퍼뜨리고 있었다.

가끔 비영이 자랑하던 그의 반죽 기술에 비유하자면, 그야말로 투명할 정도로 얇게 펴서, 반죽을 통해 건너편을 명확히 볼 수 있을 정도의 수준이었다.

홍원의 얼굴이 땀으로 흠뻑 젖었다.

중년 사내와의 만남 이후, 천선의 비급에 더욱 집중하다가 얻게 된 경지였다.

그러나 확실히 지고하고도 어려운 경지였다.

현재 홍원은 숭무련의 영역과 사혈궁의 영역을 모두 기감으로 뒤덮었다.

그러나 어디에도 도철의 기운은 없었다.

"후우."

깊은 한숨이 홍원의 입에서 흘러나왔다. 여기까지가 확장의 한계였다.

'이제 기감의 위치를 바꿔야 한다.'

홍원을 중심으로 펼친다면 여기까지가 한계이지만, 이 크기를 조금만 줄이고 작은 기감의 실만 이어 놓으면, 전체를 더 멀리 이동시킬 수 있었다.

이미 한 번 해본 적이 있지 않던가.

지금까지의 모든 경험이 켜켜이 쌓여서 오른 경지였다.

넓게 펼쳐진 기감이 천천히 줄어들었다. 숭무련의 영역을 모두 덮을 정도로 줄었으니, 거의 절반이 줄어든 셈이다.

그럼에도 어마어마한 능력이었다.

줄어든 기감은 굵은 줄로 변해 홍원의 몸과 연결되었다. 그러자 기감의 범위가 천천히 움직였다.

마치 커다란 연이 바람을 타고 움직이듯, 사혈궁에서 점점 마황성 쪽으로 이동했다. 멀어질수록 홍원과 연결된 기감의 줄의 굵기는 가늘어졌다.

홍원은 온몸이 땀으로 젖었다.

얼굴은 시뻘겋게 변해 있었다.

'여기도 없다.'

그럼에도 흉수의 기운은 느낄 수 없었다. 이제 남은 곳은 경천회의 영역뿐이다.

광대한 기감의 연이 다시금 움직여 아래로 내려왔다.

경천회의 영역을 모두 뒤덮었을 때.

"큭."

한 줄기 신음을 흘리며 홍원의 기감이 모두 사라졌다.

홍원의 입과 코에서 피가 흐르고 있었다.

"너무 무리했어, 후우."

피를 닦으며 중얼거렸다. 홍원은 그대로 지붕에 대자로 누웠다.

밤바람이 홍원의 땀을 스치고 지나갔다.

"경천회 광평성이라……."

그래도 기감이 사라지기 직전, 한 줄기 기운을 느꼈다. 그것이면 충분했다.

놈의 위치를 알아냈으니까.

내부를 진탕하는 기운을 다스리며 가만히 누워 있었다. 다시 바빠질 모양이었다.

이번에야말로 놈을 흔적도 없이 소멸시키리라.

홍원은 그렇게 마음먹었다.

반 시진 정도 그렇게 누워서 몸을 추슬렀다.

'내일 하루는 일단 회복에 집중하고 다음 날 최대한 빨리 움직여야겠어.'

도철의 위치를 찾느라 무리하게 운용한 기감 때문에 내부가 상한 상태다.

천선의 공능이면 하루면 회복될 상세였기에 일단 내일 하루는 회복에 집중할 생각이었다.

홍원은 집으로 돌아와 땀을 씻어냈다. 그리고 자신의 방으로 들어가 짐을 정리했다.

별것 없는 등짐이었다. 식량이 대부분이었기에 이제는 작아질 대로 작아져서 정리할 것도 없었다.

등짐을 풀고 홍원이 개인 소지품을 꺼내는데, 가장 깊숙한 곳에 봉투가 있었다.

홍원의 기억에는 없는 물건이다.

형님께

봉투에 쓰인 글씨였다. 그냥 봐도 홍산의 필체였다. 생각지도 못한 서찰에 홍원이 고개를 갸웃하며 봉투를 열었다.

두꺼운 종이에 검은 글씨가 빼곡했다.

형님께 직접 말씀을 드려야 옳은 일인 줄 아오나, 도무지 입술이 떨어지지 않아 이렇게 글로 대신하는 소제를 용서하십시오.

소제가 향산 동면에서 의문의 인물에게 쫓길 때, 형님께서 산의 길이라 부르는 곳에 처음으로 들어갔습니다. 그 이후로는 도통 그곳을 다시 갈 수 없었기에 저는 그것이 환상이 아닐까란 생각을 한 적도 있습니다.

이번에 형님과 동행하며, 그날 제가 겪은 것이 환상이 아님을 알았습니다. 몇 번이고 말씀드리려 했으나, 말씀드리지 못한 어리석은 소제를 다시 한 번 용서하시기를 청합니다.

무슨 말을 할 요량이기에 짧은 글에 용서라는 말이 두 번이나 나왔을까.

홍원은 담담히 다음 내용을 읽었다.

손에 들린 종이가 가늘게 떨리더니, 이윽고 세차게 흔들렸다. 도저히 더 이상 쥐고 있을 수 없었는지 바닥에 흩어졌다.

홍원은 입술을 꽉 깨물었다. 피가 터져서 흘렀다.

천천히 방을 나섰다.

현재 모든 정신을 다해 자신의 분노와 기운을 억누르고 있었다. 그렇지 않으면 집에 통째로 날아갈 것만 같았기 때문이다.

홍원은 전력으로 움직여 향산에 들었다.

늘 수련을 하던 홍원만의 장소. 그곳에 도착한 홍원은 모든 분노를 토해냈다.

"으아아아아아아악!!!!!"

향산이 쩌렁쩌렁 울렸다.

그 울림은 읍성까지 뻗어 성벽을 흔들었다. 깊은 잠에 빠진 사람들이 깜짝 놀라 집 밖으로 뛰쳐나왔다.

지진이라도 난 것 같은 진동이었기 때문이다.

홍원의 분노가 이글이글 타올랐다. 지금 당장에라도 홍산이 서찰에서 이야기한 곳으로 찾아가고 싶었다.

아버지의 죽음이 누군가에게 이용을 당한 후 살인멸구를 당한 것이나 다름없다고 했다.

집으로 돌아오셔서 임종을 맞으신 게 기적일 정도로.

그 모든 내용에 관한 유서는 홍산이 우연히 발견한 토굴에 있다고 했다. 가는 길을 찾기 위해 해둔 표식도 쓰여 있었다.

당장에라도 달려가서 모든 것을 확인하고 싶었다.

어느 놈들인지 알아내서 당장에라도 찢어 죽이고 싶다는 살의가 홍원의 온몸을 지배했다.

그러나 그럴 수 없었다.

도철 때문이다.

자신이 원한을 갚겠다고 움직일 때, 도철이 다시 사람들을 먹어치우기 시작하면 그건 재앙이었다.

자신이 재앙을 방치하는 것이 되어버린다.

그런 실수는 한 번으로 족했다.

홍원의 두 눈이 사납게 빛났다.

단하와 흑운은 집에 두고 나온 참이었다. 홍원은 빈손으로 검결지를 취하고는 천천히 무유팔절검해를 펼쳤다.

치솟아 오르는 살의를 다독이고 진정해야 했다. 그리고 몸의 회복에 집중해야 한다.

조금이라도 빨리 도철을 처리하고, 아버지의 유서를 찾으러 가야 했다.

홍산의 말대로라면, 유서를 확인하는 것은 금방 될 일이다. 하지만 홍원은 그러지 않았다.

유서를 직접 보게 된다면 도저히 평정심을 유지할 자신이 없는 탓이었다.

그렇게 무유팔절검해와 함께 마음을 진정시킨 홍원은 곧 천선의 구결에 따라 내상의 치료에 들어갔다.

그야말로 모든 정신력을 쏟았다.

그랬기에 예상보다 훨씬 빨리 회복할 수 있었다.

깊은 밤이 지나고, 정오 무렵.

홍원은 그야말로 완벽한 상태로 두 눈을 떴다. 곧 읍성으로 돌아온 홍원은 단리유화와 곡비연에게 도철에 대한 이야기를 남기고 바로 떠났다.

서둘러야 했기에 이번에는 혼자였다.

홍원은 전력을 다해 경공을 펼쳤다. 두 개의 단전은 끊임없이 내공을 만들어 공급했고, 홍원의 두 다리는 보이지 않을 정도로 움직였다.

천선문 최고속의 신법이 더없이 완벽한 형태로 홍원에게서 재현되었다.

갑작스러운 소란에 모용백이 대전 앞으로 모습을 드러냈다.

자신만만한 괴소를 흘리고 있는 불청객을 보는 그의 얼굴이 딱딱하게 굳었다.

[연아와 혜아를 피신시키도록.]

짧은 전음이 모용중호에게 전해졌다.

무어라 항변하려 했으나 그는 모용백에게서 전해지는 절체절명의 기운에 조용히 움직였다.

지금껏 본 적 없던 형님의 모습이었기 때문이다.

"어느 고인이 이렇게 본 회를 시끄럽게 만드시는 것이오?"

모용백이 도철을 보며 물었다.

어느새 무수한 무사들이 도철을 둘러싸고 있었다.

"네놈이 경천회주인가?"

도철이 오연한 눈으로 모용백을 보며 말했다.

"그렇소. 본인이 경천회주 모용백이요."

왼편의 도병을 꽉 잡으며 답했다. 언제라도 출수할 수 있게 준비하고 있었다.

"일단 마주 보는 게 먼저겠지."

그 말과 동시에 도철의 몸에서 검은 기운이 솟아올라 모용백이 있는 곳을 후려쳤다.

콰콰쾅!

커다란 폭음과 흙먼지가 사방으로 날렸다.

모용백은 사뿐히 피한 후 도철의 맞은편에 내려섰다. 그의 얼굴은 딱딱하게 굳었다.

검은 기운의 촉수.

그것이 의미하는 바는 단 하나였기 때문이다.

"설마 이렇게 우리를 찾아올 줄은 몰랐구나, 흉수 도철."

"크크큭, 역시나 알고 있군. 도록이 그놈이 가지고 있던 한 권만이 아니었어."

무엇이 그리 좋은지 도철은 연신 웃음을 흘렸다.

흉수를 상대로 대화는 무의미했다. 저놈은 멸해야 할 대상일 뿐이다.

"경천멸마대진(敬天滅魔大陣)을 펼쳐라!"

모용백의 입에서 커다란 외침이 터져 나왔다. 그 명령에 경천회의 무사들은 일사불란하게 한 몸처럼 움직였다.

각자의 병기를 움켜쥐고, 자신의 위치에 서는 경천회의 무사들.

그 중심에는 도를 굳게 쥔 모용백이 있었다.

"개진(開陣)!"

모용백의 외침과 함께 거대한 진이 움직이기 시작했다.

새파란 도강이 줄기줄기 솟아난 도를 든 모용백이 곧장 도철을 향해 몸을 날렸다.

"이거, 성격이 너무 급한데?"

그 말과 동시에 도철의 몸에서 스무 개의 촉수가 솟아나 사방으로 뻗어갔다.

가장 거대한 촉수는 모용백의 도와 부딪쳤다.

쾅! 콰콰쾅!

사방에서 요란한 폭음이 터졌다.

단천도제 모용백의 단천참마도가 펼쳐지면서 도철의 촉수를 막아내고 있었다.

다른 무사들의 병기에도 푸른 기운이 어렸다.

각기 자신의 검, 도, 창, 부 등의 제각각의 병기를 사용하고 있었다.

열아홉의 촉수가 무작위로 무사들을 두드렸으나, 모두 막아내고 있었다. 이를 악물고 자신의 병기를 휘두르는 그들의 방어에 도철의 촉수가 막힌 것이다.

"호오?"

도철의 얼굴에 흥미가 일었다.

설마 이렇게 간단하게 자신의 기운을 막을 것이라고는 상상도 못 한 것이다.

당연히 자신의 탐식에 당할 것이라 생각했건만 굳건히 막아내고 있었다.

물론 한 번 부딪힐 때마다 무사들의 진이 출렁거렸으나 아직은 단단히 막아내고 있었다.

경천회가 자랑하는 천하십대절진 중 하나인 경천멸마대진의 위력이었다.

경천멸마대진의 목적은 오직 하나였다.

파사현정(破邪顯正), 척마멸사(拓魔滅私).

그랬기에 특히나 사이한 기운과 마기의 천적이나 다름없는 진이다.

그 원리는 간단하면서도 심오했다.

오로지 강력한 사마를 상대하기 위해 만들어진 진법으로 진법 구성원들의 기운을 모아 강대한 파사의 힘을 만들어내는 것이다.

그랬기에 구성원의 무공과 병기는 아무 상관이 없었다.

정해진 방위에서 정해진 기운의 경로를 지키며 전력으로 적과 싸우면 되는 일이다.

그 기반은 경천회의 가장 강력한 심법인 청청혼강심법이었다.

한 사람의 몸에서 일어나는 심법의 경로를 거대한 진법으로 풀어낸 것이다.

그랬기에 도철의 기운을 모두 막아내고 있었다.

소문에 들리던 것과 달리 도철의 촉수가 아무런 힘도 못 쓰자 무사들의 사기가 크게 올랐다.

모용백의 단천참마도가 더욱 거세게 펼쳐졌다.

도철이 가진 사특한 기운과는 상극을 이루는 무공이었다.

청청혼강심법을 기반으로 펼쳐지는 단천참마도가 경천멸마대진의 기운까지 받으니 더욱더 강력했다.

도철은 어느새 서른 개의 촉수를 만들어 싸우고 있었다. 그중 넷을 모용백이 홀로 감당하고 있었다.

그 모습을 지켜보던 심온은 주먹을 꽉 쥐었다.

어쩌면 가능할지도 몰랐다.

파사현정, 척마멸사의 경천회였기에 가능한 일인지도 모른다. 도철과 같은 흉수와는 상극인 곳이니까.

그사이 촉수를 마흔 개까지 늘렸으나 결과는 비슷했다.

아니, 효과는 있었다. 진을 구성하는 무사들의 입가에 가는 선혈이 비치기 시작했다.

도철의 위력을 버티며 입은 내상이다.

“큭큭. 재미있어, 재미있어.”

아무것도 못 하는 상황이 무엇이 재미있다는 것인지 도철은 웃음을 흘렸다.

그러더니 처음으로 뒷짐을 풀고 움직이기 시작했다.

그의 몸이 까맣게 물들었다.

여기저기 움직이면서 세차게 휘젓는 팔은 모용백의 단천참마도의 움직임과 비슷했다.

선우평의 기억에 있는 움직임을 자신의 기운으로 펼쳐내기 시작한 것이다.

도법이지만 상관없었다. 그저 강대하고 사특한 기운으로 압도적으로 누르면 될 뿐.

도철이 본격적으로 움직이자 진의 출렁임이 더 커졌다.

"크윽."

"헉."

여기저기서 신음 소리가 흘러나왔다. 모용백은 두 눈을 부릅뜨고 도를 휘둘렀다.

저놈이 어찌 단천참마도를 알고 있단 말인가.

꽉 깨문 입술 사이로 피가 흘렀다.

읍성에 나타났을 때, 사도평의 모습이었다고 했다. 이전에는 몰랐지만, 도철도록을 얻은 지금은 추측할 수 있었다.

아마도 지금 이 사내의 모습을 뒤집어쓴 것처럼 자신의 대제자의 모습을 뒤집어쓴 것일 게다.

도철도록에는 사람의 모습을 뒤집어쓸 수 있다고 나와 있지는 않았다.

그저 씨앗의 양분으로 삼아 발아하여 부활할 수 있다고만 되어 있었다.

이 모습을 보면, 제자가 어찌 되었는지 알 수 있었다.

잡아먹힌 것이 아니라, 아예 빼앗겨 버린 거다.

어쩌면 지금 펼치는 저 도법도 제자에게서 빼앗은 것일지도 몰랐다.

아니, 분명했다.

"평아……."

낮은 읊조림.

애잔함과 분노가 가득했다.

모용백의 단천참마도는 더욱 거칠게 날뛰었으나 도철에게 직접적인 타격은 주지 못했다.

사정없이 몰아붙이고 있었지만 저 단단한 방어를 뚫을 수가 없었다.

게다가 지금은 자신만 상대하는 것도 아니었다. 그 와중에 이리저리 움직이며 진이 약한 부분을 두드리고 있었다.

벌써 수많은 무사가 빠지고 새로운 무사가 채워졌다.

언제까지 버틸 수 있을지 몰랐다. 진법을 익힌 무사의 숫자에는 한계가 있으니까 말이다.

그럼에도 전투는 길었다.

도철을 상대로 이각(약 30분)에 가까운 시간을 버티고 있었다.

"경천회주 모용백."

그때 도철이 입을 열었다.

"제법 괜찮은 준비였다, 크크큭. 그런데 그것 아나? 상극이라는 것도 힘의 균형이 엇비슷할 때나 의미가 있다는 걸 말이야."

그 말이 끝남과 동시에 도철의 몸에서 무시무시한 기운이 터져 나왔다.

지금까지는 그저 재미로 즐기고 있었던 것이다.

"크아악."

그 기운에 사방에서 비명이 터져 나왔다.

경천멸마대진의 기운 덕에 도철에게 먹히는 것은 면했지만, 진이 깨져 버렸다.

단 한 번의 압도적인 힘을 감당하지 못하고.

진을 구성하고 있던 이들 중 두 발로 꼿꼿이 서 있는 것은 모용백이 유일했다.

그의 도에서는 푸른 검강이 이글거리고 있었다.

앞섶은 붉게 물들어 있었고 연신 피를 쿨럭거리고 있었다.

"어마어마하군……."

힘겹게 중얼거렸다.

이글거리던 검강의 기세도 조금씩 약해져 갔다.

"일단 네놈이 먼저다."

도철의 촉수가 하나로 합쳐졌다. 그리고 곧장 모용백을 향해 날아갔다.

"크핫!"

모용백은 마지막 남은 내공을 전력으로 끌어 올려 촉수를 후려쳤다.

쾅!

요란한 소리가 울리며 촉수와 모용백의 힘겨루기가 시작되었다. 도철은 그 모습이 재미있다는 듯 지켜보았다.

죽음을 피하기 위해 발버둥 치는 개구리를 가지고 노는 뱀과 같은 눈빛이었다.

모용백은 전력으로 남은 기운을 일으켜 도강에 밀어 넣었다. 청청혼강심법의 기운은 도를 타고 도철의 기운을 막아냈다.

힘겨루기 와중에 아주 작은 기운 하나가 도철의 기운을 거슬러 올랐다.

도철의 눈썹이 꿈틀했다.

자신의 신경을 거슬리는 작은 움직임을 감지했기 때문이다.

장난은 이쯤에서 끝내야겠다고 마음먹고 손을 뺀으려는 순간.

두근.

가슴 한가운데에 있던 그 작은 조각이 움직였다.

"컥."

그 작은 움직임은 커다란 고통을 만들었다. 그리고 자신의 촉수를 거슬러 움직이던 작은 기운이 쾌속하고 그곳으로 날아들었다.

쾅!

가슴이 터지며 피가 사방으로 터져 나갔다.

모두가 그 모습을 치켜뜨고 보았다.

경천회주가 도철을 죽였다. 모두가 그런 환호를 내지르려는 순간.

도철의 가슴은 빠르게 수복되었다.

얼빠진 얼굴로 그 광경을 볼 수밖에 없었다.

"괴… 괴물……."

누군가 힘없이 중얼거렸다. 그 말 그대로였다. 그야말로 괴물이지 않은가.

"크윽."

어느새 입가에 흐른 피를 닦으며 도철은 바닥의 핏덩이를 노려보았다.

"순간 아찔했어. 뭐, 그래도 다행이라면 다행일까. 계속 신경을 거슬리던 것이 완전히 사라졌군."

그것은 도철 자신의 심장 일부였다. 아직도 꿈틀거리며 움직였다.

발아할 때 마저 따라와 이 몸 안 어딘가에 자리를 잡는가 싶더니, 마지막에 자리한 곳이 심장일 줄이야.

그래도 이제는 완전히 몸 밖으로 배출했다.

도철은 자신의, 아니, 정확히는 선우강후의 심장을 발로 짓이겼다. 이미 심장의 수복은 완료되었다.

—사, 사부님. 죄송합니다.

그 모습을 안타까운 얼굴로 지켜보던 모용백은 머리에 환청같이 울리는 제자의 목소리에 눈시울이 붉게 변했다.

과연 정말로 울린 목소리인지, 자신의 착각인지 알 수 없었지만, 모용백은 분명히 느꼈다.

도철 저놈의 몸속에 숨어 있던 아주 작은 제자의 청청혼강심법의 존재를.

"그럼. 이제 다시 해보도록 하지."

도철이 그 말을 하는 순간, 이미 장내에는 그를 상대할 인물은 남아 있지 않았다.

모용백도 도를 든 채 겨우겨우 서 있을 뿐이다. 도강은 어느새 사라지고 없었다.

도철의 몸에서 순식간에 수백 개의 촉수가 뿜어져 나왔다.

"귀찮으니까 한 번에 끝내지. 기분 나빠졌어."

도철은 자신이 짓이긴 심장을 힐끗 쳐다보았다. 동시에 모여든 모든 사람을 향해 촉수가 움직이려 하는 순간.

콰콰쾅!

거대한 폭음과 함께 흙먼지가 도철을 집어삼켰다. 촉수는 어느새 사라지고 없었다.

그와 동시에 홍원이 장내에 내려섰다.

흙먼지가 가득한 그의 모습은 꾀죄죄하기 이를 데 없었다. 그야말로 쉬지 않고 달려왔기 때문이다.

"장 공자!!"

"장 소협!!"

홍원을 알아본 이들이 반가움을 담아 외쳤다.

"크윽, 또 네놈이야?"

떨어져 나간 팔을 수복하며 도철이 홍원을 노려보았다.

"후우, 이번에는 아슬아슬하게나마 제때에 도착했군."

홍원이 도철을 바라보며 중얼거렸다.

"용케도 날 찾아냈구나."

도철이 신기하다는 얼굴로 말했다. 나름대로 꼭꼭 숨어 움직였건만, 놈은 자신이 어디에 있을지 알고 왔다는 듯 말하지 않았는가.

홍원은 그 말을 무시한 채 모용백을 보며 말했다.

"회주님, 잘 버텨주셨습니다. 감사합니다. 늦지 않고 올 수 있게 해주셔서."

홍원은 경천회를 향해 달려오면서 정말로 간절히 빌었다.

이각만 버텨달라고. 그러면 제때에 도착할 수 있다고.

그렇게 간절히 빌기는 했지만, 설마 경천회에 이런 저력이 있는 줄은 몰랐다.

기감으로 도철과 경천회의 싸움을 느낀 순간 더욱 박차를 가했다. 더 이상 빠를 수 없을 만큼 빨리 달리고 있었지만, 그 한계를 넘어라 달렸다.

그리고 결정적인 순간에 나타날 수 있었다.

지금은 사라지고 없지만, 도철의 기운에 대항하던 그 맑고 정명한 기운.

그것이 모용백의 단전에 자리하고 있음을 홍원은 느낄 수 있었다.

'경천회의 뿌리는 깊고도 단단하구나.'

내심 감탄했다.

아무리 도철이 장난치듯 상대했다지만, 이 정도로 감당해 낼 줄이야.

지금의 도철은 예전과 달랐다.

자신에게 소멸되었던 때와는 비교할 수 없을 정도의 기운을 가지고 있음이 느껴졌다.

물론 현재 홍원도 그때와는 전혀 달랐다.

"그렇잖아도 이놈들을 몽땅 먹어치운 후, 네놈을 갈기갈기 찢으러 가려고 했다. 그런데 이렇게 제 발로 나타났으니, 크크. 순서가 바뀌었다만 네놈을 갈기갈기 찢어발기고, 저놈들을 먹어치우면 되겠군."

“할 수 있으면 그리해 보시지. 이번에는 본신으로 안 돌아가나? 그래야 날 감당할 수 있을 텐데?”

“크윽, 네놈…….”

홍원의 도발에 도철이 이를 갈았다. 돌아갈 수 없으니까.

돌아가는 순간 중심의 그놈들이 튀어나올 테니까. 저놈은 아마도 그 사실을 아는 것 같았다. 그랬기에 더욱 분했다.

第五章
결착

오늘도 같은 다루에 올라 다향을 음미하던 유검의 얼굴이 딱딱하게 굳었다.

어마어마하게 거대한 기운을 느꼈기 때문이다.

'이 정도라니… 이건 장 사숙보다 더 강하다.'

유검이 마지막으로 만났을 때의 홍원과 비교할 수도 없을 정도의 기운이었다.

거기에 기운의 성질이 무척이나 음울했다. 마기나 다를 바 없었다.

'이곳에 있어도 되는 것일까?'

유검은 순간 고민했다. 느껴지는 곳은 경천회의 한가운데이다. 오늘 경천회에서 무슨 사달이 나도 날 것 같았다. 그 전에 몸을 피하는 것이 현명하지 않을까, 그런 생각이 든 것이다.

자신이 경천회와 인연이 있는 것도 아니지 않은가.

사람들은 아직 그런 변고를 전혀 눈치 못 채고 있었다. 그럴 수밖에 없는 것이 이것은 어느 정도 경지에 오른 무림인들이나 느낄 수 있는 기운이었다.

가만히 놓인 찻잔에 파문이 일었다.

경천회에서 퍼져 나오는 기운의 영향이었다. 사람들은 단순히 다탁이 조금 흔들렸나 하고 고개를 갸웃거릴 뿐이다.

그러나 유검은 분명히 느낄 수 있었다. 그 농밀하고도 끈적끈적하며 음울한 마기가 점점 주변으로 퍼지고 있음을.

유검은 자리에서 일어났다.

더 이상 광평성에 있을 수는 없겠다 판단한 것이다.

우웅.

그때, 그의 검이 낮게 떨렸다. 유검의 발을 붙잡은 것이다.

희대의 명검과 같은 검이 아닌 그저 평범한 검이다. 그런데 그 검이 마기에 반응을 해 울음을 흘렸다.

"하아."

유검은 낮게 한숨을 쉬었다. 떠날 수 없을 듯했다. 이것은 검의 의지가 아니라, 자신이 새로운 경지를 개척하고 있는 무공의 의지였다.

유검은 어쩔 수 없다는 듯 고개를 저으며 경천회의 정문으로 향했다.

콰콰콰쾅!!!

그때 경천회에서 요란한 폭음이 터져 나왔다. 그제야 사람들이 변고를 눈치챈 것인지, 의문 가득한 눈으로 거대한 경천회를 바라보았다.

슬금슬금 경천회로부터 멀어지는 이들도 나타나기 시작했다.

유검이 향하는 움직임과는 정반대의 사람의 물결이 일었다. 그럼에도 유검은 아무렇지도 않게 정문 앞에 도착할 수 있었다.

높은 담장 위에 서서 경천회를 바라보는 인물이 있었다. 유검이 훌쩍 뛰어올라 그 옆에 섰다.

지난번에 봤을 때는 임무 중이라 여겨 모르는 체했지만, 지금 이 순간 이곳에 있다면 물을 수밖에 없었다.

"환영, 무슨 임무인가?"

"유검인가?"

유검의 물음에 선우무영이 답했다.

"이건 대체 뭐지?"

건물들 사이로 멀리 보이는 모습에 유검이 딱딱한 목소리로 물었다. 검은 촉수의 기운을 내뿜는 중년인.

분명 다루에서 환영과 함께 있던 이였다.

그리고 유검이 아무리 문의 일에서 손을 놓았다고 해도 비은팔호법의 일인으로서 기본적인 정보는 접하고 있었다.

그랬기에 당연히 흉사도 알고, 도철에 대한 정보도 접했다.

천선문 역시 도철도록에 대한 정보를 얻고 중요한 내용은 요

직에 있는 이들에게 알린 터다.
"보는 것 대로지."
"내가 알고 있다면 저건 분명 흉수 도철만이 가능한 일일 것 같은데……."
유검의 물음에 환영이 고개를 끄덕였다.
"그렇지. 내 주군이시다, 내 한을 풀어주실. 북궁 천하를 끝내고 새로운 선우 천하를 열어주실 분이지, 크크크."
원한을 가졌으되, 도철에게 심령이 제압당한 선우무영.
도철에 대한 원한이 엉뚱하게 선우 천하의 수복이라는 욕망으로 비틀려 튀어나오고 있었다.
"배신한 것이더냐?"
어느새 검을 뽑아 든 유검이다.
"배신이라니. 내 근원을 찾아가는 것이지."
환영 역시 검을 뽑아 들었다.
경천회의 담장 위에서 두 사람이 한판 어우러졌으나 그리 길지 않았다. 선우무영은 결코 유검의 상대가 되지 못했다.
환영을 제압한 유검이 접전이 벌어지고 있는 곳으로 몸을 날렸다.
그때 커다란 충격이 일면서 땅이 흔들렸다.
"크윽……."
유검이 애써 균형을 잡고 다시 전면을 바라보았을 때.
제대로 버티고 있는 이는 모용백이 유일했다.
그리고 도철과 무언가 접전을 벌이는 듯하더니 도철의 가슴이 터지고는 이내 회복되었다.

"아아……."

막 도철의 몸에서 거대한 검은 기운이 솟아올랐을 때. 유검은 허탈한 심정으로 하늘을 올려다보았다.

그리고 발견했다.

붉은빛이 빠른 속도로 도철을 향해 쏘아지고 있었다.

"장 사숙."

그 붉은빛의 시작점에 작지만 너무나 또렷한 얼굴이 보였다.

유검이 다시 달려서 대전 앞에 도착했을 때는 홍원과 도철이 서로를 사납게 노려보고 있었다.

누구도 유검의 등장을 신경 쓰지 않았다.

그런 유검의 옆에 새로이 한 여인이 나타났다. 모용연이었다.

모용중호의 손길을 뿌리치고 이곳으로 달려온 것이다. 모용혜만 떠나보냈다. 아직 어린 동생은 어떻게든 살려야 했으니까.

막 이곳에 도착한 모용연은 홍원의 등장에 눈을 질게 떨었다.

항상 경천회가 위급한 순간에 결정적인 도움을 주는 이였다.

"네놈, 이번에는 갈기갈기 찢어서 개밥으로 만들 것이다."

도철이 살기 가득한 목소리로 다시 한 번 말했다.

몸 밖으로 솟아오른 검은 기운이 도철의 몸을 점차 잠식하나 싶더니 이윽고 검은 기운에 완전히 뒤덮였다.

그야말로 마기의 갑옷을 입은 듯한 모습이었다.

"새로운 모습이로군."

단하와 흑운을 뽑아 든 홍원이 도철을 보며 중얼거렸다. 어느새 두 병기에는 강기가 어려 있었다.

그와 동시에 무수한 백검강과 적도강이 허공을 수놓았다.

홍원은 지체 없이 이기어검으로 백검강과 적도강을 날려 보냈다.

도철이 두 주먹을 휘두르자 검은 기운이 강기의 형태가 되어 날아가 백검강과 적도강에 부딪혔다.

쾅! 콰콰쾅!

요란한 소리와 폭풍이 휘몰아쳤다.

사람들은 점점 더 뒤로 물러났다. 두 사람의 출동의 여파에서 최대한 멀어져야 했다.

홍원은 순식간에 달려들어 검과 도를 휘둘렀다.

흑운이 도철의 옆구리를 노리는가 싶다가도 어느새 나타난 단하가 도철의 다리를 베어 갔다.

도철은 연신 팔다리를 휘두르며 홍원의 공격을 방어했다.

홍원의 강기와 도철의 흑강이 부딪힐 때마다 요란한 소리가 울렸다.

사람들은 멍하니 그 모습을 바라보았다.

홍원은 오로지 도철에게 집중하고 있었다.

도철은 이를 악물었다. 역시 이놈과는 상성이 좋지 않았다. 부딪힐 때마다 자신의 기운이 숭덩숭덩 날아가 버렸다.

지금은 지난번과 달리 그 끝이 없을 정도로 기운을 모아왔지만, 상극이란 것이 이래서 무서웠다.

저놈은 상극의 기운을 자신에게 필적할 정도로 지니고 있으니, 상극의 묘가 자연스레 도철을 불리하게 만들었다.

'그렇다면 더 먹어치워야지.'

이곳에는 무림인이 한가득이다. 무림인 하나를 먹을 때마다, 얻을 수 있는 기운의 양은 무시무시했다.

홍원이 자신에게 집중하고 있음을 확인한 도철의 등에서 은밀히 작은 촉수가 하나 솟아 나왔다.

그것을 숨기기 위해 도철은 더욱 크고 화려한 공격을 홍원에게 퍼부었다.

홍원은 기운을 끌어 올려 도철의 공격을 막았다.

그 순간, 촉수가 무작위로 한 곳을 향해 날아갔다.

'일단 아무나 한 놈.'

주먹을 꽉 쥐고 간절한 눈으로 홍원의 싸움을 바라보던 모용연은 깜짝 놀랐다.

갑자기 검은 무언가가 자신을 향해 빠른 속도로 날아오는 게 아닌가.

캉!

그때 눈앞에 솟아오른 검이 그 촉수를 쳐냈다.

전장과 떨어진 곳에서 울린 작은 충돌음.

그러나 모두의 이목을 집중시키기에는 충분했다.

"허, 역시 교활한 놈이로고."

홍원이 어이없다는 눈으로 도철을 바라보았다. 지난번의 싸움은 아무것도 없는 황무지였기에 미처 겪지 못한 부분이었다.

설마 자신과 싸우는 와중에 주변의 사람을 노릴 수 있을 줄이야.

방심했다.

그랬기에 불의의 일격을 막아준 인물에게 새삼 고마웠다. 익히 아는 인물이다. 자신이 그의 무공을 봐주지 않았던가.

'유검이라. 대단하군.'

도철의 촉수는 아무나 막을 수 있는 것이 아니었다. 그에 상극인 기운이 있어야만 접촉이 가능하지 않던가.

모용연은 깜짝 놀라 두 눈을 깜빡였다.

"이 빌어먹을 놈은 어디서 튀어나온 게냐."

도철의 낭패한 음성이 흘러나왔다.

유검을 발견한 사람들은 고개를 갸웃거렸다. 아무리 봐도 경천회의 사람은 아니었기 때문이다.

'허, 이래서 검이 울었던 것인가.'

날아오는 기운에 반사적으로 검을 움직였지만, 이런 식으로 막아낼 수 있을 줄은 몰랐다.

한 번 부딪혀 보니 알 수 있었다.

무유팔절검해는 저놈의 기운을 상대할 수 있었다. 그랬기에 검이 울어 그의 발을 붙잡은 게다.

"사숙, 이쪽은 걱정 마시오. 내가 상대할 수 있을 것 같소."

유검의 담담한 말에 사람들은 깜짝 놀랐다. 그가 사숙이라 칭하는 인물이 홍원임을 알았기 때문이다.

"훗."

그 말에 홍원이 피식 웃었다. 그리고 다시 움직였다.

유검이 걱정 말라 했으나, 같은 실수를 두 번 할 홍원이 아니었다.

이미 수가 들킨 도철은 무지막지한 기운을 쏟아내는 한편 수많은 촉수를 사람들을 향해 날렸다.

그것들의 절반은 홍원에 의해, 나머지 절반은 유검에 의해 막혔다.

홍원은 검과 도로 무유팔절검해와 천선을 펼치며 도철을 압박했다.

"크아아악!"

도철의 사나운 울음과 함께 무수히 많은 흑강이 솟아올랐다. 마치 도철의 본신에 솟아오른 뿔과 같았다.

모든 흑강을 홍원을 향해 날아갔다.

홍원의 검과 도는 그 모든 것을 쳐냈다. 그리고 오히려 적도강과 백섬강이 날아갔다.

그것들의 빛깔은 조금씩 변해 있었다.

모두 영기를 머금은 것이다.

영기를 머금은 강기의 공격에 도철의 기운이 조금씩 벗겨져나갔다.

도철은 자신의 기운을 거대한 채찍으로 만들어 사방을 쓸었으나 홍원의 검에 막혔다.

어떤 공격도 모두 막히자 도철은 그야말로 발악하듯이 온갖 공격을 쏟아냈다.

모용백을 상대할 때의 여유로운 모습이 거짓말 같았다.
어마어마한 기운의 공세에 땅이 울리고 하늘이 떨렸다.
기운의 파편을 맞아 무너진 건물도 벌써 세 채였다.
광평성의 사람들은 두려움에 떨며 최대한 경천회에서 멀어지려 했다.
지진이라도 난 듯 땅이 흔들렸기에 공포가 밀려온 것이다.
홍원은 바깥의 상황을 신경 쓸 틈이 없었다.
도철이 뿜어내는 기운은 홍원으로서도 겨우 감당할 정도였다.
'대체 얼마나 사람들을 집어삼킨 것이냐.'
홍원의 두 눈에 분노가 물들었다.
그리고 의지가 발현되었다.
찬란히 빛나는 의지의 구슬, 광옥.
그것이 도철 머리 위 높은 곳에 만들어지기 시작했다.
동시에 홍원은 도철의 기운에 맞부딪히며 그를 몰아붙였다.
쾅! 쾅!
거대한 폭음의 향연이었다. 그야말로 거대한 기운과 기운의 충돌이었다.
그러나 충돌할 때마다 손해를 보는 것은 도철이었다.
홍원의 기운 속에 가득한 영기를 감당하지 못하는 것이다.
"크윽."
도철이 나직한 신음을 흘렸다.

그 순간 빛살처럼 움직인 홍원이 검과 도를 휘둘렀다.

무유와 천선의 조화.

그 속에 나타난 환상적인 움직임은 일수유의 찰나에 도철의 팔다리를 잘라 버렸다.

목은 아슬아슬하게 피해 버렸다.

홍원이 아쉬운 눈으로 도철을 보았을 때, 그는 이미 멀찍이 물러났다.

몸통만으로 움직이는 기괴한 모습이다.

"괴, 괴물이야. 괴물."

누군가가 중얼거렸다.

허공에 둥둥 뜬 채, 검은 기운을 뭉클거리는 그는 누가 봐도 괴물의 모습이었다.

"크크크, 네놈도 달라졌구나. 지금은 그야말로 식겁했다."

사실 홍원이 애초에 노린 것도 목이었다. 광옥이 있다 하나, 단번에 끝낼 수 있다면 그편이 더 좋았으니까.

그러나 찰나의 순간 도철이 움직이면서 팔다리를 자르는 것으로 끝이 났다.

아쉬웠다.

도철이 잘린 팔과 다리를 회복하기 전에 홍원이 다시 달려들었다. 검과 도가 함께 움직이며 홍원의 경지는 다시 한 번 진일보하고 있었다.

도철은 잘린 사지를 미처 회복하지 못했기에 그의 몸에서 나오는 기운만으로 홍원의 공격을 감당했다.

기괴하고 괴기스러웠다. 몸통에 목만 달린 사내가 뭉클거리는 기운을 뿜어내고 있는 모습은 차마 바라보기 힘들었다.

도철은 끊임없이 기운을 뿜어냈다. 그와 동시에 다른 사람들을 먹어치우기 위한 노력도 멈추지 않았다.

다만 그런 노력들은 번번이 유검의 검에 막혔다.

홍원은 새삼 유검의 존재가 다행스러웠다. 아무리 홍원이라 하더라도 무수히 솟아오르는 도철의 기운을 모두 막는 것은 어려웠다.

그런 홍원이 놓친 몇몇을 유검이 처리해 주니 더욱 도철과의 싸움에만 집중할 수 있었다.

어느새 도철의 팔다리가 복원되었다. 그리고 다시금 온몸을 검은 기운으로 감쌌다.

한 번 당한 탓인지, 도철의 움직임은 조심스러웠다.

다시는 방심하지 않겠다는 결연한 태도였다. 홍원의 검과 도는 여전히 도철을 압박했다.

도철은 흑강을 마구잡이로 쏘아대며 응수했다.

홍원의 주변 허공에서 연신 백검강과 적도강이 형성되어, 도철의 흑강을 요격했다.

쾅! 쾅! 쾅!

허공에서 연이어 커다란 폭음이 울렸다.

인간과 인간의 싸움이 아니었다.

멀리 물러서 경천회의 무인들은 입을 다물지 못했다.

"어이해 떠나지 않은 것이냐?"

모용연을 발견한 모용백이 질책하듯 말했다.

“저는 이제 어리지 않아요, 아버지. 저 역시 아버지와 마찬가지로 경천회와 최후까지 함께할 거예요. 혜아는 무사히 떠났으니 염려치 마세요.”

모용연의 대답에 모용백은 복잡한 눈빛으로 딸을 쳐다보았다.

모용연도, 모용혜도.

모용백에게는 더없이 소중한 딸이 아니던가.

“가솔들도 모두 떠나도록 조치했으니 걱정하지 마세요.”

이어진 딸의 말에 모용백은 고개를 끄덕일 수밖에 없었다. 그의 딸은 이미 훌륭한 경천회의 무인이 되어 있었다.

자신이 미처 챙기지 못한 것까지 챙기지 않았던가.

위급한 순간에 자신의 자식들의 안위만 생각한 것이 못내 부끄러워졌다.

모용혜가 떠난 후, 가솔들의 대피를 지시하고 왔기에 모용연이 늦은 것이다.

“혜아는 어디로 갔느냐?”

모용백이 도철과 홍원의 싸움에 집중하며 물었다.

“읍성요. 중원에서 그곳이 가장 안전할 거라 여겼어요.”

그 말에 모용백이 고개를 끄덕였다. 홍원의 고향이니, 가장 안전한 것이 당연했다. 그곳에 그가 있을 테니까.

“다만, 설마 그가 이곳에 나타나리라고는…….”

모용연은 복잡한 감정이 담긴 눈으로 홍원을 바라보았다.

허공에서 번쩍번쩍 강렬한 빛이 터졌다. 정확히는 흑백적의 세 가지 빛깔이었다.

홍원과 도철의 기운이 부딪히는 광경이 보였다.

시간이 갈수록 검은빛이 조금씩 줄어들고 있었다.

홍원이 도철을 조금씩 압도하고 있는 것이다.

"크아아아악!"

도철의 갑옷과 같은 기운은 다시 한 번 벗겨졌다. 발악과 같은 괴성이 도철의 입에서 터져 나왔다.

미친 듯이 쏟아내는 기운과 주먹질과 발길질은 모두 홍원에게 막히고 있었다.

이미 가진 바 절반의 기운을 소모한 상태다.

추가적인 기운의 흡수는 난데없는 쥐새끼 덕에 전혀 하지 못하고 있었다.

도철은 점점 더 자신이 수세에 몰리는 것을 느꼈다.

'이대로는 아무런 승산이 없다.'

그제야 도철은 주변을 살폈다. 설마 이번에도 이리 될 줄은 몰랐다.

이번에는 그야말로 자신만만했건만. 준비가 완벽했다 여겼건만.

[무영!]

이제는 몸을 피해야겠다고 마음먹고 무영을 찾았다.

경천회의 주변에 있을 것이다. 그러나 아무리 심어를 보내도 반응이 없었다.

도철의 얼굴이 일그러졌다.

그놈이라도 먹어치우고 그 힘으로 도주하려던 계획에 차질이 생긴 것이다.

그 와중에도 기운은 점점 소모되고 있었다.

이제는 급해졌다.

도철은 기운을 흡수하기 위해 뻗었던 촉수를 거둬들였다. 그리고 그 힘을 모두 홍원을 향해 터뜨렸다.

정말로 몸을 빼내야 했다.

저놈을 상대하는 것은 다음이다. 분하지만 어쩔 수 없었다.

"크아아아악!"

도철이 다시금 괴성을 질렀다. 그와 동시에 지금까지와는 다른 흑강의 폭풍이 몰아쳤다.

'저놈이.'

홍원은 그 공격에서 도철의 의도를 읽었다. 그대로 둘 수 없었다.

"타핫!"

홍원의 기합성이 터졌다.

그와 동시에 무유팔절검해의 최고 절초와 천선의 최고 절초가 동시에 터져 나왔다.

어지러운 검기와 도기가 하늘을 뒤덮었다.

쿠아아아아아!

기운과 기운의 충돌은 어마어마했다.

하늘이 무너지고 땅이 무너지는 듯했다.

"크윽."

사람들은 온 힘을 다해서 충돌의 여파에 버텼다. 다들 땅에 납작 엎드렸다. 그러지 않으면 폭풍에 휘말려 갈가리 찢길 것만 같았다.

유검 역시 마찬가지였다.

믿을 수가 없었다. 이토록 엄청난 힘이라니.

아직 유검 자신이 갈 길은 멀고도 멀었다. 겨우 이 정도 성취에 만족하여 광평성을 찾을 자신을 질책했다.

커다란 폭풍이 휘몰아치는 순간 도철은 몸을 빼고 있었다. 자신의 최후의 공격이 홍원에게 타격을 줄 거란 생각은 손톱 밑의 때만큼도 없었다.

그놈은 분명히 막아낸다. 피하지는 않을 것이다.

피하는 순간 이곳이 초토화될 테니까.

그놈이 막으려고 시간을 보내는 틈에 달아나야 한다. 그랬기에 도철은 홍원이 있는 곳 반대쪽으로 전력으로 몸을 날렸다.

"네놈이 하는 짓이 늘 그렇지."

그때 갑자기 들리는 그놈의 목소리.

서걱.

그리고 들리는 절삭음. 그와 동시에 허망하게 아래로 떨어졌다. 그 시선에 잡힌 것은 허공에서 고고히 서 있는 홍원과 목 없이 떨어져 내리는 자신의 몸이다.

'설마…….'

설마 그대로였다. 홍원은 일 검에 도철의 목을 벤 것이다.

'이, 이럴 수는 없다.'

아무리 흉수 도철이라고 하더라도 목이 베이고 의식을 잃으면 그것으로 죽음이다.

그럴 수는 없었다.

죽음을 피하는 방법은 한 가지뿐이다. 그러나 그 방법을 쓴다 해도 죽는 것은 똑같았다.

어차피 자신은 죽는다.

그 사실을 인식하는 순간 불같은 분노가 일었다.

얼마나 긴 세월을 참고 참아, 손에 넣은 기회이건만.

수천 년의 세월을 그 차갑고 어두운 동굴 속에 숨어 살며 기다린 때인데.

이제 겨우 따뜻한 햇살이 내려쬐는 세상에 나왔건만.

불과 일 년도 살지 못하고 이렇게 죽게 된단 말인가.

원망스러웠다. 저주스러웠다. 모든 것을 다 파괴하고 싶었다.

그렇게 생각하는 순간.

도철은 최후의 선택을 했다. 시간이 더 흐르면 이대로 죽음을 맞이할 것이다.

도철의 시선이 자신의 몸으로 향했다.

목이 있던 자리에서 검은 기운이 뭉클거리며 흘러나오고 있었다.

도철의 두 눈이 검게 빛났다.

그 순간 도철의 머리도, 몸통도 검은빛을 터뜨리며 사라졌다.

그리고 그 자리에 도철이 현신했다.
“크아아아아앙!”
거대란 울부짖음이 광평성의 하늘에 울려 퍼졌다.
“으아아아악!”
광평성 사람들의 비명이 터져 나왔다.
커다란 울음과 함께 공중에 갑자기 나타난 흉수의 모습에 겁에 질린 것이다.
괴물의 출현이었다.
“그래. 목을 잘랐다고 끝날 거라 생각지는 않았다.”
홍원이 검을 휘둘렀다.
아무런 변화도 없었다. 작은 바람조차 일지 않았다.
경천회의 사람들은 갑자기 본신을 드러낸 도철의 모습에 경악했다. 저것이 전설로 전해져 오던 사흉수 중 도철의 진정한 모습이었다.
모용백은 정말로 놀랐다.
도록에 그려진 모습 그대로였다.
“저런 괴물이 우리를 노렸다니.”
쿠웅!
그때 요란한 소리를 내며 도철이 땅에 착지했다.
“크허어어엉!”
다시 한 번 요란한 울음이 터져 나왔다. 도철의 등 위로 수없이 많은 검은 촉수가 솟아올랐다.
그 모습을 확인한 무사들은 긴장한 채 침을 꿀꺽 삼켰다.

당장 도망가도 이상하지 않을 상황이었건만, 그들은 자리를 굳건히 지켰다.

모용백이 당당히 자리를 지키고 있었기 때문이다.

그의 명령 없이는 한 발짝도 움직이지 않았다.

"어어?"

"저, 저거……."

그때 몇몇 사람이 하늘을 올려다보며 웅성거렸다.

그 소란에 모든 이의 시선이 도철에게서 하늘로 옮겨졌다.

밝은 빛이 하늘에서 강림하고 있었다. 두 눈을 뜨고는 볼 수 없는 찬란한 빛이 서서히 내려와 도철을 향해 다가가고 있었다.

내공이 깊은 이들은 눈을 가늘게 뜨고 내공으로 눈을 보호하며 겨우 빛의 정체를 볼 수 있었다.

작은 구슬이었다.

어른 주먹보다 조금 큰 구슬이 찬란하고도 성스러운 빛을 뿌리며 도철을 향해 날아가고 있었다.

더없이 느린 듯했으나 빨랐다.

"카아아아악."

빛에 닿는 순간 도철의 검은 기운이 스러졌다. 도철이 비명을 터뜨렸다.

"가라, 광옥."

홍원이 허공에 발을 디딘 채 낮게 중얼거렸다.

그 말이 끝나는 순간 광옥은 빛살과도 같은 속도로 도철에게 날아가 그 이마에 박혔다.

"크아아아아아아아아아악!!!!"

도철의 비명만이 허공에 울려 퍼졌다.

[이, 이럴 수는… 이럴 수는 없다!!!]

도철의 절규가 홍원의 머리에 울렸다. 그러나 홍원은 담담한 얼굴로 그 모습을 지켜볼 뿐이었다.

광옥의 빛이 도철을 집어삼켰다.

폭발하듯 터져 나온 빛의 향연에 모든 사람들이 눈을 감을 수밖에 없었다.

그 모습을 똑똑히 보고 있는 이는 홍원이 유일했다.

빛이 사라지고 한참의 시간이 지난 후에야 사람들은 시력을 회복할 수 있었다.

그리고 드러난 정경.

언제 그런 소란이 있었냐는 듯 아무것도 없었다.

도철은 흔적도 남기지 못하고 사라졌다. 그리고 홍원도 없었다.

광옥이 완벽하게 도철을 소멸시키는 것을 확인한 순간 홍원은 몸을 날렸다.

큰일을 해결했으니, 이제 개인적인 일을 해결할 차례다.

홍원은 곧장 읍성을 향해 달렸다.

극심한 피로를 느꼈으나 쉴 생각은 없었다. 홍산이 남긴 서찰에 있는 곳으로 가서 아버지의 유서를 확인해야 했다.

"장 공자……."

모용연이 마지막으로 홍원이 있었던 허공을 올려다보며 낮게 중얼거렸다.

"그는 정말로 대단한 친구야. 소협이 아닌, 대협이란 말도 부족할 정도야."

모용백이 그런 딸의 곁에서 중얼거렸다.

"더 이상 소검선이라 부를 수 없을 것 같습니다. 장 공자는 당대의 검선, 아니, 검신이라 해야 할 겁니다."

어느새 다가온 심온이 말을 보탰다.

그 말에 다들 수긍하듯 고개를 끄덕였다.

멀리서 그 모습을 지켜보는 사내가 있었다.

흑염 흑발의 그였다.

"허, 참. 더 대단해졌군."

도철의 본신의 출현을 느끼는 순간 이곳으로 왔다. 그리고 확인한 모습은 도철이 영기의 구슬에 녹아내리는 것이었다.

자신이 굳이 올 필요가 없었다.

"천선의 완성 직전에 이른 인간이라……."

그는 홍원이 떠난 허공을 바라보며 담담히 중얼거렸다.

일전에도 그런 인간이 있었다.

그러나 저 친구는 그와는 다른 경지로 완성을 이룰 것 같았다.

"천 년 전에 흘러 나가게 둔 것이 잘한 선택이었던 것인가? 모르겠군, 모르겠어."

그는 고개를 저었다. 그럴 수밖에 없었다.

뒤틀림이 있었으니까. 그 뒤틀림이 모두 천선과 함께 있었으니까.

하지만 뒤틀림과 별개로 흉수를 처리한 것 역시 천선이었다.

그랬기에 그의 심사는 복잡했다.

천선이 아니었다면, 이번에 도철을 처리하는 것은 여간 어려운 일이 아니었다. 설마 자신의 기운을 버틸 수 있는 인간을 찾아 뒤집어쓸 생각을 하다니.

과연 교활한 놈이었다.

이제 더 이상 세상에 존재하지 않게 되었지만.

“쯧쯧, 그러게 다른 녀석들처럼 곱게 봉인되어 그 하찮은 목숨이나마 이어나가지 그랬는가.”

사내는 봉인된 혼돈, 도올, 궁기를 떠올리며 중얼거렸다.

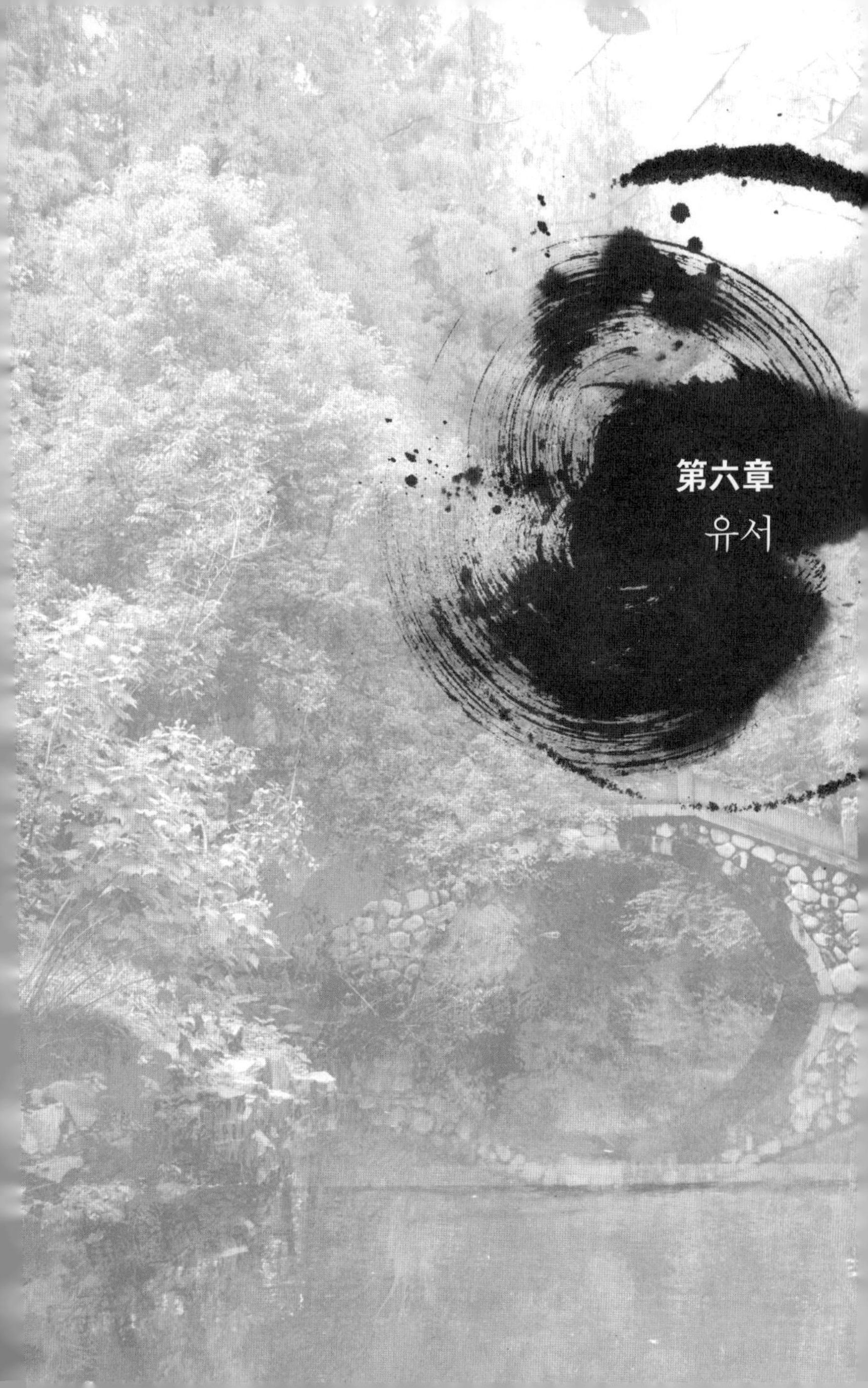

第六章
유서

서둘러 읍성에 돌아온 홍원의 모습은 그야말로 몰골이었다. 거지들이 불쌍하다며 적선을 할 정도로 피폐해진 모습이었다.

그 먼 길을 쉬지 않고 달려가 도철과 싸우고, 다시 쉬지 않고 달려온 결과다.

일단 홍원은 집으로 향했다.

깊고 깊은 밤인지라, 성문이 굳게 닫혀 있었지만 홍원에게는 아무 문제가 아니었다.

홍원은 집에 도착하자마자 자신의 방에서 옷가지를 챙긴 후 온천으로 향했다.

작은 물소리가 울리는 가운데 오랜만에 따뜻한 물에 온몸을 맡겼다.

"이런 줄은……."

홍원은 집으로 귀가하고 곧장 경천회를 향해 떠났다. 그사이 무슨 일이 있었는지 몰랐는데, 의외의 변화가 있었다.

단리유화와 곡비연이 홍원의 집에 머무르고 있었던 것이다.

오랜 시간 두하족의 마을에 머물렀기에, 곡비연과 단리유화의 거처로 쓰던 곳의 계약이 끝나긴 했다. 그래도 비어 있었기에 다시 그곳으로 갈 것이라 생각했는데, 자신의 집에 머물러 있다니.

어찌 된 연유인지 궁금하기는 했으나, 사실 그것은 중요한 일이 아니었다.

홍산이 편지로 밝힌 아버지의 유서.

그것이 지금 홍원에게는 가장 중요한 일이다.

아버지가 남긴 유서를 찾으러 그런 몰골로 갈 수 없었기에 이렇게 집으로 와 온천에 들어온 것 아니던가.

혹여나 가족들이 깰까 싶어 내공으로 기척과 소리를 차단한 상태였다.

말끔하게 씻은 홍원이 옷을 갖춰 입고 나오니, 묵린이 꼬리를 흔들며 앉아 있었다.

기척과 소리는 감췄으되 냄새는 감추지 못한 탓이다.

"녀석."

빙긋 웃은 홍원이 묵린의 머리를 한 번 쓰다듬어 주고는 몸을 날렸다.

묵린은 물끄러미 그런 홍원의 모습을 지켜보았다.

아주 짧은 홍원의 귀가를 느낀 이는 이렇게 묵린이 유일했다.

홍원은 급한 마음과는 달리 천천히 걸음을 옮겼다. 한 걸음, 한 걸음 내디디며 마음을 다잡았다.

동면으로 향하는 길에 있는 아버지의 묘소에 잠시 멈춰 아버지와 대화를 나누기도 했다.

비록 혼자만의 독백이었지만.

읍성에 도착할 때까지만 해도 마음은 급하기 이를 데 없었건만, 온천을 한 이후로는 이상하게 마음이 편해졌다.

그래서 차분히 한 발, 한 발 내디뎠다.

어린 시절의 추억이 그 발자국 하나, 하나와 함께 떠올랐다.

동면에 접어든 홍원은 지체 없이 산의 길로 들어섰다. 홍산이 묵린을 만나 돌아왔다는 곳이 어디쯤인지 짐작이 갔다.

그곳에 도착하니 과연 홍산의 말대로 표식이 있었다.

자신을 제외하고는 이곳에 올 이가 없으니 그대로 있는 것이 당연했다.

그날 이후, 홍산도 다시 오지 않았다고 하니.

홍원은 홍산이 남긴 표식을 따라 천천히 걸음을 옮겼다. 점점 더 깊은 곳으로 향하고 있었다.

방향을 보아하니, 북면과 이어지는 길이었다.

'그러고 보니 지난번에 활을 발견한 곳이…….'

그곳으로 가는 길이었다.

과연 홍원 자신이 활을 발견했던 곳을 지나쳤다. 그때 산의 길을 좀 자세히 살피겠다고 마음먹은 대로 행했다면, 어쩌면 유서를 찾는 것은 홍산이 아니라 자신일지도 몰랐다.

얼마나 더 걸었을까?

홍원으로는 처음 들어서는 길이었다.

홍산이 이곳까지 내달렸다니, 당시 얼마나 겁에 질렸을까란 생각이 들었다.

이곳은 북면에서 다시 동면으로 가는 길이었다.

미로처럼 얽히고설킨 산의 길이었다.

홍원은 고개를 갸웃거렸다. 분명 이쪽 방면으로는 처음 발길을 나서는 것인데도 불구하고 묘하게 낯익었다.

기시감.

그런 것이 너무 진하게 느껴졌다.

'어찌 된 일이지?'

홍원은 이제 홍산의 표식을 찾지 않았다. 그러지 않아도 어디로 가야 한다는 듯 알고 있다는 듯 발이 거침없이 움직였다.

홍원의 머릿속에는 작은 토굴이 그려지고 있었다.

그리고 도착한 곳.

홍원이 그린 것과 한 치의 오차도 없는 토굴이 눈앞에 있었다.

"대체……."

알 수 없다는 듯 중얼거리는 순간.

무수히 많은 장면들이 머리를 스치고 지나갔다. 이제는 신경 쓰지 않는다고 생각한 꿈.

그 꿈의 장면들이었다.

머리가 지끈거렸다.

아버지의 유서를 찾으러 온 것뿐일진대 이제 무슨 일이란 말인가.

아픈 머리를 애써 흔들고 토굴에 들어가니 과연 곱게 묻어둔 흔적이 있었다.

홍원은 그것을 파냈다.

그리고 홍산이 이미 한 번 읽은 아버지의 유서를 펼쳤다.

천천히 한 자, 한 자 읽었다.

아버지는 어쩌면 자신이 이것을 발견할지도 모른다는 생각으로 쓰신 듯했다.

붉은 피는 검게 말라붙은 글자가 되어 있었다.

손이 부들부들 떨렸다.

이 길에 들어설 수 있는 이는 자신밖에 없으니 아버지는 부디 홍원이 이걸 발견하기를 바라며, 또한 발견하지 못하기를 바라며 유서를 남겼으리라.

천천히 읽었건만 어느새 유서를 모두 읽었다.

그리고 머리가 깨질 듯한 통증이 몰려들었다.

"크윽."

홍원이 작은 신음을 흘리는 순간, 극심한 통증과 함께 무수한 기억의 폭풍이 홍원을 집어삼켰다.

홍원은 이곳을 온 적이 있었다.

그리고 이 유서를 이미 읽었다.

그리고 분노했다.

불같이 분노했다.

분노를 이기지 못하고, 분노에 잡아먹혀 당장에 달려갔다.

아버지를 죽음에 내몰았다고 하는 천선문을 찾아.

그 거대한 도로 모든 것을 깨부쉈다.

그랬다.

그것은 홍원이 꾼 꿈이었다.

안개처럼 흐릿하던, 중간중간 도무지 기억이 나지 않던 모든 것이 떠올랐다.

자신이 왜 그렇게 악귀같이 천선문을 깨부수었는지.

"허……."

고통이 가라앉아감에 따라 홍원이 허탈한 한숨을 내쉬었다.

그리고 가만히 자신의 두 손을 내려다보았다.

"그건, 꿈이 아니야……."

홍원이 믿기지 않는다는 얼굴로 중얼거렸다.

아버지의 유서가 계기가 되어 모든 것을 떠올리니 알 수 있었다.

똥통 속에서 꾼 개꿈이라 생각했던 그것은 절대 꿈이 아니었다.

홍원 자신이 생생히 겪은 것이다.

그런데 어떻게 지금 이곳에 이렇게 있는 것일까.

알 수 없었다.

다만 꿈의 마지막이 또렷이 기억이 났다.

절박한 얼굴로 자신이 던진 도를 바라보던 노인.

그 노인의 모습이 홍원이 기억하는, 꿈이라 생각했던 그때의 마지막이었다.

“천선문…….”

홍원이 작게 중얼거렸다.

한 번은 찾아가야 할 이유가 생겼다.

이 현실이 대체 어떻게 된 것인지 확인하기 위해 그 노인을 찾아야 했다.

그리고.

아버지의 은원.

홍원이 입술을 깨물었다.

거도와 신뇌.

그들의 설마 불구대천의 원수일 줄이야.

천선문에서는 천선 후반부의 수련을 위해 영약을 만들었다. 오직 문주만을 위한 영약.

그리고 그 핵심적인 영초는 오직 향산 북면에만 있었고, 그것을 얻기 위해 읍성을 찾은 이들이 거도와 신뇌였다.

필요한 영초를 찾은 후 그들은 아버지를 살인멸구하려 했다.

왜 그런 것일까.

운 좋게 그들의 일격을 피한 아버지는 재빨리 산의 길로 피하신 것이다.

그 과정에서 치명상을 입으셨고.

이곳에 유서를 남긴 후 집으로 돌아가셨다.

혹시라도 자신이 돌아가지 않으면, 그 화풀이를 가족에게 할 것만 같았기에.

집으로 돌아가 죽음을 맞으셨다.

자신의 죽음을 확인한다면, 그들도 아내와 아이들을 해코지 하지는 않을 것이란 생각으로.

이곳에 남긴 유서는 만약의 만약을 위한 것이었다.

먼 훗날 돌아올 장남을 위해 남긴 안배.

“아버지…….”

흐느끼는 듯한 홍원의 목소리가 잇새로 흘러나왔다.

기억의 혼란이 정리가 되니, 이제 아버지의 죽음이 홍원에게 몰아쳤다.

절로 눈물이 흘렀다.

설마 이런 사연이 있을 줄이야.

어찌.

분노가 일지 않을 수 있으랴.

거대한 분노가 홍원을 덮쳤다. 한 박자 늦은 분노인 만큼, 그 크기는 더욱 거대했다.

커다란 파도를 집어삼키는 거대한 해일이 되어 홍원에게 몰아쳤다.

가슴이 터질 듯한 분노가 용솟음쳤다.

그렇게 커져가던 분노는 이윽고 홍원을 집어삼켰다.

다시 한 번, 분노에 매몰되어 버린 것이다.

살부지원(殺父之怨)은 그토록 깊고도 커다란 원한이었다.

꿈속의, 아니, 전생의 경지를 뛰어넘은 지금조차 홍원이 다시금 분노에 먹히고 있으니.

심마였다.

거대한 분노가 만들어낸 심연보다 깊은 심마였다.

홍원은 심마 속에서 허우적거렸다.

커다랗게 뜬 그의 두 눈은 활활 타오르고 있었다. 당장에라도 천선문으로 달려가 모든 것을 부수고만 싶었다.

실제로 그렇게 마음을 먹고 한 발을 내디딘 순간.

가슴속 깊은 곳의 검이 움직였다.

무유였다.

흑운이 홍원의 가슴 깊은 곳에서 무유팔절검해를 펼치고 있었다.

홍원이 손을 뻗어 흑운을 쥐었다.

그리고 천천히 움직였다.

아주 잠깐 심마에서 벗어날 수 있었다. 그 순간 홍원은 끊임없이 천선과 무유심법의 구결을 되뇌었다.

그래야만 할 것 같았다.

이 거대한 심마에게서 벗어나려면 그 수밖에 없을 것이라 본능적으로 느꼈다.

홍원은 그대로 가부좌를 틀고 앉았다.

그 손에는 어느새 품에서 꺼낸 천선의 비급이 있었다. 자신 스스로가 필사한 비급.

홍원은 천선과 무유심법의 구결을 끊임없이 되새기면서, 천선의 비급 속으로 빠져들었다.

일단 이 심마를 가라앉히는 것이 급선무였다.

다시 한 번 심마에 먹혀서 모든 것을 파괴할 수는 없는 노릇 아니던가.

그렇게 또 한 번, 홍원은 심마와의 싸움을 시작했다.

한편 흑발 흑염의 사내가 허공에서 묵묵히 그 모습을 지켜보았다.

"거참, 사연이 많은 녀석이로고. 이것이 뒤틀림의 시작이었구만. 다시 시작점으로 돌아왔으니 어이할지."

그는 복잡한 얼굴로 홍원을 내려다보았다.

홍원은 그의 존재를 전혀 느끼지 못했다.

사내는 이젠 뒤틀림을 조금 알 것 같았다. 그 시작은 이곳이었다.

심마에 먹힌 천선.

그가 그곳에서 사라졌다. 그리고 몇 걸음을 움직여 순식간에 천선문의 하늘 위에 나타났다.

까마득히 높은 곳인지라, 그 누구도 사내를 발견하지 못했다.

사람들이 개미보다도 작게 보이는 높이. 그곳에서 그는 아래를 내려다보았다.

선명하고도 크게 보이는 천선문의 정경 중 한 곳에 시선을 고정했다.

모든 것의 시작이라 할 수 있는 역천의 술법을 위한 진법.

"저딴 것을 만들어 사용할 줄이야……."

그는 씁쓸하게 중얼거렸다.

"어느새 기운도 다시 제법 모았군. 순리를 거스르는 방법으로……."

사내의 얼굴에 고민이 깊어졌다.

개입을 할 것인가 말 것인가.

그가 판단하기로 아직은 아니었다.

"다시 한 번 뒤틀리려 한다면, 더 이상 둘 수는 없겠지."

사내는 결심을 한 듯 중얼거렸다.

"허어, 심마에 먹힌 천선과 순리를 거스르려는 천선이 만났으니 뒤틀렸을 수밖에."

"그러게 말입니다."

흑발 흑염의 사내의 혼잣말에 대답이 들렸다. 고개를 돌려보니, 은발의 미남자가 곁에 서 있었다.

"어인 일로?"

"돌아가셔야 할 때입니다."

"벌써 그리되었나?"

"네."

미남자의 말에 사내는 고개를 끄덕였다.

"제한 시간까지 나와 있어보기는 처음이군."

"그만한 일이었으니까요. 도철이 소멸하고, 뒤틀림이 움직였으니까요. 저곳에도 하나 있군요."

미남자의 시선이 우문기영을 향해 있었다.

"이 정도인데도 개입을 할 수 없으니."

사내가 씁쓸히 중얼거렸다.

세상의 균형을 위해 그들이 개입을 해야 할 때. 그때는 본능적으로 느껴졌다.

하지만 아직은 그런 느낌이 전혀 없었다.

"세상은 신묘하고도 조화로우며, 그 이치를 알 수 없는 법이지요."

미남자의 말에 사내는 피식 웃었다.

그리고 걸음을 한 발 내디뎠다. 동시에 두 사람은 그 자리에서 사라졌다.

시간은 쏜살같이 흘렀다.

홍원은 침식도 잊고 심마와의 싸움에 빠져들었다. 그사이 물 한 모금 마시지 못했으나 몸에 이상은 없었다.

석상이라도 된 것처럼 그곳에서 천선을 읽고 또 읽었다.

그렇게 홍원의 시간은 멈췄으나, 세상의 시간은 계속해서 흘렀다.

*　　　*　　　*

"좋아."

북궁휘용이 기분 좋은 얼굴로 자신의 몸을 살폈다.

완벽했다.

더없이 완벽했고, 힘이 넘쳤다. 이 상태라면 언제든지 홍원을 박살 낼 수 있을 것 같았다.

불과 일 년이라는 짧은 시간에 아홉 마리의 용을 잡고 그 힘을 모두 흡수했다.

더군다나 그중 한 녀석은 신기한 힘을 자신에게 주기까지 했다.

흡성이라는 아주 훌륭한 능력이었다.

이 흡성을 얻고 나서 용을 잡는 속도가 더욱 빨라졌다. 그랬기에 불과 일 년 만에 모두 잡을 수 있었다.

마지막 용의 피는 직접 챙겨 들고 천선문으로 귀환했다.

그리고 역천의 진에 그 피를 부었다.

진은 여전히 빛을 발하며 용의 피로부터 기운을 흡수했다.

북궁휘용은 담담히 그 모습을 지켜보았다.

이윽고 빛이 잦아들고 진이 기운의 흡수를 멈췄다. 그 모습에 북궁휘용이 얼굴을 찡그렸다.

"이런 데도 모자라다니……."

계산이 틀렸다.

이 진은 무려 아홉 마리의 용혈을 먹어치웠으나 아직도 부족하다 말하고 있었다.

"겨우 칠 할이라……."

처음 용혈을 먹였을 때의 예상과 달라도 너무 달랐다.

충분히 차고도 넘칠 것이라 여겼건만 겨우 칠 할의 기운이 채워졌다.

"흐음."

북궁휘용은 잠시 고민했다. 진이 필요로 하는 기운과 자신의 기운을 비교했다.

될 것도 같았다. 하지만 할 수 없었다.

자신이 진에 주입해야 하는 기운은 선천진기였다. 타고난 이후 절대로 늘릴 수 없는 기운이라 하지만, 천선은 달랐다.

천선은 용의 내단을 흡수하며 북궁휘용의 선천진기로 어마어마하게 늘려주었다.

다만, 한 번 소모하면 회복할 수 없었다.

회복하려면 다시 용을 찾아야 한다. 그 사실을 떠올린 북궁휘용은 고개를 저었다.

내공을 주입하고 다시 회복하는 것이면 몰라도, 선천진기를 영구히 잃으면서 주입할 수는 없었다.

"안타깝군."

만약을 위해 진의 기운을 모두 채우려 했건만 실패했다.

이제 더 이상 위치를 아는 용이 없었다.

아니, 하나가 있었지만 정확한 위치가 아니었다. 향산을 휘돌다가 사라졌다는 용.

그놈을 잡으려면 향산 전체를 뒤져야 한다.

'그러고 보니 북면에도 한번 다녀와야 하지.'

영약의 채집이 떠올랐다.

"뭐, 급한 건 아니니."

그렇게 중얼거린 북궁휘용은 힘찬 걸음을 내디뎠다. 그 방향은 황궁이었다.

이제 모든 것을 완성했으니, 생각만 하던 것을 실행해야 했다. 북궁휘용의 입가에 미소가 떠올랐다.

"이제 주인은 나다."

듣는 이 없건만, 당당히 그렇게 읊조린 북궁휘용은 느긋한 걸음으로 목적한 곳으로 향했다.

현재 천하는 어지러웠다.

숭무련과 마황성 때문이었다. 련주와 성주가 죽고 그 후계 구도가 제대로 이어지지 않았다.

마황성은 조금 사정이 나았으나 숭무련은 그야말로 권력을 향한 아비규환의 지옥이 펼쳐졌다.

그것이 정리된 게 불과 몇 달 전이다.

그리고 숭무련은 그 과정에서 잠재된 불만을 해소하기 위해, 검 끝을 밖으로 돌렸다.

공고히 세력을 유지하고 있는 사혈궁과 경천회를 피해, 그 목표를 마황성으로 잡은 것이다.

그렇게 숭무련과 마황성의 전쟁이 시작되었고, 대륙 북부는 극심한 혼란에 빠져들었다.

그것을 가만히 지켜볼 황궁이 아니었다. 즉각 두 세력에 황명이 내려갔으나, 무시당했다. 그에 분노한 황제는 천선문에 황명을 내렸다. 두 세력을 멸하라고.

천선문이 신비 세력으로 강력한 힘을 비축하고는 있다지만, 사대세력 중 두 곳을 동시에 상대하는 것은 사실상 무리였다.

황군의 힘이 있으면 모르지만, 황제는 황군을 움직일 생각이 없어 보였다.

그것이 어제 북궁휘용이 우문기영으로부터 전달받은 서찰의 내용이었다.

천선문에 도착하자마자 진에 용혈을 부었다.

그 결과가 심히 언짢았다. 이제 그 짜증을 풀 곳을 찾아야 한다. 싸움과 이동으로 인해 행색이 상당히 초라했으나 개의치 않았다. 행색 따위가 무슨 상관이랴.

이제 천하의 주인이 되겠다는 마음으로 걸음을 내디디는데.

황궁의 정문에 도착한 북궁휘용은 빠르게 대전으로 안내받았다.

"황제 폐하를 뵙습니다."

북궁휘용이 대전에서 허리를 숙였다.

"그래. 저 무도한 놈들에게 황명의 지고함을 보여줄 수 있겠느냐?"

황제의 물음에 북궁휘용이 몸을 일으키며 답했다.

"그렇습니다."

"과연, 천선문주다. 마음에 쏙 드는 대답이구나."

황제는 북궁휘용의 말에 만족스러운 미소를 지었다.

"다만."

"응?"

이어진 북궁휘용의 말에 황제가 되물었다.

"그 황명은 폐하가 아닌 제가 내리는 것이 되겠지요."

말을 마친 북궁휘용이 미소를 지었다.

그 모습에 황제는 잠시 얼떨떨한 얼굴을 했다. 너무 갑작스러운 말이었고, 그 말의 의미가 엄청났기 때문이다.

찰나의 시간이 흐른 후 북궁휘용이 뱉은 말의 의미를 완전히 이해한 황제의 얼굴에 분노가 차올랐다.

"네놈이 지금 무슨 말을 한 것인지 아느냐!"

"물론이지요."

황제의 일갈에 북궁휘용이 고개를 끄덕이며 걸음을 한 발 내디뎠다.

"네 이놈!!!"

황제가 다시 한 번 외쳤다. 북궁휘용은 다시 한 발 내디뎠다.

이제 두 걸음 남았다.

그 이상은 그 누구도 접근하지 못한다. 그 선을 넘으면 그것은 곧 반역이었다.

하지만 상관없었다.

북궁휘용은 이미 직접 말하지 않았던가. 반역하겠다고.

황제를 끌어내리고 자신이 황제가 되겠다고.

거침없는 그의 걸음에 황제가 다시 외쳤다.

"당장 저 반역자의 목을 베어라!!!"

예상치도 못한 갑작스러운 상황이었다. 설마 천선문의 문주가 반역을 할 줄이야.

대전의 시종들은 경악에 찬 얼굴로 우왕좌왕했으나, 황제 주변에 은신하고 있던 수신호위들은 무표정한 얼굴로 북궁휘용을 향해 날아갔다.

그들은 오직 황제의 명령을 따를 뿐이다.

그들의 검에서 천선이 펼쳐졌다. 천선의 뿌리는 결국은 황실이다.

오직 황제의 명령만 듣고, 그를 지키는 수신호위들이 천선을 사용할 수 있는 것은 대단한 일이 아니었다.

다만 그 경지가 낮았다.

그것은 이미 천선을 완성했다 여기는 북궁휘용이었기에 가능한 일이다.

"훗, 고작 반쪽짜리로."

그리고 수신호위들이 익힌 천선은 소문주 후보들이 익히는 전반부일 뿐이다.

북궁휘용이 양손을 휘두르자 다섯의 수신호위가 날아가 처박혔다.

그들은 잠시 꿈틀거린 후 곧 움직임을 멎었다.

일수에 절명한 것이다.

남은 열 명의 수신호위의 얼굴에 처음으로 표정이라는 것이 생겼다. 은은한 경악이었다.

그러나 그들은 여전히 황제의 명령에 따라 검을 휘두르며 북궁휘용에게 달려들었다.

북궁휘용은 여전히 앞으로 움직이며 양 주먹을 휘둘렀다. 한 번 휘두를 때, 한 명이 절명했다.

황제는 경악에 찬 눈으로 부들부들 떨면서 그 모습을 바라보았다.

"여봐라!!! 당장 저 반역자의 목을 쳐라!!!"

황제가 다시 한 번 크게 외쳤다. 이미 급박한 전갈이 전해졌는지, 수신호위들이 시간을 끄는 사이 수많은 병사들이 대전으로 들어섰다.

그들은 곧 북궁휘용을 향해 달려들었다.

황제의 곁을 지키고 있던 수신호위 둘이 움직였다. 북궁휘용을 향해 달려간 것이 아니라, 황제를 데리고 뒤로 물러섰다.

저들이 시간을 끄는 동안 비밀 통로로 황제를 대피시키려는 것이었다.

황제의 검이 황제를 향했다.

그런 사태를 막기 위해 마련해 둔 방패가 그 검을 막지 못할 것 같았다.

피해야 한다는 것이 그들 둘의 판단이었다.

황제가 이를 악물었다. 참으로 치욕스러운 상황 아니던가.

이미 수신호위를 모두 처리하고 꾸역꾸역 몰려든 병사들을 상대하던 북궁휘용이 그런 황제를 힐끔 보았다.

"도망가면 안 되지요."

그 말과 함께 몸을 훌쩍 날렸다. 순식간에 황제의 앞에 나타나 목줄을 쥐었다.

"네 이놈!"

수신호위의 입이 처음으로 열렸다. 그들이 검을 북궁휘용에게 휘둘렀으나 그보다 북궁휘용의 손이 빨랐다.

왼손으로 황제의 목줄을 움켜쥔 채, 가볍게 휘두른 오른손 수도로 두 사람의 목을 날렸다.

"어, 어찌……."

황제는 그 모습을 똑똑히 지켜보았다.

대전으로 달려들던 병사들은 걸음을 멈췄다. 황제의 목줄이 놈의 손에 쥐였기 때문이다.

급작스러운 사태에 대전으로 뛰어든 장군들과 대신들도 그 걸음을 멈출 수밖에 없었다.

어찌 이런 일이 일어난단 말인가.

북궁휘용은 황제를 보며 히죽 웃었다.

"내가 어찌 반역자란 말이오, 형님. 형이 동생에게 자연스럽게 양위를 하는 상황인 것을."

너무나 담담한 그의 말에 대전에 모인 이들이 몸을 부르르 떨었다.

그러나 누구도 감히 나서지 못했다.

북궁휘용이 보여준 압도적인 무력 때문이다. 그의 말이 끝남과 동시에 북궁휘용을 막아섰던 병사들이 모두 쓰러졌다.

몸을 날리면서 일수에 절명시킨 것이다.

그럼에도 저놈은 너무나 태연했다.

과연 이곳에서 어찌해야 할까.

북궁휘용이 여전히 황제의 목줄을 쥔 채로 몸을 돌렸다.

"응? 무엇이 마음에 안 드나 보오, 승상?"

분노에 찬 얼굴로 몸을 부들부들 떠는 노인을 보며 북궁휘용이 물었다.

"천선문주! 이게 무슨 작태란 말이오!"

승상이 일갈을 터뜨리는 순간 허공에 검이 생겼다. 그 검이 곧장 승상의 목을 꿰뚫었다.

"헉!"

"아."

그 모습에 사람들은 깜짝 놀랐다. 이게 대체 무슨 조화란 말인가.

"또 마음에 안 드는 사람이 있소?"

북궁휘용이 대전을 둘러보며 물었다. 감히 입을 여는 이가 없었다.

"이제 양위만 하면 되겠구려, 형님."

황제는 눈물을 흘리고 있었다. 어찌 이리 된단 말인가.

황위라는 것이 이토록 가벼운 것이었단 말인가.

'이 아이는 휘용이 아니다… 아니야…….'

황제는 그리 생각할 수밖에 없었다. 자신이 아는 북궁휘용은 이런 패도적인 인물이 아니었다.

천선과 용의 내단의 부작용이었다. 북궁휘용 본인은 느끼지 못할지라도, 성정이 조금씩 패도적이며 잔인하게 변해가고 있었다.

이미 강력한 힘을 얻고, 그 힘에 취한 북궁휘용으로서는 전혀 상관치 않는 부분이었다.

그렇게 양위는 조용히, 빠르게 처리되었다.

황제는 황궁의 깊숙한 뇌옥에 유폐되었다. 언제 죽을지 모르는 목숨이 된 것이다.

북궁휘용이 황궁의 권력을 완벽하게 장악하는 날, 아마도 죽게 되리라.

우문기영은 갑작스러운 소식에 넋이 나갔다.

북궁휘용이 황제가 되다니. 현 황제가 북궁휘용에게 양위를 하다니 말도 안 되는 일이다.

분명 황위 찬탈일 것이다.

그러나 그날 대전에 있었던 이들은 입을 꾹 다물고 있었다. 그저 정당한 양위라 할 뿐이다.

"허어……."

이것은 아니었다.

우문기영은 황실에 대한 충성심으로 가득한 이였다. 그가 천선문에, 북궁휘영에 대해 충성을 다한 것은 그것이 곧 황실에 대한 충성이라 여겼기 때문이다.

그러나 북궁휘용을 다시 만난 그는 감히 그 생각을 입에 올릴 수 없었다.

북궁휘용을 마주한 순간 알 수 있었다.

'반대하면 죽는다.'

생명의 위협.

대전에 있던 이들이 입을 모아 양위라 한 이유가 있었다.

압도적인 힘으로 찍어 누른 것이다.

물론 그런 패도만으로 모든 이들의 마음을 얻을 수 없었다.

그래서 지금 황궁의 처형장에 피가 마르지 않고 있었다.

북궁휘용에 반대하는 이들이 끌려가 가차 없이 목이 베였다.

법도가 무너졌다.

북궁휘용의 말이 곧 법인 황실이 되었다.

第七章
천선

얼마나 비급 속에서 헤매고 있었을까.

홍원은 읽고 또 읽었다. 자신이 필사한 천선의 비급은 이제 해질 대로 해져서 너덜너덜했다.

그럼에도 홍원은 계속 천선의 비급을 넘기고 또 넘겼다.

마지막 장을 모두 읽으면 다시 첫 장을 펼쳤다.

그리고 또 읽었다.

읽을 때마다 의미가 달랐다. 글자들이 스스로 헤치고 모여서 전혀 다른 의미로 나타났다가, 다시 같은 의미로 나타났다가 했다.

어지러웠다.

어지럽고도 어지러운 지경에 빠졌음에도 홍원은 계속해서

천선에 빠져들었다.

이윽고 자신이 누군지조차 잊고 비급 속으로 빠져들었을 때.

머릿속에서 강렬한 빛이 터져 나왔다.

홍원의 심상은 천선의 세계 속으로 빠져들었다.

그곳에는 천선의 모든 구결들이 어지러이 공중에 떠 있었다. 그리고 서로 배열이 바뀌고 의미가 바뀌며 수많은 구결이 새로이 나타났다가 사라졌다.

"이건 대체……."

홍원이 넋이 나가서 중얼거렸다.

그로서도 상상도 해본 적이 없는 일을 겪고 있는 터였다.

그렇게 허공에 새로운 천선의 구결이 수놓아졌다.

홍원은 빠르게 그 구결을 습득했다. 그러면 다시 글자들의 조합이 바뀌며 새로운 구결이 나타났다.

홍원은 잊지 않게 위해 빠르게 구결을 채득했다.

그렇게 심상 속에서 새로운 세계에 걸음을 내디디며 홍원은 깨달았다.

"삼라만상(森羅萬象)."

그것이 담겨 있었다.

아니, 천선은 그 자체가 삼라만상의 또 다른 형태였다.

"허……."

허탈한 한숨이 흘러나왔다. 그사이에도 구결은 또 새로운 형태를 만들고 있었다.

이 심상 안에서 얼마나 있을 수 있을까.

그리고 저 구결들을 얼마나 얻을 수 있을까.

이건 대체 무슨 조화일까.

홍원은 일단 그런 고민은 한쪽으로 밀어두었다. 대신 허공에 떠오르는 수많은 구결의 조합을 채득하는 데 집중했다.

시간이 어떻게 흐르는지 인식하지도 못했다.

그렇게 구결에 빠져 있을 때, 어느 순간부터 허공이 그냥 허공으로 변했다.

아무것도 나타나지 않았다.

사방을 가득 채우고 있던 천선의 글자들도 모두 사라졌다.

홍원은 다시 명상에 빠졌다.

심마를 이겨내기 위해 빠져든 천선에서 새로운 깨달음을 얻은 것이다.

홍원은 자신의 내면 속으로 깊숙이 가라앉았다. 그곳에서 얼마나 시간을 보냈을까.

담담히 두 눈을 떴다.

여전히 그곳의 풍경이 펼쳐져 있었다.

아버지의 유서가 숨겨져 있던 토굴도 그대로였고, 모든 것이 그대로였다.

다만 자신만이 변했을 뿐이다.

"이제 깨어났군."

곁에서 들린 목소리에도 홍원은 당황하지 않았다. 눈을 뜨는 순간, 이미 그 존재를 느끼고 있었기 때문이다.

이전과는 달랐다.

전혀 느낄 수 없는 존재였건만, 이제 확실히 느낄 수 있었다.

"또 뵙는군요."

홍원의 담담한 말에 흑발 흑염의 사내가 고개를 끄덕였다.

"그런 조화가 느껴지는데 오지 않을 수가 없었지. 두하족의 마을에서 만났을 때, 대충 예상은 했지만 그보다 훨씬 빨랐어."

"조언 덕분입니다."

홍원의 말에 사내는 피식 웃었다.

"잠깐 차 한잔만 하고 함께 가지."

사내의 말에 홍원은 몸을 일으켰다. 그리고 잠자코 그를 따랐다.

그가 가는 길이 눈에 익었기에, 어디로 향하는 것인지 알 수 있었다.

"나 왔네."

초옥 앞에서 큰 소리로 외치니 산인이 나타났다.

"어서 오십시오."

사내에게 인사를 건네던 산인은 홍원을 발견하고는 깜짝 놀랐다. 그가 홍원의 존재를 느끼지 못한 탓이다.

"아니, 자네……."

홍원 역시 산인을 보고 놀랐다. 그는 자신의 부탁을 받고 읍성에 머물러 있지 않았던가.

아니, 그보다 산인의 몸에 내재된 기운을 확인하고 깜짝 놀랐다. 전에는 몰랐으나 이제는 알 수 있었다.

그도 천선을 익히고 있었다.
“일단 안에 들어서 차 한잔하면서 이야기하지.”
사내의 말에 세 사람은 산인의 초옥으로 들었다.
향기로운 다향이 실내에 가득 찼다. 그곳에서 홍원은 산인이 돌아와 있는 연유를 알 수 있었다.
애초에 도철의 위협 때문에 읍성에 있었던 것이기에, 홍원이 도철을 완전히 소멸시킨 이후에 본래의 거처로 돌아온 것이라 했다.
그제야 홍원은 시간의 흐름이 궁금했다.
대체 얼마나 시간이 흐른 것일까. 하지만 사내는 알려줄 생각이 없는 듯했다.
산인도 사내의 눈치를 보고 있었기에 그에 관해서는 말하지 않았다.
“그보다, 어르신께서도 천선을 익히고 계셨습니까?”
홍원의 물음에 산인이 살짝 놀랐다. 설마 자신의 천선을 알아볼 수 있을 것이라 생각지 못했기 때문이다.
당연했다.
산인의 천선은 홍원이 익힌 것과 달랐다. 눈앞의 사내의 도움으로 상당히 다른 경지로 나아가고 있던 차였기 때문이다.
그랬기에 산인은 홍원이 사제의 제자임을 알아보았으나, 홍원은 아무것도 몰랐다.
“하나를 완성하면 보이는 법이지.”
사내의 말에 산인은 대경했다. 설마 홍원이 그 경지에 올랐을 것이라고는 상상도 못 한 것이다.

"후우. 축하하네, 사질."

산인의 입에서 나온 말이다. 사질이라는 호칭에 홍원은 얼떨떨한 얼굴로 그를 보았다.

"자네의 사부, 백리평은 내 사제일세. 나는 헌우린이라 한다네."

"사숙을 뵙습니다."

산인의 말에 홍원이 정중히 포권하며 말했다.

"되었네. 이제 다 과거의 일이야. 사문이 싫다고 사문을 뛰쳐나온 늙은이지."

그러면서 산인은 자신의 사연에 대해 간단히 말했다.

그저 천선문의 행보에 실망하고 이곳에 은거를 하여, 천선의 전반부를 수련하던 중 사내와 연이 닿았다 했다.

그리고 그와의 계약으로 새로운 경지에 발을 딛고 산의 길에 초옥을 짓고 머무르게 되었다는 것이다.

일종의 파수꾼이었다고 한다.

"본래는 자네를 저 친구의 후임으로 생각했네."

그때 사내가 입을 열었다.

"보시다시피 그다지 할 일이 많지는 않거든. 그런데 자네는 내 예상을 뛰어넘었어."

사내의 말에 산인이 고개를 끄덕였다.

"일찍이 그런 경지에 든 인간은 몇 없지. 최근에는 자네의 사부 정도겠군."

사내는 산인이 홍원을 사질이라 부른 데서, 그의 사부를 유추할 수 있었다.

"사부님도 아십니까?"

홍원의 물음에 사내는 고개를 저었다.

"천선의 완성자가 나타났음을 느꼈을 뿐, 만나지는 못했지. 그는 우리에게 오지 않고 등선을 했으니까."

그 말에 홍원은 고개를 갸웃거렸다. 사내가 말하는 양을 보아서는 자신 역시 천선을 완성한 듯했다.

그런데 사부는 등선을 하고 자신은 여전히 이곳에 있다. 어찌 된 일이란 말인가.

그런 홍원의 고민을 읽은 것일까. 사내는 피식 웃으며 말을 이었다.

"자네는 가슴 깊은 곳에 있는 그것 때문에 등선을 못 한 게야. 선계에 들려면 이승에 대한 집착이 한 줌도 남지 않아야 하거늘, 그리 묵직한 것을 가슴에 쥐고서 어찌 등선을 하겠나."

"아."

그 말에 홍원은 작은 탄성을 흘렸다.

심마를 이겨냈다. 천선의 경지가 오르면서 무사히 심마를 넘어섰다.

하지만 그 녀석은 여전히 자리를 잡고 있었다.

홍원에게 아무런 해악을 끼치지 못한다 뿐, 사라진 것은 아니었다.

아버지의 원한이 그리 쉽게 사라질 수는 없었다.

"그것 때문에 자네는 아마도 평생 등선을 못 할 걸세."

홍원은 오히려 그 말이 반가웠다.

이곳에는 아직 홍원이 함께해야 할 많은 이들이 있었으니까.

문득 사부가 등선에 들기 전 홍원에게 마지막으로 남긴 말이 떠올랐다.

그 말을 남기고 잠자리에 드신 후 등선하셨으니까.

"홍원아, 고맙다. 이제야 내 너에 대한 걱정을 떨칠 수 있겠구나. 훌륭히 자라주었다."

사문의 숙제를 알려주시고, 그 말을 남기신 후 잠자리에 드셨고, 등선하셨다.

사부의 등선을 막던 마지막 집착이 자신이었던 것이다.

새삼 그런 사부의 마음이 감사하고도 감사했다.

"그럼 잠시 함께 가지."

"네?"

갑자기 몸을 일으키는 사내에게 홍원이 되물었다.

"중심에 들 수 있는 시간이야."

그 말에 홍원은 엉거주춤 일어났다.

"중심에서 나오는 건 제약이 없는데, 드는 건 제약이 있다네. 아무리 나라도 하루에 한 번만 들 수 있어. 그래서 잠시 이곳에서 기다린 거야."

그러면서 사내는 걸음을 옮겼다. 하는 양을 보니 홍원도 할 수 있을 것 같았다.

홍원은 사내를 따라서 걸음을 옮겼다 싶은 순간, 허공에 있었다.

"역시 제법이야. 보기만 하고도 내 기운에 올라타다니."

뒤편에 서 있는 홍원을 힐끗 보고는 피식 웃었다.

홍원은 얼떨떨한 얼굴로 주변을 보았다. 자신이 이런 것을 할 수 없다는 것은 너무도 잘 알았다.

대체 저 사내의 정체는 무엇이란 말인가.

잠시 생각에 빠진 사이 사내가 말했다.

"도착했네."

중심.

향산의 중심이었다.

"오셨습니까?"

검은 머리의 젊은 사내가 흑발 흑염의 사내에게 다가와 정중히 허리를 숙였다.

그러다가 홍원과 눈이 마주쳤다.

"네놈은!!!"

그 순간 젊은이의 눈에서 불꽃이 튀었다. 그러고는 곧장 홍원을 향해 살기를 드러냈다.

홍원은 잠깐 당황했다. 중심이란 곳에 처음 발을 딛고 만나 사람이 자신을 향해 살기를 흘리다니.

그러나 곧 그 기운이 익숙하다는 것을 깨달았다.

"이건……."

홍원이 작게 중얼거린 찰나, 사내의 입이 열렸다.

"허허허, 묵애야. 아무리 나쁜 감정이 있다 한들 내가 데리고 온 손이다."

"죄, 죄송합니다, 어르신."

젊은이는 즉각 허리를 숙였다.

"자네가 이해하게. 제멋대로 뛰쳐나갔다가 자네에게 혼쭐이 나고는 그 원한을 아직 못 잊은 듯하니."

홍원은 그 말에 확인할 수 있었다.

'두하족의 마을에 있던 묵룡이다.'

설마 그를 이곳에서 가장 먼저 만날 줄은 몰랐다.

"내 거처로 가세."

사내는 휘적휘적 걸음을 옮겼고 홍원은 그 뒤를 따랐다.

그의 집은 거대한 동굴이었다.

거대한 동굴 한구석의 작은 의자에 두 사람이 마주 앉았다.

"중심은 어떤가?"

"굉장하군요."

진심이었다. 북면에서 느끼던 그 기운들, 북면에서 쏟아져 나온 기운들이 향산을 휘돌아 이곳에 모였다.

어마어마한 각색의 기운들이 가득했다.

그놈은 대체 왜 이런 곳을 놔두고 두하족에게 그런 민폐를 끼쳤는지 알 수가 없었다.

"묵애, 그놈은 아직 어려서 이곳의 기운을 제대로 받아들일 토대가 없다네. 그러니 뛰쳐나간 게야. 토대가 쌓일 시기를 기다리지 못하고 말일세, 쯧쯧."

홍원의 마음을 읽기라도 한 듯, 의문을 풀어주었다.

"그보다 더 궁금한 것이 있을 테지?"

"네."

사내의 물음에 홍원이 답했다.

"일단 나는 무명이라 한다네. 의식이 있을 때부터 난 이름이 없었어. 그래서 그냥 무명이라 내 이름을 지었지, 허허. 이 무명이라는 이름을 아는 이도 몇 되지 않아. 굳이 알려줄 일이 없으니까 말이지."

무명의 말을 홍원은 잠자코 듣기만 했다.

"자네가 뒤틀림인 것은 이제 알고 있겠군."

"네. 어찌 된 조화인지 모르겠습니다."

그 말에 홍원이 답했다.

"시간을 거스르다니요. 그게 가능한 일입니까?"

인식은 하고 있으되, 이해할 수 없는 일이었기에 물었다.

"실상은 나도 뒤틀림이 발생하기 전까지는 상상도 못 한 일이었네. 한낱 인간이 천지의 조화에 관여를 하다니."

홍원은 무명의 말에 집중했다.

"천선이 어떤 공부인지는 이제 좀 감이 잡힐 테지."

그 말에 홍원은 고개를 끄덕였다.

"단순히 공부라 하기에는 너무 엄청난 것이더군요."

홍원의 말에 무명은 웃었다.

"그렇지. 본래 만들어진 목적은 무공이 아니었으니까."

홍원은 무명의 말에 귀를 기울였다. 그의 입에서 천선의 연원에 대한 이야기가 흘러나오고 있었다.

"헌우린을 만나서 예상하겠지만, 우리도 우리를 도와줄 사람이 필요하다네. 세상의 어떤 이치인지, 우리는 이 땅을 쉬이 벗어날 수가 없네. 강한 힘만큼 가진 제약이 크지."

그랬다. 그렇지 않았다면 도철이 그리 분탕질을 치고 다니는데 그냥 두고 보지만은 않았을 터였다.

"해서 우리는 도와줄 사람을 위해 만들어진 공부네. 정확히는 우리의 힘의 연원이 되는 공부이기도 하고."

"그런 귀한 것이 어찌 천선문에 있는 것입니까?"

홍원의 물음에 무명은 씁쓸하게 웃었다.

"훔쳐간 게지."

그 말에 홍원은 두 눈을 크게 떴다.

훔쳐갔다니.

"산에서 조난이 된 아이를 이곳에서 잡일을 시키며 데리고 있었던 적이 있었네. 먼 옛날이지. 그때는 간혹 인간들이 중심에 들기도 했다네."

무명은 씁쓸한 얼굴로 하늘을 올려다보았다.

"그 아이가 천선의 존재를 알고는 비급을 가지고 인산 세상으로 달아났다네. 어차피 인간을 위해 만들어진 것이 아니었기에 아무 소용이 없으리라 생각했네. 향산을 벗어난 이후로는 제약에 좇지도 못했고."

홍원은 묵묵히 무명의 말에 귀를 기울였다.

"한데 그 아이의 오성이 내 예상을 훨씬 웃돌았어. 우리의 공부를 인간의 언어로 정리하는 데 성공한 게지. 그것이 자네가 익히고 있는 것이네."

홍원은 얼떨떨했다.

향산의 중심이 천선의 시작이라니.

"하면 천선의 후반부는 어떤 것입니까?"

홍원은 순수한 호기심에 물었다. 애초에 후반부에는 관심도 없었다.

전반부만으로도 아득한 길이었으며, 그 위력은 상상을 초월했다.

홍원으로서는 전반부만으로도 벅찼다.

"후반부?"

홍원의 물음에 오히려 무명이 되물었다.

"천선은 자네가 익힌 그것으로 오롯이 하나라네. 둘로 나뉘어 있지가 않아."

그의 대답에 홍원은 고개를 갸웃거렸다.

사부는 분명히 말씀하셨다. 천선은 전후반부가 있으며, 후반부는 오직 문주만이 익힐 수 있다고.

홍원이 그 말을 하자 무명이 기억을 더듬었다.

그러고 보니 또 다른 뒤틀림이 있었다. 무명은 곰곰이 그를 떠올렸다. 잠시 지켜보았지만 그것이면 충분했다.

"호오."

작은 탄성이 흘렀다. 무명이 집중하고 있음을 알았기에 홍원은 잠자코 있었다.

무명은 곧 뒤틀림을 유발한 것으로 보이는 진법을 다시 떠올렸다. 딱딱 맞아떨어졌다.

"그렇군."

작게 고개를 끄덕였다. 무명이 홍원을 보며 입을 열었다.

"자네가 후반부라고 알고 있는 것은 아마도 잡스러운 장식품이겠어."

"네?"

홍원이 되물었다.

"자네를 만나기 전에 또 다른 뒤틀림을 하나 보았지. 그가 아마도 후반부라는 것을 익힌 모양이군. 쓸모없이 방해만 되는 것들을 주렁주렁 달고 있어. 아마도 편법이겠지. 조금 더 빠르게 천선을 익히려는. 아무짝에 쓸모없는 짓이야. 지름길로 가려다가 엉뚱한 길로 가려는 택이지."

홍원은 또 다른 뒤틀림이라는 말에 생각에 잠겼다.

이제는 뒤틀림이라는 의미를 충분히 알고 있었다. 시간의 흐름을 거슬렀다는 의미였다.

그런데 자신 말고 또 다른 이가 있다니.

게다가 그도 천선을 익히고 있다.

홍원의 기억에 홍원을 상대할 정도로 천선을 익힌 이는 단 한 사람이었다.

'설마?'

홍원은 북궁휘용을 떠올렸다.

"그 아해가 오성이 대단한 줄은 알았지만 설마 이런 편법까지 만들 줄은 몰랐군. 하긴 인간의 수명이라면 천선 본연의 것을 익혀서는 제대로 완성에 이르기는 어렵지. 자네는 굉장히 특이한 경우이고."

무명이 고개를 주억거리며 말했다.

"그 때문에 가끔씩 북면에 약초꾼들이 들었던 모양이군."

무명은 북궁휘용을 관찰한 것만 가지고도 영약이 필요한 것까지 꿰뚫어 보았다.

"게다가 그렇게 헝클어진 천선을 기반으로 천기를 뒤흔드는 진법까지 만들어내다니… 북궁 종자들의 오성이 보통이 아니로군."

홍원은 천기를 뒤흔드는 진이라는 이야기에 귀를 쫑긋했다.

아무래도 그것이 뒤틀림과 관련이 큰 듯했으니.

무명은 홍원을 물끄러미 쳐다보았다.

"그러고 보니 이 어린 나이에 완성자의 반열에 들더니 자네야말로 괴물이야."

무명의 말에 홍원은 머쓱하게 웃었다.

"완성자에 드는 방법이 무엇인지 아는가?"

그 물음에 홍원은 고개를 저었다. 자신이 어찌 천선을 완성하게 되었는지는 알 수 없었다. 그저 심상 속에서 일어난 일이었으니.

어떻게 그런 각성이 찾아왔는지 몰랐다.

그저 흐름에 따랐을 뿐이다.

"일만독(一萬讀)."

"네?"

무명의 짧은 말에 홍원은 되물을 수밖에 없었다.

"천선의 일만독일세. 우리의 언어이든 인간의 언어이든 그 구결 속에 있는 의미를 일만 번은 읽어야 비로소 그 속에 숨은 이치가 나타나지."

"단순히 읽기만 하면 되는 겁니까?"

홍원이 얼떨떨한 얼굴로 물었다. 그렇다면 자신이 그 오랜 시간 동안 궁구하고, 명상했던 것은 다 뭐란 말인가.

그 물음에 무명은 고개를 저었다.

"지고한 이치가 담긴 것을 단순히 읽기만 한다고 티끌만이나 얻는 게 있을라고. 그 이치를 궁구하며 깊숙이 빠져들어 일만 번을 읽어야 하지."

홍원은 사부를 떠올렸다. 대체 어느 세월에 그토록 많은 노력을 하셨던 것일까.

홍원은 사부가 천선의 비급을 읽고 계신 모습을 별로 보지 못했다. 그랬기에 사부가 더 대단하게 느껴졌다. 자신을 만나기 전에 이미 충분히 경지에 올랐다는 뜻 아니던가.

실제로 백리평은 완성 직전에 홍원을 만났다. 홍원의 재능을 발견하고, 오히려 자신의 완성을 늦춰 홍원을 가르친 것이다.

'무유.'

홍원은 사부가 그토록 좋아하던 검법을 상기했다.

그 또한 천선의 다른 모습일 뿐이었다.

아마도 중심에서 천선을 훔친 이가 천선을 해석하며 수없이 많은 무공을 파생적으로 만든 듯했다.

그중 가장 큰 틀이 천선과 무유였다.

무유의 경지가 깊어질수록 천선을 알기 쉬웠다. 천선의 경지가 깊어질수록 무유를 알기 쉬웠다.

그래서 지금의 자신이 있는 것이다.

"천선의 글자 하나에 숨어 있는 진정한 의미를 알려면 궁구하고 궁구하며 일만 번은 읽어야 하지. 해서 인간의 짧은 생으로 완성을 한다는 것은 불가능한 일이야. 북궁 아이들처럼 편법을 쓰지 않으면. 그리고 그리 완성을 해도 그건 완성이 아니지. 괜한 충돌로 지금 같은 뒤틀림이나 만들 뿐."

홍원은 북궁휘용을 떠올렸다.

그 거친 기운은 천선이었으되, 천선과 달랐다. 이제야 그 사실을 깨달을 수 있었다.

그 이유가 지름길을 택했기 때문이라니.

"본디 완성에 이르면 선계에 들게 되는 것이 천선의 이치야. 인간의 그릇으로 감당할 수 없는 경지이니."

이어진 말에 홍원의 눈빛이 바뀌었다.

자신은 심마와 집착 때문에 등선하지 않았다 했다. 그런데 인간의 그릇으로 감당할 수 없다니.

"그래. 바로 자네 이야기지."

홍원의 눈빛을 읽은 무명이 말했다.

"해서 이곳에 데리고 온 거야. 이 상태로는 자네는 그릇이 깨져. 내용물을 감당하지 못하고. 그렇다고 그릇을 다지기에는 시간이 모자라. 이곳이라면 충분히 그릇을 다질 수 있으니까."

"가, 감사합니다."

홍원은 아직 자신의 상태를 정확히 인식하지 못하고 있었다. 그저 천선의 광활하고 신묘한 세계에 빠져 있을 뿐.

설마 육신이 천선을 감당하지 못할 것이라고는 상상도 못 했다.

무명의 말에 즉시 내부를 관조했다.

그의 말대로였다. 홍원의 몸은 천선을 감당하지 못하고 조금씩 붕괴되고 있었다.

지금도 아주 조금씩 진행되고 있었다.

가만히 계산을 하니 대략 십 년 정도의 시간이었다.

움직일 수 없을 정도로 붕괴되는 것은 대략 팔 년 후. 홍원의 남은 수명이었다.

그 전에 심마와 집착을 버리고 등선을 하면 될 일이지만, 홍원은 등선이 싫었다.

가족.

가족을 등질 수가 없었다.

무명은 그런 심정을 안다는 듯 고개를 끄덕였다.

"그릇이 깨질 것이 두려워 집착을 버리고 등선을 할 것이었다면, 애초에 등선을 했지. 그러니 이곳에서 그릇을 다지도록 하게."

"제게 이런 호의를 베푸시는 까닭이 무엇입니까?"

홍원이 물었다.

자신은 이곳의 일원 중 하나인 묵애의 꼬리를 자르고 쫓아낸 전력이 있었다.

결코 중심과 우호적인 관계는 아니지 않던가.

"이번에 도철의 일로 느낀 바가 있어서지. 게다가 자네가 떡하니 나타났고."

바라는 것이 있다는 것을 무명은 당당히 이야기했다. 홍원도 그것이 좋았다.

이유 없는 호의는 오히려 언제 칼날이 되어 자신을 찔러 올지 모를 일이다.

"자네는 인간으로서 올바른 길로 천선을 완성하고 등선도 하지 않았네. 굉장히 희귀한 일이야. 때문에 어느 정도 세상의 이치를 벗어나 있다고 봐도 되지."

홍원은 가만히 무명의 말을 들었다.

"당장 나만 해도 이곳을 벗어날 수 있는 시간에 제약이 있어. 그래서 자네에게 순수하게 도움을 청하는 것일세. 우리가 나설 수는 없으되 세상의 균형에 해가 되는 일이 일어나면, 그 균형을 맞춰달라는 거지. 어차피 자네는 수명이 다할 때까지 등선을 할 생각이 없지 않은가?"

"이번 도철의 일과 같은 경우를 말씀하시는 겁니까?"

홍원이 물음에 무명이 고개를 끄덕였다.

"하면 균형을 어찌 판단합니까?"

굉장히 중요한 문제였다. 홍원의 자의적인 판단은 오히려 혼란을 가중시킬 수도 있었다.

현재 홍원이 지닌 힘이 그랬다.

"그건 내가 판단해 주지. 자네가 그릇을 완성한다면 나를 제약에서 하루 정도는 벗어나게 해줄 수 있을 거야. 비록 균형의 판단을 겨우 하는 정도겠지만."

"도철 같은 일이 다시 있을까 싶습니다만. 알겠습니다. 그렇게 하지요."

"고맙네."

홍원의 대답에 무명이 빙그레 웃었다.

"오히려 제가 감사합니다."

홍원의 인사에 무명이 웃으며 걸음을 옮겼다.

"따라오게나."

무명이 안내한 곳은 중심에서도 온갖 기운이 가득한 땅이었다. 절벽 앞의 공간이었는데, 그 절벽에는 수많은 동굴이 존재했다.

"저곳에서 기운을 받아들이며 그릇을 완성하게. 자네라면 그 방법을 자연스레 알 게야."

그 말을 남기고 무명은 자리를 떴다.

홍원은 무명이 가리킨 동굴에 들었다. 그리고 조용히 명상에 빠져들면서 자신의 몸을 관조했다.

향산의 온갖 기운이 호흡과 함께 몸속으로 들어왔다. 붕괴가 진행되는 곳에 기운을 보내니 그 속도가 느려졌다.

천선은 그저 호흡만으로도 기운을 갈무리할 수 있다. 그러나 그렇게 갈무리한 기운은 붕괴를 멈추지 못했다.

홍원의 의식이 중요했다.

의식이 모든 기운을 의도적으로 흡수했고, 붕괴가 일어나는 곳으로 보냈다.

붕괴의 속도가 점점 늦어졌다.

그러나 기운을 보내는 것만으로는 이것이 한계였다.

결국은 그릇의 문제다. 이것은 임시 처방에 지나지 않았다.

홍원은 다시금 내면의 세계로 빠져들었다. 무명이 그렇다 했으니 그럴 것이다.

답은 자신에게 있었다. 자신이 완성한 천선 속에 그 답이 있으리라.

홍원은 또다시 시간을 잊었다.

그릇의 완성이 이루어져야 진정 천선을 완성했다 할 수 있을 것이다.

홍원은 완성의 마지막 조각을 얻기 위해 깊게 스스로에게 침잠했다.

第八章
혼란

"후우, 이건 또 난장판이군."

유검이 깊은 한숨을 내쉬며 중얼거렸다. 그의 곁에는 아무런 생각이 없는 듯한 얼굴의 무영이 있었다.

홍원이 도철을 소멸시키고 떠난 후, 도철이 제압했던 무영이 정신을 차렸다. 그를 챙긴 것은 유검이었다.

같은 비은팔호법이라는 연 때문이었다.

정신을 차린 무영은 극심한 혼란과 자괴감에 빠졌다. 도철이 소멸하면서 그의 정신 지배에서는 벗어났으나, 그간 그가 행한 것은 모두 기억했기 때문이다.

'모든 것이 끝났다…….'

그야말로 선우가는 모든 것이 끝이 났다.

아마도 이제는 그 자신이 유일한 혈통이 아닐까 싶었다.

유검은 그런 그가 그저 도철에게 이용당했을 뿐이라 여기며, 함께 천선문으로 복귀한 것이다.

무영으로는 이제 아무것도 남지 않았기에 그저 유검이 이끄는 대로 따른 것뿐이다.

살아 있으되 살아 있는 것이 아니었다.

그렇게 돌아온 천선문은 비상 상황이었다. 모든 것이 정신없이 움직였다.

심지어 황군마저 움직이고 있었다.

유검이 서둘러 들어갔다. 여기저기 바삐 움직인 끝에야 모든 사정을 알게 되고는 깊은 한숨을 쉰 것이다.

무영은 그저 자신의 거처에 멍하니 있었다.

유검은 그런 무영의 맞은편에 앉아 손가락을 톡톡 두드릴 뿐이다.

"이건 진짜 미친 짓 같은데……."

자신이 도철을 상대하고 나름의 개인적인 수습 후 문에 귀환하였더니 하늘이 바뀌어 있었다.

은밀히 진행되었는지, 아직 황제가 바뀐 것이 공표가 되지 않은 상태였다.

"문주는 대체 무슨 생각이신 건지."

유검의 얼굴이 심각했다. 무유팔절검해가 경지에 오르며 세상을 보는 눈이 바뀐 것이다.

천선문주가 황제라니.

천선문의 역사상 이런 일은 없었다. 있어서도 안 될 일이다.

천선문은 황제의 검이지, 황제가 되어서는 안 된다. 그 이유는 천선문 자체에 황제를 견제하는 역할도 있었기 때문이다.

비은팔호법 중 한 사람이기에 유검은 그 사실을 잘 알고 있었다.

'지금까지 제대로 견제가 된 적은 한 번도 없지만.'

더군다나 이제는 전쟁까지 일으키려 하고 있다.

서로 치열하게 전쟁을 벌이고 있는 숭무련과 마황성의 싸움에 개입하려는 것이다.

정확히는 서로 다투며 힘이 빠진 두 세력을 일거에 쓰러뜨려, 그 영역을 먹어치우려는 속셈이다.

이래서야 네 개의 세력에 황제가 권력을 나눠줬다는 명분의 의미가 없어진다. 그 일이 실제로 벌어진다면 경천회와 사혈궁은 어찌할 생각인 걸까.

그 두 세력의 저력은 절대 만만치 않다.

경천회의 힘은 이번에 직접 목도하지 않았던가. 그들은 가진 무력보다 그 긍지가 더 무서운 이들이었다.

그때 우문기영으로부터 소집령이 떨어졌다.

유검, 거도, 신뇌, 암투, 혈창, 환영, 패검.

은월을 제외한 비은팔호법 일곱 사람이 우문기영의 집무실에 모였다.

"유검과 환영이 귀환했다기에 모두 불렀다."

여섯의 눈이 형형히 빛났다. 오직 환영만이 초점 없는 눈으로 있을 뿐이다.

"알겠지만, 문주께서 황위에 오르셨다."

"괜찮은 겁니까?"

그때 유검이 툭 끼어들었다. 다섯 사람의 표정이 묘하게 변했다. 유검의 이런 모습은 처음이었기 때문이다.

"괜찮은가를 떠나서, 이미 끝난 일이다. 우리는 이제 어떻게 할 것인가를 고민해야 한다."

우문기영도 처음에 소식을 듣고 얼마나 놀랐던가.

힘으로 황제를 찍어 누르고, 대신들을 밟고, 황궁을 지배해 황위에 오른 북궁휘용의 이야기에.

대체 얼마나 강대한 힘을 지녔으면, 이 엄청난 일을 아무것도 아닌 것처럼 행하는 것일까.

북궁휘용의 강대한 힘의 편린을 보았기에 우문기영은 그저 복종할 뿐이다. 반면 유검은 그 힘을 몰랐기에 저렇게 뻣뻣한 것이리라.

"폐하께서는 북쪽의 세력을 정리하기를 원하신다. 우리는 그 일에 집중할 거야."

"빠져도 되겠습니까?"

이번에도 유검이었다.

아무리 태상호법이라 하나 저렇게 반발하는 이에게 억지로 일을 시킬 수는 없었다. 반항심에 오히려 일을 그르칠 수도 있었기 때문이다.

비은팔호법이 아무리 문주의 수족이라 하나, 그 스스로가 움직이지 않겠다는 데 방법이 없었다.

문주가 직접 강제로 억누르면 몰라도.

"내키지 않는 사람은 빠지도록."

우문기영의 말이 떨어지자마자 유검이 자리를 박차고 나갔다. 환영이 조용히 그 뒤를 따랐다.

남은 다섯은 잠자코 그 모습을 지켜보았으나, 암투와 패검의 표정이 곱지만은 않았다.

북궁휘용의 살룡행을 함께하며, 그에 대한 충성심이 극도로 오른 탓이다.

자신의 거처에 돌아온 유검은 조용히 짐을 쌌다. 그러고는 다시 떠났다. 더 이상 천선문에 있을 수는 없을 것 같았다.

많은 것을 받은 사문이기에 잠시만 떠나 있을 생각이다. 모든 혼란이 진정이 된 후.

'다들 미쳐 있다.'

유검은 고개를 저었다. 그런 유검의 뒤로 환영이라 불리는 선우무영이 따랐다.

그는 현재 자신의 생각이 없었다. 그저 멍한 상태로 유검만 따를 뿐.

천선문을 떠나 얼마나 왔을까.

두 사람이 유검을 막아섰다. 암투와 패검이었다.

"역시 떠나는군."

"그냥 보내줬으면 좋겠어. 잠시 머리 좀 식혀야 할 것 같으니."

암투의 말에 유검이 답했다.

"너는 폐하께서 얼마나 강대한 힘을 손에 넣으셨는지 모른다."

패검의 말에 유검이 피식 웃었다.

그 또한 강대한 힘을 직접 목격했으니까.

"문주의 강대함은 모르겠으나, 다른 강대함은 알고 있다. 하늘 밖에 하늘이 있는 법이지."

"네가 본 하늘이 낮은 하늘인지도 모를 일이지."

패검이 여전히 굳은 얼굴로 말했다.

도철과 홍원의 싸움은 경천회 내부에서 일어난 일이었다. 그랬기에 아직 그 소문이 퍼지지 않고 있었다.

은밀히, 그리고 느리게 퍼지는 중인지라 도철의 소멸에 대해 아는 이는 드물었다.

본래 유검이 보고 했어야 할 일이나, 현재 천선문의 상황이 그럴 마음을 달아나게 만든 것이다.

"어쨌든 돌아가 줬으면 좋겠군. 결국 우리는 문주님, 아니, 폐하의 수족이다. 그게 비은팔호법이다."

암투가 유검의 앞을 막아섰다.

"후우, 맞는 말이긴 한데. 가끔은 손발이 머리에게 반항을 하고플 때도 있는 거야. 어차피 서로 생각이 달라. 그래서 내가 잠시 떠나 있겠다는 거고. 그런데 굳이 이렇게까지 해야 할까?"

유검의 오른손이 검병을 쥐었다. 저들이 끝까지 막는다면 어쩔 수가 없었다. 검병을 쥐는 순간 유검의 기세가 일변했다.

암투과 패검은 그런 기세를 느꼈다.

'우리 둘로는 무리다.'

두 사람이 동시에 머리에 떠올린 생각이다.

북궁휘용과 함께하며 자신들보다 강한 이의 기세에 익숙해진 두 사람이다.

그런 경험이 말해주고 있었다.

유검이 자신들보다 훨씬 윗줄의 경지에 들었음을.

두 사람은 뒤로 물러섰다.

"고맙군."

유검은 두 사람이 물러선 길로 걸음을 옮겼다. 무영이 그 뒤를 따랐다.

그렇게 황도를 떠났으나 당장 갈 곳이 애매했다.

전란에 휩싸일 북쪽으로 갈 수는 없었다. 그렇다고 남쪽으로 가자고 하니 지금까지 줄곧 있던 곳이다.

그리고 혹시라도 자신이 마음에 안 든다고 북궁휘용이 찾아온다면?

그럴 일은 없을 것 같지만, 황제에게 강제로 양위를 받아낸 그의 광기 어린 행보를 생각하면 어떻게 될지 모를 일이다.

우문기영이, 암투와 패검이 저런 모습을 보일 정도라면 분명 북궁휘용은 무시무시하게 강해져 있을 것이다.

"대체 무슨 짓을 한 것인지……."

유검이 아는 북궁휘용은 그런 경지에 오를 정도가 아니었기에, 알 수 없다는 듯 중얼거렸다.

유검의 걸음은 자연스레 서쪽으로 향했다.

"뭐, 역시 가장 강한 하늘 아래에서 조용해질 때까지 지내는 게 맞겠지."

그렇게 유검은 목적지를 정했다.

그가 아는 한 천하제일인, 홍원이 있는 곳.

읍성이 그의 목적지였다.

비은팔호법 중 환영이라 불리는 선우무영은 이제 껍데기만 남은 듯 멍한 얼굴로 유검의 뒤를 따를 뿐이다.

숭무련과 마황성에 동시에 비상이 걸렸다.

상대의 전력을 상당히 깎아냈고, 이제 마지막 결전만을 앞두고 있는 상황이다.

현재 전황은 마황성에 유리했다.

숭무련은 사혈궁과의 전투에서 입은 손실을 제대로 회복하지 못한 탓이다.

마황성은 홍원에게 입은 손실이 컸으나, 그래도 숭무련보다는 사정이 조금 나았다.

그런 상황에서 갑자기 천선문이 움직였다.

비단 천선문만이 아니었다. 황군도 움직였다. 그 수만 물경 일만이다.

천선문의 무인들은 일만의 군세와 함께 천천히 북쪽으로 진군하고 있었다.

그 목적지는 숭무련과 마황성이 마지막 대회전을 앞두고 있는 평원이었다. 그 의도는 명백했다.

"우리 둘을 모두 상대하겠다는 거지……."

치열한 후계 싸움 끝에 성주의 자리에 오른 구양진극이 얼굴을 찌푸린 채 중얼거렸다.

천선문.

선우가.

둘 모두 마음에 안 들었다. 그랬기에 이번에 숭무련을 병탄한 후, 힘을 키워 천선문을 치려 했건만 설마 저쪽에서 선수를 칠 줄이야.

"빌어먹을 장홍원."

구양진극의 입에서 홍원의 이름이 튀어나왔다.

당시 마황성의 세력은 절정에 이르러 있었다. 성주도 어쩌면 감당하기 힘들 정도로.

그러던 힘이 단 한 사람 앞에 무너졌다.

그가 아니었다면 숭무련 따위에 이렇게 고전을 겪는 일은 없었을 것이다.

더불어 엄연히 자신이 소성주이건만, 성주의 자리에 욕심을 내는 이들이 그리 많을 것이라고는 생각지도 못했다.

갑작스러운 구양벽의 실종으로 혼란에 휩싸인 마황성을 겨우 수습했건만.

"결국 손을 잡아야 하는 것인가?"

구양진극이 씁쓸한 얼굴로 맞은편의 숭무련의 진영을 바라보았다.
불과 어제까지 죽일 듯이 싸웠으나, 더 큰 적이 닥쳐오고 있었다.
그런 복잡한 변화는 숭무련에서도 일어나고 있었다.
다만 다른 것이 있다면 이곳은 의견이 통일되지 못한 채 중구난방 싸우고 있다는 것이다.
연합체의 한계였다.
천선문이 황군 일만과 함께 움직인다는 소식에 그들은 겨우 의견을 모았다.
일단 마황성과 휴전에 돌입하고 천선문을 막는 것으로 결론이 난 것이다.
두 세력이 힘을 합쳐도 어려운 판에 각자 휴전을 한 상태로 알아서 막자고 하는 숭무련의 전언에 구양진극은 어이가 없었다.
"신도운악이 죽은 순간, 숭무련은 끝난 것인지도 모르겠어."
구양진극이 씁쓸히 중얼거렸다.
그렇게 두 세력은 각기 방진을 형성하고 천선문과의 결전을 준비했다.

북궁휘용의 두 눈이 붉게 빛났다.
가장 선두에서 말을 달리는 그의 눈에 두 세력의 진영이 들어왔다.
"흣, 힘을 합쳐도 될까 말까 할 텐데. 나로서는 고맙군."

그의 입가에는 사이한 미소가 걸렸다.

드디어 나타난 천선문의 군세를 바라보는 구양진극은 어이가 없었다.

그 진영에 당당히 휘날리는 황기(皇旗)를 보았기 때문이다.

"황제의 친정이라… 결국 대륙의 균형을 완전히 무너뜨리겠다는 거군."

자신들도 천선문을 무너뜨릴 생각을 했었기에 놀랍지는 않았다. 다만 선수를 빼앗겼다는 것이, 힘이 약해져 실행하지 못했다는 것이 분했다.

"그때 경천회가 아니라 천선문을 노렸으면……."

그랬다면 홍원과 얽히는 일이 없지 않았을까. 오히려 그렇게 하는 쪽이 훨씬 승산이 컸을지도 모를 일이다.

하나 이제는 아무 의미가 없었다.

모두 지나간 일들이니. 시간을 되돌릴 수도 없는 노릇이었다.

"쳐라!"

북궁휘용의 커다란 외침과 함께 천선문의 군세는 숭무련의 진영을 향해 공격했다.

암투와 패검이 가장 선두에서 사납게 달려갔다.

진의 중심에서 북궁휘용은 전황을 지켜보았다. 이곳에 올 때는 가장 선두였으나, 전투가 시작된 이상 자신이 있어야 할 곳은 중심이었다.

자신은 황제였으니까.

노도와 같은 천선문의 병력이 숭무련을 덮쳤다. 숭무련은 전력을 다해 막으려 했으나 압도적인 차이가 있었다.

그야말로 파죽지세로 밀어붙이고 있었다.

구양진극은 그 모습을 모두 지켜보았다. 지금이 움직여야 할 때였다.

각기 알아서 막기로 하였다고 하나, 숭무련이 무너진 다음은 자신들 차례다.

천선문이 전력을 다해 숭무련을 치고 있을 때 그 뒤를 노려야 했다. 그러지 않으면 기회가 없을 것이다.

마황성이 엄연히 있는데도 후방 따위는 아랑곳하지 않고 오로지 숭무련만을 몰아치는 천선문의 진영이 수상하기는 했다. 어서 후미를 치라고 유혹하는 듯하지 않은가.

그렇다고 가지 않을 수 없었다. 숭무련이 무너진 다음에는 정말로 아무런 방법이 없었으니까.

"천선문의 후미를 쳐라!!"

구양진극이 큰 소리로 명령을 내렸다.

그와 동시에 마황성의 병력이 움직였다. 후미를 정면에서 때리는 한 무리와 측면에서 때리는 한 무리로 나뉘어 두 방면을 치고 들어갔다.

"훗, 역시 오는군. 안 올 수가 없겠지."

북궁휘용은 그 모습을 보고 빙그레 웃었다.

처음부터 숭무련과 마황성이 함께 뭉쳐서 움직였으면 모르되, 저리 멀리 떨어진 상태에서 각기 움직이니 너무나 가소로웠다.

당연히 이 시점에서 마황성이 치고 올 것을 예상했다.

지금이 아니면 그들에게는 일말의 기회도 없었으니.

마황성의 병력이 막 천선문의 후미를 치려 할 때, 좌우가 쫙 벌어졌다.

두 갈래의 마황성의 병력을 모두 포용할 만큼 커다란 공간을 만들며 일사불란하게 진영의 가운데를 비운다 싶더니 어느새 마황성을 둥글게 포위했다.

아니, 포위라고 하기에는 병력의 두께가 너무나 얇았다.

그냥 둘러쌌다고 해야 할 형태였다.

그런 그들의 앞에 북궁휘용이 나타났다.

천선문의 전력의 삼분지 일에 해당하는 병력이 마황성을 둘러싸고, 그 가운데 북궁휘용이 당당히 나타난 것이다.

나머지 삼분지 이의 병력은 더 이상 후미는 신경 쓰지 않고 숭무련을 휩쓰는 데 전력을 다했다.

북궁휘용의 모습을 확인한 구양진극이 전면으로 나섰다.

"천선문주! 이게 대체 무슨 짓이오! 천하를 혼란으로 몰아넣다니! 황궁과 사대세력 간의 맹약을 이리도 무참히 어길 수가 있단 말이오!! 황군까지 동원하여 이 무슨 무도한 짓이란 말이오!"

구양진극이 격앙된 목소리로 북궁휘용을 향해 외쳤다.

소성주의 자격으로 아버지 구양벽과 함께 천선문을 방문한 적이 있기에 북궁휘용의 얼굴을 알고 있었다. 몇 년 전의 일이라고는 하나, 그 얼굴을 잊을 수가 없었다.

구양진극의 말에 북궁휘용은 피식 웃었다.

"그런 것은 상황에 따라 깨질 수도 있는 법이지."

"황제 폐하가 이런 무도한 짓을 그냥 좌시할 리 없소이다! 이건 역모나 다름없소!"

구양진극은 입에 올리는 것만으로도 죄가 되는 역모란 말까지 사용해 북궁휘용을 압박했다. 그러나 북궁휘용의 웃음은 더욱 진해질 뿐이다.

"짐이 곧 황제이거늘. 누가 역모를 꾸민단 말이냐! 네놈이냐!"

북궁휘용의 일침에 구양진극의 얼굴이 딱딱하게 굳었다.

황기를 앞세워 온 순간, 황제의 친정임을 알았다. 그러나 황기 아래에 황제의 모습은 없고, 오직 북궁휘용만 있었기에 혹시나 하는 생각으로 내질렀다.

그런데 설마 천선문주가 황제의 위에 올랐을 줄이야.

'대체 천하는 어찌 되려는 것인가……'

천 년을 내려온 황실과 천선문의 율법이 깨졌다. 천선문주가 황제가 되다니.

"네놈들에게는 특별히 짐의 위엄을 보여주도록 하지."

북궁휘용이 말에서 내려 마황성의 병력을 향해 천천히 걸음을 옮겼다.

천선문의 무사들과 병사들은 그저 그 모습을 지켜만 보고 있었다.

'기회다.'

그랬다. 홀로 걸어오는 적의 수장.

그가 황제이든 천선문주이든 상관없었다. 수장을 쓰러뜨리면 될 뿐이다.

황제를 죽였다는 사실은 그 뒤의 일이다. 이미 천하는 혼란에 빠졌다. 더 혼란스러워진다한들 무슨 상관이랴.

이제는 힘이 있는 자가 법이 되는 세상이 온 것이다.

"쳐라!"

그 말과 함께 구양진극이 가장 먼저 검강을 일으켜 북궁휘용에게 달려들었다. 그 뒤로 그의 수하들이 따랐다.

극성을 눈앞에 둔 구화마룡검이 구양진극의 손에서 펼쳐졌다.

북궁휘용은 그런 검의 춤사위 속으로 손을 내밀었다.

캉! 캉! 캉!

검강과 팔이 부딪혔는데, 검과 쇠가 부딪힌 듯한 소리만 울렸다.

그리고 북궁휘용은 구양진극의 목줄을 움켜쥐었다.

"컥."

구양진극이 너무도 허무하게 제압이 된 것이다. 그는 검마저 떨어뜨렸다.

북궁휘용의 몸이 조금씩 떠올랐다. 여전히 구양진극의 목줄을 쥔 채였다.

"잘난 듯 지껄였으니, 네놈은 제일 마지막에 보내주마."

그러면서 북궁휘용은 구양진극을 돌려세웠다. 우악스러운 손은 구양진극의 뒷목을 움켜쥔 채였다.

구양진극은 옴짝달싹할 수 없었다.

'으… 으으… 윽……'

입술조차 달싹일 수 없었다.

"특별히 나랑 같은 시선으로 같은 광경을 보게 해주지, 크크."

사이한 웃음소리가 북궁휘용의 잇새로 흘러나왔다.

그와 동시에 구양진극이 놓쳤던 그의 검이 스르륵 허공으로 솟아올랐다.

이윽고 붉은 검강으로 뒤덮이는가 싶더니, 그 주변으로 수십 개의 검강이 만들어졌다.

아무것도 없는 허공에 만들어진 검강이라니.

두 눈으로 보고도 믿을 수가 없었다.

갑자기 적의 손에 사로잡힌 구양진극 때문에 우왕좌왕하던 마황성의 무리들 사이로, 그렇게 만들어진 검강이 날아갔다.

한 번에 수십의 사람을 베었다.

그중 하나는 마황성의 성주를 상징하는 구양진극의 검이었다.

구양진극이 두 눈을 치켜떴다. 온몸을 부르르 떨었다. 찢어져라 부릅뜬 눈에서 피눈물이 흘렀다.

그러나 아무것도 할 수 없었다. 완벽하게 제압당한 상태였다.

수십의 검강은 곧 수백이 되었고, 마황성의 진영에서 어지러운 검무를 추고 있었다.

추풍낙엽처럼 마황성의 무사들이 스러져 갔다.

차마 그 모습을 볼 수 없었다. 그렇다고 외면할 수도 없었다.

구양진극은 그렇게 자신의 수하들이 북궁휘용의 검강에 몰살당하는 모습을 지켜보고만 있었다.

'아아, 괴물이었구나. 괴물이었어……. 이런 괴물이었으니……'

구양진극은 이제야 북궁휘용의 미친 것만 같은 행보가 이해가 갔다. 이런 어마어마한 힘을 가지고 있었기 때문이다.

일전에 겪었던 장홍원보다도 훨씬 더 강한 힘이다.

홍원조차 감당치 못했는데, 이런 괴물을 어찌.

구양진극의 두 눈이 짙은 절망에 물들었다.

숭무련과 마황성 중 먼저 괴멸된 것은 마황성이었다. 북궁휘용의 눈짓 한 번에 이리된 것이다.

북궁휘용은 구양진극의 목줄을 쥔 것 외에는 움직임이 전혀 없었다.

압도적인 강함이요, 압도적인 폭력이었다.

천선문의 무사들과 황군의 병사들은 그런 북궁휘용의 무위를 그저 경배할 뿐이다.

"그럼, 잘 가게."

마황성의 무사들이 모두 쓰러지고, 강기검이 사라진 후, 단

한 자루 남은 검.
구양진극의 검이 그의 심장을 꿰뚫었다.
북궁휘용이 모든 일을 끝내고 몸을 돌렸을 때, 천선문의 병력이 숭무련을 거의 괴멸시켜 가고 있었다.
"좋군, 좋아."
그것을 지켜보는 북궁휘용의 두 눈이 붉게 번들거렸다.
이날의 대회전이 천하 각지로 퍼지는 데는 오랜 시간이 걸리지 않았다.
북궁휘용이 의도적으로 소문을 낸 것도 있었고, 생존자들의 목격담도 있었다.
천선문의 행보에 천하는 혼란에 빠졌다.
천선문주 북궁휘용이 황제가 되어, 홀로 마황성을 쓸어버렸다. 그리고 천선문의 병력이 숭무련을 초토화시켰다.
대륙의 북부는 황제의 손에 떨어진 것이다.
오랜 세월 흘러 내려오던 황실과 무림의 맹약이 깨진 것이다.
비록 오랜 세월 동안 세력의 명칭과 주인은 바뀌었을지언정, 각 세력의 영역은 지켜져 왔다.
그런데 지금 황제가 직접 대륙 북부를 손에 넣었다.
이제 남동부의 경천회와 남서부의 사혈궁만이 남았다. 천하의 사람들은 숨을 죽였다.
북궁휘용의 칼끝은 이제 어디로 향할 것인가.
경천회와 숭무련에 비상이 걸렸음은 당연하다.

"도철 다음은 천선문인가……."

모용백이 얼굴을 찡그렸다. 이제 겨우 도철로 인해 입었던 피해를 수습한 판인데, 천선문주가 미쳐 버렸다.

그의 행보는 그가 미쳤다고밖에 생각할 수 없었다.

"사혈궁과 손을 잡아야 합니다."

심온의 말에 대전에 모인 사람들은 모두 고개를 끄덕였다. 너무나 당연한 말이다.

서로 힘을 소진했다고는 하나 숭무련과 마황성을 일거에 무너뜨렸다. 경천회나 사혈궁 단독으로는 절대 막을 수 없었다.

"세력만이 문제가 아니야. 소문으로 들리는 북궁휘용의 무위라면……."

모용백이 고개를 절레절레 저었다.

그를 상대할 수 있는 사람은 단 한 명밖에 떠오르지 않았다.

한편 사혈궁 역시 그와 비슷한 상황이었다.

"허어, 강기를 수백을 만들어서 마황성을 도륙을 냈다라……."

급히 궁으로 복귀한 교하운은 어이가 없다는 듯 고개를 저었다.

혈혈무극귀혼창의 오의와 비슷했다.

차이라면 자신은 단 하나의 강기창만 만들 수 있다는 것이다. 그런 것을 수백이나 만들어내다니.

"도철이라는 마수 다음은 북궁휘용이라는 괴물이로군."

"어찌하시렵니까?"

하후필의 물음에 교하운이 당연하다는 얼굴로 답했다.
"경천회와 힘을 모아야지. 다만 그것으로도 승산이 없어서 문제지."
"북궁휘용 때문이로군요."
문인백송의 말에 교하운이 고개를 끄덕였다.
이 자리에 그 누구도 북궁휘용을 황제라 칭하지 않았다. 맹약이 깨진 이상 그는 더 이상 무림인에게는 황제가 아니었다.
"그놈을 막을 사람은 그 친구밖에 없지."
"경천회에서 알려온 바에 따르면, 도철을 소멸시킨 후 훌쩍 떠났다고 합니다."
하후필의 말에 교하운이 고개를 절레절레 저었다.
"참으로 바람 같은 친구야."
"천선문도 당장 움직이지는 못할 겁니다. 손에 넣은 북부를 안정화시키려면 상당한 시일이 필요할 겁니다. 급한 것만 해결한다고 하더라도요. 대륙은 넓습니다."
문인백송의 말에 하후필 역시 동조했다.
"문제는 시간이군. 그 친구가 다시 나타나서 우리가 도움을 청하는 게 먼저냐. 천선문이 북부를 수습하고 움직이는 것이 먼저냐."
교하운의 말대로였다.
"일단 우리도 준비를 해야지요. 경천회와 논의토록 하겠습니다."
하후필의 말에 교하운의 시선이 그에게로 향했다.

"네가 직접 경천회로 가. 이런 일은 전서로 왔다 갔다 하기에는 너무 급박해. 전권을 줄 테니까 알아서 해. 문상은 내부를 부탁하지."

"알겠습니다."

"네."

동시에 대답을 한 두 사람은 바삐 움직였다.

사혈궁의 존망이 달린 일이기에 한시도 지체할 수 없었다. 어차피 북궁휘용이 전면에 나선다면 막을 수 있을까라는 회의가 들었지만, 할 수 있는 것은 최대한 해봐야 했다.

"안 됩니다, 폐하!"

우문기영이 엎드려 큰 소리로 외쳤다. 북부의 대회전을 마치고 황궁으로 돌아온 북궁휘용이 곧장 사혈궁을 치겠다고 했기 때문이다.

"이번에 폐하께서 정벌한 영토를 수습하지 않고, 다시 정벌을 나설 수는 없습니다. 그러기에는 후방이 너무 불안합니다, 폐하!"

우문기영이 목이 터져라 외쳤다.

북궁휘용의 얼굴에 언짢은 기색이 어렸다. 그의 좌우에 시립한 암투와 패검은 그 변화를 감지했다.

"세 달 준다. 그 안에 수습하도록."

그 말을 끝으로 북궁휘용은 용상을 떠났다. 무언가 더 말을 하려던 우문기영은 아무 말도 못 했다.

그 대상이 사라졌기 때문이다.
"고작 세 달이라니… 허……."
우문기영은 답답하기 그지없었다. 지금까지 황제가 직접 통치한 영역은 전 대륙의 오분지 일에 조금 못 미친다.
나머지 오분지 사를 각 세력들이 한 곳씩 맡고 있었다.
그중 두 곳을 손에 넣었다.
지금까지 통치하던 영역의 두 배가 넘는 광대한 영역을 손에 넣은 것이다.
그곳을 수습하는 데 고작 세 달이라니. 말도 안 되는 일이다.
그러나 할 수밖에 없었다.
북궁휘용을 따라 움직이던 암투와 패검의 표정이 그랬다. 그 말을 따르지 않으면 어찌 될지 모른다고 말하고 있었다.
우문기영은 고개를 절레절레 흔들며 대전을 나섰다.
과연 이게 잘된 일인지 알 수가 없었다.
황실이 천하를 오롯이 지배라는 것은 그의 오랜 꿈이었다. 과거에도 그랬고, 역천을 행한 지금도 그랬다.
하지만 과연 이런 식인가라는 의문에는 답할 수 없었다.
자신의 집무실로 향하는 우문기영의 어깨가 유독 힘이 없었다.

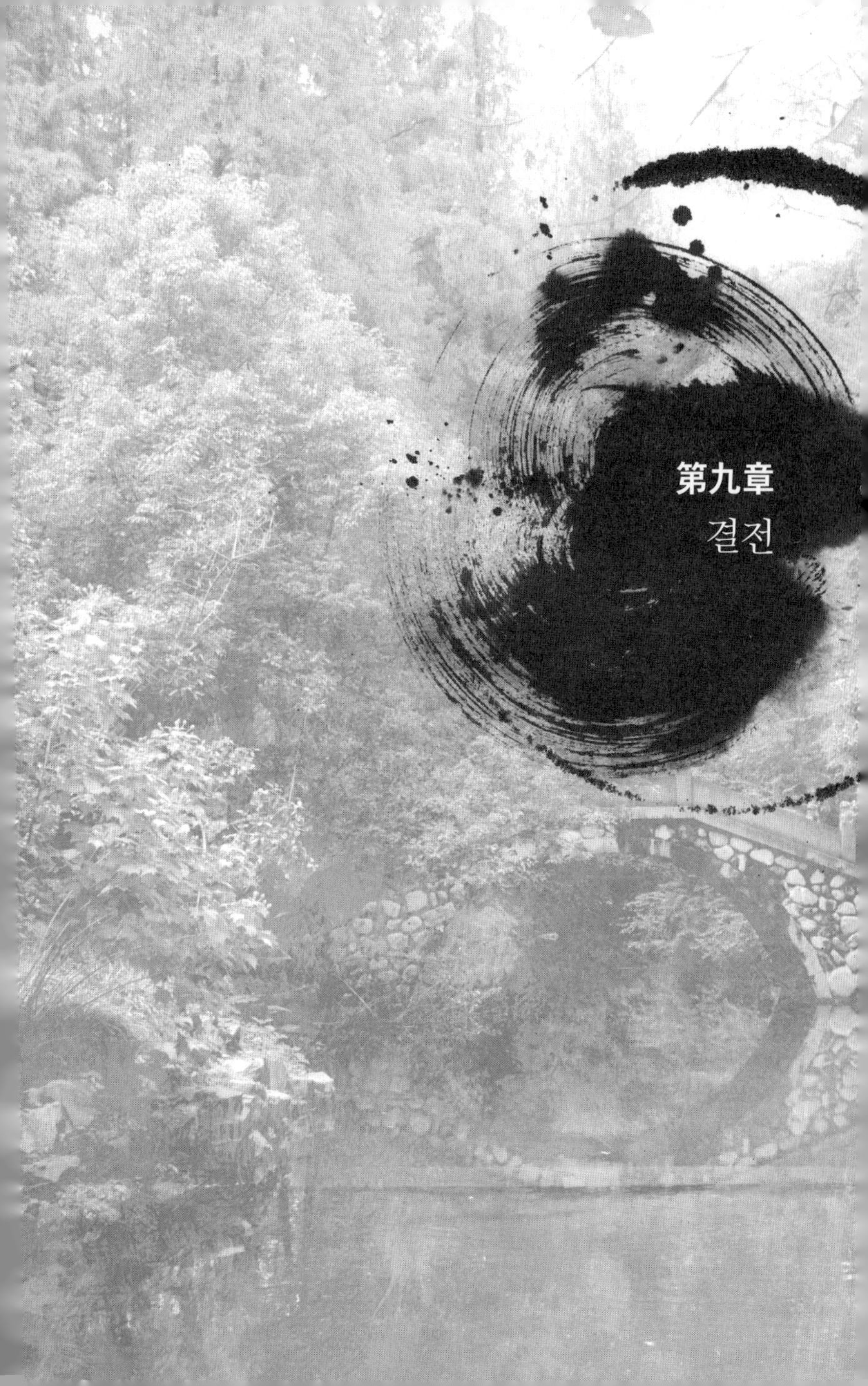

第九章 결전

가벼웠다.

몸도, 마음도 더없이 가볍고 자유로웠다.

홍원이 미소를 짓고는 몸을 일으켰다. 더 이상 자신을 막을 수 있는 것은 아무것도 없을 듯했다.

"이제 끝났는가?"

무명의 목소리가 들렸다.

홍원은 몸을 돌려 무명을 바라보았다. 지금껏 보이지 않던 것들이 보였고, 느껴졌다.

빙그레 미소가 절로 지어졌다.

"좋군. 얼마만의 완성자인지 모르겠어."

무명의 말에 홍원이 고개를 저었다.

"이게 완성인지는 모르겠습니다. 완성이라는 말은 함부로 쓸 수가 없을 것 같군요."

홍원은 여전히 미소를 띤 채였다.

이런 고양감이 얼마만일까.

처음 내공을 느끼고 단전에 좁쌀만 한 내공을 모았을 때, 당시에 느꼈던 그 고양감과 비슷한 듯했다.

보잘것없는 경지였건만 무엇이든 할 수 있을 것만 같은 감각에 얼마나 기뻐했던가.

'그리 생각하지… 먼 훗날, 오늘의 이 경지도 보잘것없을지도 모르겠어.'

문득 그런 생각이 들었다.

경험에서 오는 추측이다. 보잘것없다 하기에는 너무나 어마어마한 경지였지만, 그래도 왠지 그리될 것 같다는 생각도 들었다.

"이제 가봐야지?"

무명의 물음에 홍원이 고개를 끄덕였다.

"데려다 줄까?"

"아닙니다. 천천히 가보겠습니다."

"그러면 그리하게."

홍원의 답에 무명은 중심 입구까지 데려다 준 후, 뒷짐을 진 채 떠나는 홍원을 지켜보았다.

느긋하게 움직이는 듯했으나 빨랐다.

순식간에 몇 걸음으로 대륙을 가로지르는 무명에 비할 바는 아니지만, 마음만 먹는다면 하루 안에 대륙 어디든 갈 수 있을 듯했다.

그렇게 북면과 동면을 지나 읍성에 도착했다.

읍성은 여전했다.

그사이 홍산이 돌아와 있었으며, 유검이 읍성에 머물고 있었다. 단리유화와 곡비연은 여전히 어머니와 즐거이 지내고 있었다.

홍원은 집에서 하루 묵었다.

그사이 유검을 통해 많은 소식을 들을 수 있었다. 도철을 쓰러뜨리고 곧장 사라졌기에 그 이후의 일은 아무것도 몰랐다.

유검은 깜짝 놀랐다.

설마 홍원이 이렇게 나타날 거라고는 상상도 못 했기 때문이다. 그저 욕망과 탐욕이 소용돌이치는 황궁을 벗어나 머리를 식히고자 잠시 읍성에 왔을 뿐인데, 홍원을 만났다.

경천회에서도 그렇고, 아무래도 인연이 있는 모양이라는 생각이 들었다.

두 사람은 탁주 한 병을 번갈아 마시며 대화를 나누었다.

"북궁휘용, 천선문주가 황제에 올라 숭무련과 마황성을 무너뜨렸다, 이건가?"

"네, 사숙. 그리고 곧 남쪽을 노릴 겁니다."

"이해할 수 없군."

홍원은 작게 중얼거렸다.

"저 역시 그렇습니다."

유검이 답답하다는 얼굴로 중얼거렸다.

대체 무엇을 얻겠다고 균형을 무너뜨렸단 말인가. 무언가 원대한 목표가 있는 것도 아닌 것 같았다.

"광기에 빠져든 건지도 모르지요."

탁주를 한 모금 넘기며 자조 섞인 목소리로 말했다. 유검이 나는 북궁휘용은 적어도 그런 사람은 아니었으니까.

"광기라… 그러고 보면 지난번에 봤을 때……."

"북궁휘용을 만나본 적이 있습니까?"

홍원의 중얼거림에 유검이 물었다. 홍원은 탁주를 넘기고는 고개를 끄덕거렸다. 단지 그뿐, 자세한 이야기는 해주지 않았다.

유검도 묻지 않았다.

"언제쯤 움직일까?"

홍원의 물음에 유검은 잠시 밤하늘을 올려보며 셈을 했다.

"이틀 전 곡 소저에게 전해진 소식으로는 이제 북부의 정비를 마쳐간다 했습니다. 북궁휘용이 우문 노야에게 제시한 기한이 삼 개월이었다 했는데… 아마 그 기한이 끝나갈 겁니다."

곡비연은 여전히 하오문의 소식을 모으고 있었다. 홍원의 위상이 올라갈수록 그녀의 위상도 올라가고 있었다.

경천회에서 도철이 홍원의 손에 소멸되었다는 사실을 아는 몇 안 되는 곳 중 하나가 하오문이었다.

"다행이로군. 늦지 않았어."

홍원이 담담히 말했다.

"가실 겁니까?"

"막아야지, 광기에 대륙이 물드는 건. 아무 죄 없는 사람들이 광기에 스러지게 둘 수는 없는 노릇이니까. 그리고 개인적인 원한도 있고."

마지막 말을 들었을 때, 섬뜩한 느낌이 유검의 등줄기를 훑고 지나갔다.

도무지 경지를 짐작할 수 없는 사숙이었다.

"천선문."

"네."

홍원은 짧은 말에 유검이 답했다.

"이제는 사라져도 상관없겠지?"

그 물음에 유검은 흠칫했다. 어쨌든 자신의 사문 아니던가. 자신이 철들기도 전부터 머물렀던 곳이다. 고향과도 같은 곳이다.

애초에 대답은 필요 없었다는 듯 몸을 일으킨 홍원은 자신의 방으로 향했다.

날이 밝자마자 홍원은 집을 나섰다.

천천히 천선문을 향해 걸었다. 그곳의 위치는 너무도 명료하게 기억이 났다.

자신이 박살을 냈던 곳이니까.

심마를 극복하고, 그릇을 완성하니 과거의 일이 또렷이 떠올랐다.

왜 자신이 그 일을 기억하지 못했는지 알 수 없었다.
뒤틀림.
천기를 뒤흔드는 진법.
무명이 자신에게 이야기했던 것들이다. 아마도 그 때문일 거라 짐작했다.
"그러고 보니……."
이전에는 미처 기억을 못 했던 과거의 마지막 편린.
필사적으로 달아나 진법을 발동하고, 그를 향해 홍원 자신이 도를 던졌다.
그것이 마지막이었다.
홍원은 고개를 끄덕였다.
아마도 그것이 천지를 뒤흔드는 진법이리라. 그 진법으로 뒤틀림이 생긴 것이고.
과거의 기억을 정리하며 걸음을 옮기니 어느새 천선문의 정문에 도착했다.
그야말로 순식간에 대륙을 가로질렀다.
천선문의 내부는 정신없이 바빴다. 홍원은 그런 기운에는 아랑곳하지 않고 안으로 들었다.
누구도 그런 홍원의 움직임을 이상히 여기지 않았다.
그렇게 당도한 곳은 역천의 진법이었다.
홍원은 담담히 그 진을 바라보았다.
"역시 이것 때문이었군."
진법을 보고 있자니 그 원리를 알 수 있을 것 같았다. 같은 천선을 기반으로 하였기 때문이다.

설마 천선의 묘리를 이런 식으로 해석할 줄이야.

홍원에게는 새로운 공부가 되기도 했다.

"그렇게 된 것이었어."

지금의 진법의 형태와 자신이 과거에 도를 던져 손상을 입혔던 진법의 형태를 비교하니 알 수 있을 것 같았다.

자신이 어떻게 꿈이라고 인식하면서 과거를 기억하고 있었는지 말이다.

결국은 천선 때문이고, 천선 덕분이었다.

천선이 아니었다면, 자신은 아무것도 기억하지 못한 채로 그 똥통에서 정신을 차렸을 것이다. 꿈 따위는 꾸지도 않고.

홍원은 아주 잠깐 유혹을 느꼈다.

이 진을 다시 한 번 발동시킨다면, 아버지께서 살아계시지 않을까.

이내 고개를 저었다.

'뒤틀림은 한 번으로 족하다.'

천선의 완성에 이르렀기에, 조화를 깨뜨리는 행동이 몰고 올 부작용이 그려졌다.

"기운도 부족하지만, 아니 될 일이지."

홍원이 담담히 중얼거리며 돌아섰다.

그곳에는 북궁휘용이 재미있다는 얼굴을 하고는 서 있었다.

홍원의 기운을 느끼고 나타난 것이다.

"불청객이로군."

북궁휘용의 말에 홍원은 빙그레 웃었다.

"오랜만이야, 사질."

홍원의 말에 북궁휘용이 피식 웃었다.

"감히 황제를 보고도 잘도 지껄이는구나."

북궁휘용의 기세가 점차 변하기 시작했다. 그때쯤, 헐레벌떡 사람들이 몰려왔다.

갑자기 움직인 북궁휘용을 황급히 쫓아온 것이다.

"편법. 지름길."

홍원은 북궁휘용의 기운을 담담히 지켜보며 말했다.

"과연 그리 말할 만했어."

홍원이 빙긋 웃었다.

"무슨 소리를 지껄이는 거지? 그렇잖아도 반드시 다시 만나서 빚을 갚아야겠다 벼르던 참이다, 크크."

북궁휘용의 기세가 점점 더 거칠게 변했다.

뒤늦게 도착한 암투와 패검은 홍원의 모습을 확인하고 딱딱하게 굳었다.

북궁휘용에게 한 번의 패배를 주었던 이가 아니던가.

물론 그때와 지금의 북궁휘용은 전혀 다른 사람이었다.

"뭐, 몰라도 상관은 없다만. 대체 얼마나 많은 용을 죽인 거냐?"

"호오? 그걸 알아봤다는 거냐?"

홍원의 물음에 북궁휘용이 신기하다는 얼굴로 바라보았다.

"어려운 일은 아니지. 하지만 그것보다 먼저 해결해야 할 일이 있어서."

홍원의 시선이 북궁휘용의 뒤편으로 향했다.

그곳에 있던 두 사람은 홍원과 눈이 마주치자 오싹함을 느꼈다.

"거도, 신뇌."

홍원의 낮은 부름에 두 사람의 몸이 허공으로 떠올랐다.

"어, 어어!!"

"우, 우아악!"

갑작스러운 현상에 두 사람은 경지에 맞지 않게 비명을 질렀다.

북궁휘용이 두 눈을 사납게 치켜뜨자, 두 사람은 바닥으로 떨어졌다. 요란한 소리가 울렸다.

"날 보러 온 것이 아닌가?"

북궁휘용의 물음에 홍원이 피식 웃었다.

"여러 가지 볼일로 찾아왔지. 거기 그쪽이 우문기영이로군."

홍원은 우문기영을 발견하고 고개를 끄덕였다.

무대는 갖춰졌고, 등장인물도 모두 모였다.

이제 슬슬 정리를 할 때였다.

"이거, 솔직히 상당히 기분이 나쁜군."

그 말과 동시에 북궁휘용의 몸 주위로 수많은 혈강이 솟아올랐다.

홍원의 주위로 백강과 적강이 그 모습을 드러냈다.

두 사람의 눈짓과 동시에 강기가 허공에서 어우러졌다.

그와 동시에 북궁휘용이 홍원에게 달려들었다. 아홉 곳에 자리한 용의 내단이 그 빛을 밝히며 무시무시한 기운을 토해냈다.

홍원의 양손에 들린 검과 도가 북궁휘용의 주먹을 막았다.

두 개의 단전은 끊임없이 내공을 주고받으며 무한한 기운을 홍원에게 공급해 주고 있었다.

콰콰콰콰쾅!

하늘이 떨렸다.

두 절대자의 충돌로 인한 후폭풍이 천선문을 휩쓸었다.

주변에 모여 있던 사람들은 볼품없이 날려 흩어졌다.

그나마 경지에 높은 이들만이 겨우겨우 먼 거리에서 신형을 유지하고 있을 뿐이다.

용과 용의 싸움이었다.

우문기영을 비롯한 비은팔호법은 입을 다물지 못했다. 북궁휘용의 절대적인 힘은 알고 있었으나, 설마 그에 대항하는 자가 있을 줄이야.

'어, 어떻게… 저 괴물은… 과거보다 더한 괴물이 되어서는…….'

우문기영은 홍원의 신위에 온몸을 부르르 떨었다.

북궁휘용이라면 저 괴물이 나타나도 능히 제압할 수 있을 것이라 여겼건만 지금 막상막하의 싸움을 펼치고 있지 않은가.

이게 가능한 일이란 말인가.

그것이 우문기영의 솔직한 심정이었다.

홍원과 북궁휘용은 주변은 아랑곳 않고 싸웠다.

북궁휘용의 공격은 점점 더 거칠고 광폭해졌다. 홍원은 시종 일관 부드러운 기운 그대로였다.

"크크크, 고작 이 정도냐!"

붉은 기운에 검은 기운이 섞이기 시작했다. 그렇게 북궁휘용에게서 흘러나온 검은 기운이 홍원의 기운을 집어삼키기 시작했다.

홍원의 표정이 살짝 변했다.

"이건?"

자신의 내공이 북궁휘용에게로 흡수되는 것을 느낀 것이다.

"크흐흐, 어떠냐? 탐식이라는 권능이다."

이제는 붉은 기운보다 검은 기운이 훨씬 많아졌다. 지속적으로 홍원의 기운을 흡수하고 있었다.

두 사람의 기운의 크기가 확연히 달라지기 시작했다.

북궁휘용의 기운이 점점 더 거대해지고 있었다.

우문기영의 입가에 미소가 걸렸다. 그는 북궁휘용의 기운이 홍원의 기운을 조금씩 압도하고 있음을 느낄 수 있었기 때문이다.

혈강과 묵강이 허공을 수놓았다. 그것들은 홍원의 몸을 빽빽하게 둘러싸며 날카롭게 쏘아져 갔다.

"크하하하하하하!"

북궁휘용의 커다란 웃음소리가 터져 나왔다. 흡사 광기에 물든 듯한 웃음이었다.

*　　　　*　　　　*

모용백과 교하운이 심각한 얼굴로 앉아 있었다. 오늘 소식을 알아보러 간 두 사람이 평소보다 늦기 때문이었다.

현재 경천회와 숭무련은 최소한의 병력을 제외한 전 병력을 이끌고 황도에서 하루 거리에 집결해 있는 상태였다.

전장의 범위를 최소화하여 단번에 건곤일척의 승부를 걸기 위해서였다.

천선문에서 북부의 정리에 들이기로 한 기한이 삼 개월이라는 것은 공공연한 사실이었다. 그리고 이제 그 삼 개월의 시한이 끝나가고 있었다.

그랬기에 요 근래 항상 이리 심각한 분위기로 천선문의 동태에 잔뜩 곤두선 채 집중하고 있었다.

그때 심온과 하후필이 헐레벌떡 뛰어 들어왔다.

"어찌 된 일인가?"

교하운이 물었다. 평소보다 늦은 시간에 저리 다급히 들어오니 두 사람의 시선이 자연히 그들에게 향할 수밖에 없었다.

"천선문에 변고가 생겼습니다!"

하후필이 큰 소리로 외쳤다.

"그게 무슨 말이오?"

모용백이 한발 먼저 물었다.

"평소보다 조금 소식이 늦는다 했었는데… 오늘 아침에 천선문 내부에서 요란한 폭음과 폭풍이 몰아쳤다고 했습니다. 붉고 검은 강기들이 하늘로 솟아올랐다고 하고요."

하후필의 보고에 교하운과 모용백은 서로를 바라보았다.

"설마……."

"혹시……."

동시에 흘러나온 음성이다.

수없이 많은 강기가 하늘로 솟아올랐다 하면, 북궁휘용이 나선 것이다.

천선문의 한복판에서 북궁휘용이 굳이 그런 일을 벌일 일은 없었다. 강대한 적이 나타난 것이라면 모를까.

두 사람은 그 강대한 적으로 추정되는 인물을 알고 있었고, 동시에 떠올린 것이다.

"세작이 이각 간격으로 전서응을 날리겠다 했습니다. 계속해서 소식이 들어올 것입니다."

심온의 말이었다.

"장 공자가 나타난 것이 맞다면, 이리 기다릴 시간이 없습니다. 당장 움직여야 합니다."

하후필이 격앙된 얼굴로 말했다.

"그러다가 아니면?"

교하운의 물음에 심온이 입을 열었다.

"그래도 가야 한다고 생각합니다. 어차피 천선문이 움직일 시기가 되었습니다. 건곤일척의 승부를 걸어야 할 때이니, 지금 움직여야 합니다."

"장 공자가 북궁휘용을 무너뜨린다면 가장 좋고, 장 공자가 패한다면 어차피 아무도 그를 막을 수 없으니……."

모용백이 중얼거렸다.

"장 공자가 패한다면 아무 수가 없는 것은 맞지요. 하지만 지금 장 공자가 나타난 게 아니라면 조금 복잡해집니다."

교하운이 신중한 얼굴로 말했다.

"장 공자가 북궁휘용을 쓰러뜨린다고 하더라도, 이미 혼란해진 대륙을 진정시키려면 수많은 인력이 필요합니다."

맞는 말이다.

홍원 혼자서 북궁휘용을 제거한다 한들, 이미 혼란에 빠진 중원을 홍원이 어찌할 수 있는 것이 아니었다.

숭무련과 마황성마저 사라지지 않았는가.

게다가 황궁의 영역은 또 어찌할까.

그때 모용연이 전서를 들고 황급히 나타났다.

"자, 장 공자가 북궁휘용과 싸우고 있다고 해요!!!"

그사이 이각이 지난 것일까.

새로운 소식이 들어온 것이다.

모용연의 외침에 네 사람은 곧장 벌떡 일어나서 급히 움직였다.

언제든 진격할 수 있게 준비가 되어 있다고 하지만, 대병력이 움직이는 데는 시간이 걸리게 마련이다.

잠시도 지체할 수 없었다.

"즉각 전국 황도를 향해 출진하도록!"

교하운과 모용백이 동시에 외쳤다.

북궁휘용의 탐식 때문인가.

홍원의 기운이 점점 작아지는가 싶더니, 결국 북궁휘용의 기운에 완전히 둘러싸였다.

혈강과 묵강의 구체가 홍원을 완전히 감싼 듯한 양상이었다.

북궁휘용의 얼굴에 득의의 미소가 걸렸다.

드디어 앓던 이를 뺄 순간이 왔다는 생각이 든 것이다.

"크흐흐, 결국 그 정도였던 거다. 역천을 하게 만든 괴물도 이 정도였어."

북궁휘용이 괴소를 흘렸다.

그런 의미를 알 수 없는 말에 사람들은 신경 쓰지 않았지만 단 한 명, 우문기영은 깜짝 놀랐다.

어찌 북궁휘용이 역천을 입에 담는단 말인가.

'설마…….'

역천의 대법에 대하여 알려는 주었지만, 북궁휘용은 그것을 펼쳐진 적이 있다는 것을 몰라야 정상이다.

그런데 역천을 했다고 말을 하다니.

'문주, 이미 알고 있었단 말이오?'

우문기영은 멍한 얼굴로 북궁휘용을 바라보았다. 이제야 몇 가지 의문이 해결되었다.

과거와는 달랐던 북궁휘용의 행동.

우문기영은 그것이 과거와 달라졌기 때문이라 여겼건만, 아니었다. 북궁휘용 또한 과거를 알고 있었다.

어찌해서 그런지는 알 수 없지만.

모든 것이 마지막 순간 괴물이 던진 도 때문이라는 생각이 들었다.

북궁휘용과 역천의 진법을 살폈을 때, 손상된 부분이 있지 않았던가.

"역천이라, 역천이라."

그때 홍원이 담담하게 입을 열었다.

"하늘을 거스르기는 했지. 세상의 이치를 거스르고. 그래서 너와 나는 뒤틀림이 되었다."

홍원의 말이 이어질수록 점점 더 홍원의 기운이 커졌다.

언제 탐식에 내공을 빼앗겼냐는 듯 계속해서 기운이 커지고 있었다.

"고작 이 정도더냐?"

어느새 전세는 역전되어 있었다. 북궁휘용이 홍원의 기운에 완전히 둘러싸인 것이다.

우문기영은 깜짝 놀랐다.

저게 어찌 된 조화란 말이던가.

"네, 네놈……."

북궁휘용은 당황했다. 지금도 계속해서 탐식을 하고 있건만, 홍원의 기운은 오히려 더 커지고 있었다.

"이, 이익……."

북궁휘용은 자신의 기운을 폭발적으로 터뜨렸다.

아홉 용의 내단을 모두 흡수한 후 단 한 번도 다해본 적이 없던 전력이다.

북궁휘용의 몸에서 아홉의 빛이 찬란히 터져 나왔다.

기운이 소용돌이치며 모여들었다. 홍원의 기운을 거칠게 쳐내며 혈강과 묵강이 모여들었다.

북궁휘용의 눈빛이 변했다.

붉게 변한 눈과 검게 변한 눈.

좌우의 눈이 다른 색으로 요사스레 빛나는데 느낌이 섬뜩했다.

"가랏!"

혈강과 묵강이 뭉치더니 이윽고 용의 형상을 띠었다.

하늘에 혈룡과 묵룡이 나타나 꿈틀거리며 움직였다.

"아아아아……."

천선문도들은 그 환상과도 같은 모습에 넋이 나가 하늘을 올려다보았다.

'천선 살룡이라.'

홍원은 이미 한 번 겪은 적이 있던 기의 흐름이었다.

지금까지 계속해서 천선 살룡을 사용해 싸웠던 북궁휘용이었다.

그중 저 기운의 응집은 지난번 싸움에서 마지막 일격으로 사용했던 공격의 변형이었다.

아니, 더욱 발전된 형태였다.

살룡멸천강.

천선 살룡 최강의 초식이 지금 그 기운을 떨치며 홍원을 집어삼킬 준비를 하고 있었다.

이윽고 두 마리의 용은 서로의 몸을 휘감으며 홍원을 향해 입을 쩍 벌리고 달려들었다.

홍원은 자신을 향해 날아오는 살룡멸천강을 향해 검과 도를 휘둘렀다.

무유와 천선.

두 오의가 단순한 동작에 펼쳐진 것이다.

붉고 하얀빛이 용을 갈랐다.

허무했다.

그 두 개의 빛은 그대로 용을 두 쪽을 냈고, 강기로 이루어진 용은 아무런 반항도 못 한 채 그대로 스러져 사라졌다.

기의 폭발이나 후폭풍 따위는 없었다.

그저 처음부터 아무것도 없었다는 듯, 그렇게 사라졌다.

작은 산들바람조차 없었다.

"뭐… 뭐… 뭐냐……."

그 광경에 북궁휘용이 부들부들 떨었다.

"뭐냔 말이다!!!"

광기에 찬 외침과 함께 북궁휘용이 양 주먹을 마구 휘둘렀다.

한 번 휘두를 때마다 한 마리의 용이 나타나 홍원을 향해 날아갔다.

그럴 때마다 아홉 곳의 광채가 조금씩 흐려지고 있었다.

홍원은 여전히 무심하게 검과 도를 휘둘렀다.

십수 마리의 용을 베어 넘겼다 싶을 때.

북궁휘용의 주먹은 허공을 헛되이 가르기 시작했다. 더 이상

용이 나타나지도 않았고, 아홉 곳의 광채는 완전히 죽어버렸다.

용의 내단의 기운을 모두 토해낸 것이다.

“이게 전부인 모양이군.”

홍원이 싱긋 웃었다.

그리고 가볍게 검을 휘두르는 순간 북궁휘용의 한쪽 팔이 잘려 나갔다.

순식간에 북궁휘용 앞에 나타난 홍원의 무릎이 그대로 북궁휘용의 복부를 찍어 올렸다.

“크헉.”

신음 소리가 흘러나왔다 싶은 순간, 홍원은 팔꿈치로 그대로 북궁휘용의 등을 찍어 후려쳤다.

쾅!

바닥에 처박히는 소리가 요란하게 울렸다.

천선문의 사람들은 마른침을 삼키며 그 모습을 지켜만 보았다.

저런 괴물 같은 적이라니.

북궁휘용이 보여준 신위만 해도 천상천하유아독존이라 여겼건만, 저리도 허무하게 쓰러지다니.

아무도 움직이지 못했다.

북궁휘용은 잘린 팔에서 피를 흘리며 바닥에서 꿈틀거리고 있을 뿐이다. 그의 광기 어린 모습에 비하면 너무나 초라한 행태였다.

잠시 북궁휘용을 쳐다보던 홍원의 시선이 움직였다.

"크윽."

홍원과 눈이 마주친 세 사람이 신음을 흘렸다. 이윽고 홍원의 기운에 구속되어 본인들의 의지와는 아무 상관 없이 천천히 홍원 앞에 나타났다.

"거도, 신뇌, 우문기영."

홍원이 낮게 세 사람의 이름을 불렀다.

"크, 크윽……."

"이, 이게 무슨 짓이냐?"

신뇌가 신음을 흘리고 우문기영이 애써 입을 움직였다.

"장무양이라는 분을 아는가?"

홍원의 목소리는 섬뜩했다.

장무양이라는 이름에 세 사람은 흠칫했다. 잊을 수 없는 이름이었다.

거도와 신뇌가 폐인 지경이 되어 겨우 북면을 탈출하게 만든 사냥꾼이었으니. 물론 자신들의 공격에 곧 죽었다는 것도 알고 있었다.

그리고 눈앞의 괴물과도 관련이 있는 이름이었다.

거도와 신뇌가 표국 일로 읍성에 머물면서 홍원과 그의 관계를 알게 되지 않았던가.

홍원의 시선이 우문기영에게 고정되었다.

"궁금했을 테지. 내가 왜 피에 미쳐, 광기에 취해 날뛰면서 천선문을 박살을 냈는지."

홍원의 말에 거도와 신뇌는 알 수 없다는 얼굴을 했다.

지금 홍원의 모습은 광기에 취하지도, 피에 미치지도 않았기 때문이다.

멀리 떨어져 있는 사람들은 그들 사이에 무슨 대화가 오가는지 알 수 없었다. 아니, 넋이 나간 채로 아무것도 못 하고 있었다.

그러나 우문기영은 온몸을 부르르 떨었다.

그만은 홍원이 말하는 의미를 알고 있었다.

'저놈은 과거를 기억하고 있다…….'

이제야 나머지 조각이 맞아 들어갔다. 북해를 아무리 뒤져도 찾을 수 없었던 괴물.

당연했다.

저놈도 자신처럼 모든 기억을 가지고 있었던 것이다.

"난 그게 모두 꿈인 줄 알았다. 하지만 현실이었지. 내가 왜 그리 미쳤는지… 장무양, 그분이 나의 선친임을 네놈들이 알기나 할까."

그 말에 세 사람의 몸이 뻣뻣하게 굳었다.

"아, 알고 있었겠군. 읍성에 다시 찾아와서 우리 집을 기웃거렸으니까."

섬뜩한 미소가 홍원의 입에 걸렸다.

그리고 홍원의 손이 움직인다 싶은 순간, 거도와 신뇌의 목이 땅에 떨어졌다.

우문기영은 그저 겁에 질려 부들부들 떨 뿐이었다.

"고작 천선문이 얼마나 대단하다고 그랬나? 순리까지 거스르고 말이야. 결국 이렇게 스러질 것을."

홍원의 물음에 우문기영은 아무런 답도 못 했다.

그렇게 거도와 신뇌를 죽이고 우문기영을 추궁할 때.

북궁휘용은 꿈틀거리며 움직이더니, 천천히 역천의 진법을 향해 걸어갔다.

홍원은 그런 그의 움직임을 모두 알고 있었으나 어디까지 발악을 하려는가 보려는 심사로 내버려 두었다.

모든 것이 무너진 후의 절망을 맛보게 하고 싶었다.

고작 이들의 사정 때문에 자신의 아버지가 돌아가시고, 가족들이 그 모진 고생을 했다.

단하와 흑운을 도갑과 검집에 꽂은 홍원의 손이 우문기영의 목줄을 움켜쥐었다.

결국 원흉은 이놈이다.

"그때 내가 던진 도를 간절한 눈으로 보는 네놈의 얼굴이 또렷이 기억나. 그 간절함은 결국 이루어지지 않았어. 그저 몇 년 늦춰졌을 뿐."

"커, 커헉."

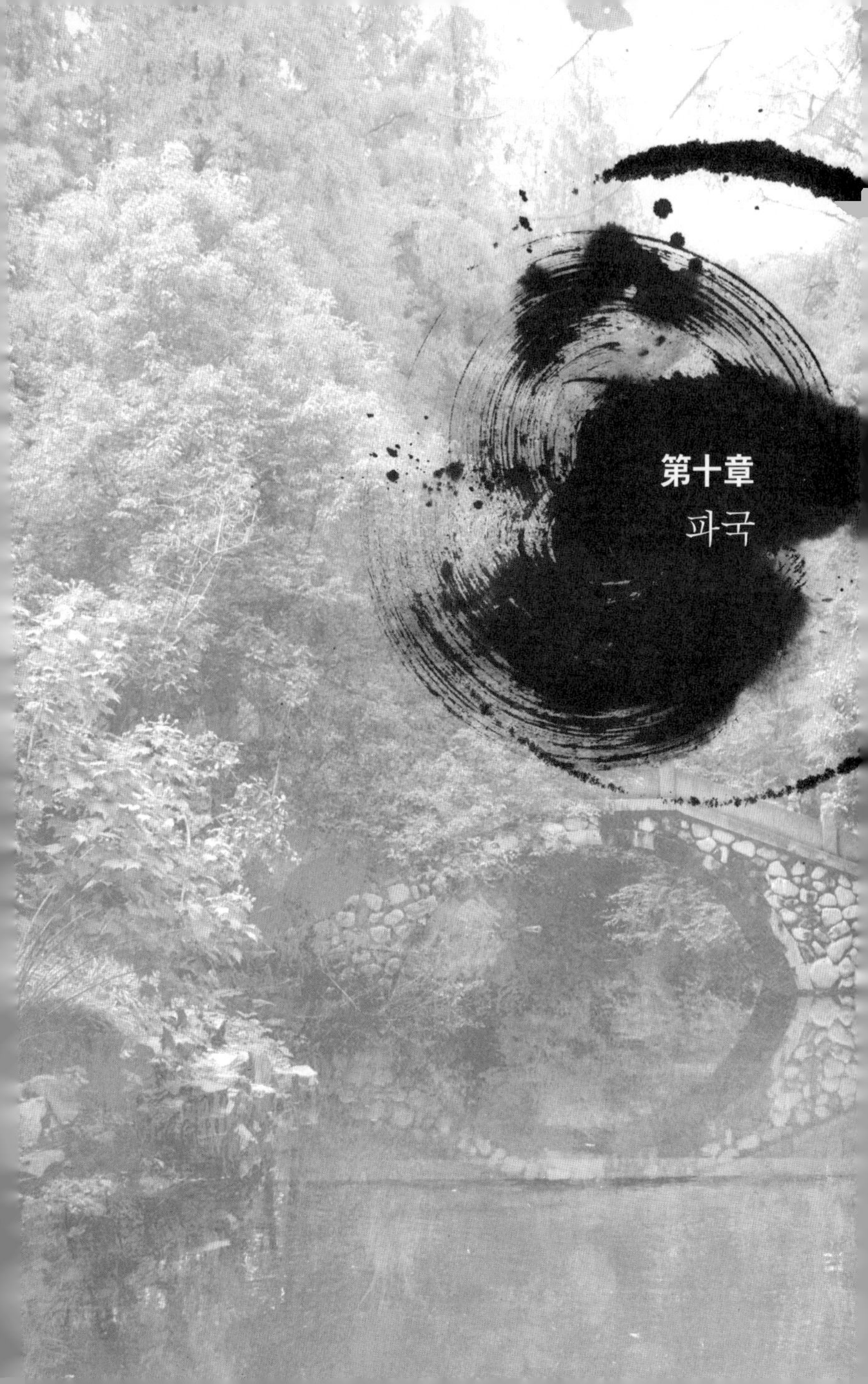

第十章
파국

믿을 수 없는 광경에 천선문의 무사들은 엉거주춤 뒤로 물러났다.

저런 괴물을 어찌 상대한단 말인가.

그들은 이미 북궁휘용이 마황성의 무사들을 어떻게 도륙했는지 모두 보았다.

북궁휘용이 했던 것을 저 괴물이 못 할 리가 없었다.

자신들이 마황성의 무사들처럼 그렇게 죽음을 맞을 것이라 생각하니 끔찍한 공포가 스멀스멀 기어 올라왔다.

그런 공포는 서서히, 아니, 곧 급속도로 전염되어 가나 싶더니 사람들이 뒤로 물러나게 만들었다.

이내 움직임이 빨라졌고, 곧 군중심리에 휩싸여 몸을 돌려 달아나기 시작했다.

"아아아아아!"

비명을 지르며 치달리기 시작했다.

죽음의 공포가, 삶에의 욕망이 그들을 달리게 만들었다.

홍원은 그들의 움직임에 아랑곳 하지 않았다. 여전히 우문기영의 목줄을 쥐고 있을 뿐이다.

"크으으."

북궁휘용이 비틀비틀 걸었다. 언제 몸을 일으킨 것일까. 그는 필사적이었다.

역천의 진법 한가운데에 들어선 그는 남은 팔로 기관을 작동시켰다.

쿠쿠쿠쿠쿵.

요란한 기관음과 함께 기둥이 솟아올라 진의 형태가 완성되었다.

이제 북궁휘용의 피를 흩뿌릴 차례다. 홍원이 자른 팔에서 지속적으로 피가 흘러나온 덕에 굳이 애써 피를 낼 필요가 없었다.

하나 북궁휘용의 피를 머금은 진법은 은은한 빛을 발할 뿐, 작동하지 않았다.

기운이 모자란 탓이다.

"크크크크, 이래서 기운을 모두 채워놓고 싶었던 것이거늘."

괴소를 흘리던 북궁휘용은 남은 손을 진의 바닥에 붙였다.

곧 그의 몸에서 광채가 터져 나왔다. 이미 그 힘을 다했을 것이 분명한 아홉 개의 내단이 은은한 빛을 발했다.
서서히 역천의 대진에 기운이 채워지기 시작했다.
퍽.
퍽.
퍼퍽.
기운이 차오를 때마다 내단이 하나씩 터졌다. 그 자리에서는 피가 줄줄 흘렀다.
잘린 팔에 박혀 있던 하나의 내단을 제외하고 여덟 개의 내단이 모두 박살이 났다.
그리고 진의 기운은 구 할 구 푼이 채워진 상태였다.
"조금만, 조금만 더 채우면 된다, 크흐흐흐."
북궁휘용의 몸이 조금씩 말라갔다. 모자란 기운을 선천지기에서 끌어오기 시작한 것이다.
"어차피 역천이 이루어지면 모두 처음부터다. 기대해라. 네놈을 알았으니, 가장 먼저 네놈을 죽여주마! 크하하하하!"
북궁휘용의 반지가 은은한 빛을 발하기 시작했다.
선천진기마저 탐욕스레 흡수한 역천의 진법이 발동하려 하는 것이다.
'저것이로군.'
진이 발동을 시작하며 천선의 기운이 어지러이 얽히는 것을 모두 확인한 홍원은 완전히 그 원리를 알 수 있었다.
북궁휘용이 기억을 가지고 있던 마지막 조각.
그것을 그의 손가락에서 발견한 것이다.

순식간에 홍원이 북궁휘용의 앞에 나타났다. 그러고는 손가락을 으스러뜨렸다.

반지 역시 가루가 되었음은 당연한 일이다.

"으, 으아아악."

북궁휘용이 한쪽 무릎을 꿇었다.

"비, 빌어먹을……."

홍원이 가만히 있었기에 마지막 발악과도 같이 역천의 술법을 발동하려 했다.

그러나 역시 놈은 자신을 조롱하고 있었다.

결정적인 순간에 훼방이라니.

그러나 반지는 사라졌지만 진은 여전히 움직이고 있었다.

"꺼, 꺼져라!"

어디서 그런 기운이 솟았을까. 북궁휘용은 한쪽 무릎을 꿇은 채 몸통 박치기로 홍원을 밀쳤다.

가소롭다는 듯 피식 웃은 홍원이 뒤로 물러나 진 밖으로 나갔다.

그리고 왼손을 허공에 들었다.

홍원의 오른손에 목줄을 움켜잡힌 우문기영은 온몸을 부들거리며 그 광경을 모두 보고 있었다.

홍원이 가볍게 손을 내리 긋자, 허공에 거대한 빛의 구슬이 나타났다.

광옥.

순식간에 형체를 드러낸 광옥은 그대로 역천의 진에 부딪혔다.

"으… 으아아아악!"

북궁휘용의 비명이 요란하게 울림과 동시에 역천의 진은 광옥에 먹혀 한 줌 먼지로 스러졌다.

세차게 요동치던 역천의 기운도 그대로 사라졌다.

그 자리에는 폐허만이 남아 있었다.

"저따위 것은 없어져야지."

우문기영은 이제 아무런 기력도 없었다. 모든 것이 끝났다.

북궁휘용도 죽었고, 역천의 진법도 사라졌다.

그 어떠한 것으로도 이제 되돌릴 수가 없었다.

홍원이 천천히 허공을 밟고 올라섰다. 아래를 내려다보니 천선문이 여전히 그 위용을 드러내고 있었다.

"이제 진짜 마지막이다. 천선문은 지울 거다."

홍원은 그리 말하며 우문기영의 목줄을 놓았다. 힘없이 아래로 떨어져 내리는 우문기영을 보며 홍원은 다시금 오른손을 휘둘렀다.

아까보다 더욱 커다란 광옥이었다.

이미 천선문의 사람들이 대부분 도주한 것을 확인한 터다.

이제 이곳만 지우면 된다.

거대한 광옥은 떨어져 내리는 우문기영을 집어삼키며 그대로 천선문을 소멸시켰다.

작은 바람에 흙먼지만 날렸다.

홍원은 가만히 그 모습을 내려다보다가 천천히 허공에서 걸음을 옮겼다.

아무것도 없었다.

경천회와 사혈궁의 연합이 황도로 들이닥친 것은 그로부터 한 시진 후였다.

그들은 눈앞에 펼쳐진 광경에 할 말을 잊었다.

마지막까지 지켜보다가, 사람들이 공포에 질려 도망칠 때 함께 물러난 세작의 말에 모용백과 교하운은 할 말을 잊었다.

그 역시 멀리서 지켜보았기에, 홍원이 북궁휘용과 우문기영과 나눈 대화는 알지 못했다.

다만 그 어마어마한 신위에 대해 쉬지 않고 이야기했다.

아무리 멀리 떨어져 있어도 볼 수 있는 광경이었으니까.

두 번째 나타난 그 어마어마한 빛의 구슬은 모용백과 교하운도 보았다.

"인간이긴 한 걸까요?"

교하운이 모용백에게 물었다. 모용백은 그저 고개를 저을 뿐이다.

"이제 우리가 할 일만 남았습니다. 어서 정리해야지요."

모용백의 말에 교하운이 고개를 끄덕였다.

필사의 각오로 달려왔건만, 이들이 할 일은 홍원이 행한 믿을 수 없는 업적의 뒤처리였다.

천하가 혼란스러웠다.

황제가 사라졌고, 황궁이 사라졌다.

다섯으로 나뉘어져 있던 영역이 두 개로 정리되었다.

대륙 동부의 경천회와 서부의 사혈궁.

관과 무림이 하나가 되어버린 것이다. 황제가 임명했던 관료들에 대한 검증이 이루어졌고, 특별히 문제가 없는 이들은 그대로 자리를 보존했다.

사혈궁과 경천회는 정신이 없었다.

각기 맡은 영역의 안정화만 하더라도 해야 할 일이 어마어마했던 것이다.

이런 혼란한 와중에 읍성의 성주 관해욱은 자리를 보존했다.

홍원이 시끄러운 것을 싫어할 것이라는 교하운과 모용백의 배려였다.

대륙의 영역은 결국 세 곳으로 자리를 잡았다.

경천회와 사혈궁, 그리고 읍성.

읍성은 홍원의 존재 덕에 절대 금지가 되었다. 관해욱이 성주로 행정 업무를 담당하고 있었지만, 경천회와 사혈궁에서 각기 사람을 보내 감찰을 하고 있었다.

그들 중 누구도 읍성에 욕심내지 않았다.

그저 읍성의 신인이 조용히 지내는 데 물심양면으로 도울 생각만 했다.

그렇게 혼란이 정리되는 와중에 홍원의 이름은 알려지지 않았다.

그저 천선문의 생존자에 의해, 신과 같은 무인이 북궁휘용을 쓰러뜨리고, 천선문을 세상에서 지웠다는 이야기를 전할 뿐이다.

읍성으로 돌아온 홍원은 조용한 일상을 보냈다.
이전과 같았다.
천하는 혼란스러웠으나 읍성만은 그런 혼란에서 비켜 가 있었다.
그리고 홍원은 혼례를 올렸다.
신부는 두 사람이었다.
단리유화와 곡비연.
미묘한 감정의 끝이 결국 이렇게 싹을 틔운 것이다.
어머니가 몹시 기뻐하셨다. 홍산과 홍해도 기뻐했음은 당연한 일이다.
오직 한 명.
진구만이 쓰린 속과 친구를 향한 축하가 혼재된 감정을 느끼며 술잔을 들이켰을 뿐이다.
홍원의 결혼에 사혈궁과 경천회에서도 축하 사절을 보냈다.
화려한 것을 싫어할 홍원이기에 몇몇 사람만 은밀히 찾았다.
교하운은 환하게 웃는 얼굴로 비영의 음식을 맛보았고, 모용연은 묘한 표정으로 신랑과 신부를 바라보았다.
무언가 아쉬움이 남는 듯한 얼굴이었으나 그 기색을 알아챈 이는 없었다.
모용백만이 묘한 느낌을 받았을 뿐이다.
결혼식에 이어진 잔치가 끝이 나고 읍성은 다시 조용한 일상으로 돌아갔다.

홍원은 중심으로 향했다.

길은 정해진 시간에만 열렸기에 홍원은 가만히 기다렸다.

시간이 되어 길이 열리고 안으로 들어서니 무명이 기다리고 있었다.

"어땠나?"

"뒤틀림을 바로잡은 것이 맞는지 모르겠군요."

홍원의 답에 무명은 그저 고개를 끄덕였다.

"자네가 있으니까."

그랬다.

가장 큰 뒤틀림은 이제 홍원이었다.

천선의 완성에 들었기에 그 뒤틀림을 극복했다고는 하지만, 세상에 이질적인 존재인 것만은 분명했다.

"유혹은 없던가?"

무명이 물었다.

역천의 진법에 대한 이야기이리라.

천선의 완성자에 든 홍원이라면 얼마든지 그 진법을 재현할 수 있었다.

홍원이 어이해 심마에 들었는지 짐작하는 무명으로서는 물을 수밖에 없었다.

과거의 과오를 되돌릴 수 있는 힘이었으니까.

"뒤틀림이 커질수록 반작용만 커질 뿐입니다. 순리는 순리대로 둬야지요."

홍원은 담담히 대답했다.

"등선할 생각은 없고?"

무명의 물음에 홍원이 빙긋 웃었다.

"그러기에는 이 세상에 소중한 것이 너무 많습니다."

그 대답에 무명이 마주 웃었다.

"고마운 일이로군. 내가 이런저런 부탁할 일이 종종 있을 거야."

"저 때문입니까?"

홍원의 물음에 무명이 모호한 표정을 지었다.

"그렇다고 할 수도 있고, 아닐 수도 있지. 뒤틀림을 만든 것은 결국 그들이었고, 자네는 그에 의한 결과일 뿐이니까. 세상은 균형을 찾아가려 할 거야. 그 과정에 무슨 일이 있을지 모르겠지만."

"모르는 겁니까?"

"나야 흐름을 읽고 그에 맞춰 조율을 하는 자일 뿐일세."

의외라는 홍원의 물음에 무명은 담담히 말했다.

"아, 그리고 고마워."

"네?"

갑작스러운 인사에 홍원이 되물었다.

"그놈이 내 아이 중 하나를 집어삼켰거든. 도철이라는 탐식의 권능을 가졌던 아이지."

홍원은 그가 지칭하는 도철이 흉수 도철과는 다른 이라는 것을 알 수 있었다.

그리고 북궁휘용이 사용했던 탐식의 권능을 떠올렸다.

"그래서?"

홍원의 물음에 무명이 고개를 끄덕였다.

"그래서 놈이 그 권능을 사용한 겔 게야. 자식이지만 내가 복수를 할 수는 없었지. 균형의 조율에 맞지 않는 행동이었기에. 어쩌면 자네 때문에 그랬는지도 몰라."

무명이 무언가 홀가분한 얼굴로 말했다.

"이제 어이할 건가?"

"수련이나 하면서 유유자적 평범하게 살아야지요."

"수련? 아직도 더 할 것이 있는가?"

무명이 어이없다는 듯 물었다.

"이번에 역천의 진의 흐름을 보면서 무언가 느낀 것이 있습니다. 천선은 그 끝이 없는 공부더군요. 완성이란 결코 없을 것 같습니다."

홍원의 말에 무명이 고개를 절레절레 저었다.

"천선의 완성이란, 이제 모든 것을 이뤄 더없이 완벽하다는 뜻이 아니야. 이제 그 정도면 되었으니, 그쯤하고 멈추라는 의미이지."

의외의 말에 홍원이 눈을 동그랗게 떴다.

"하지만 말린다고 들을 자네도 아니니, 나도 궁금하군. 나조차도, 아니, 중심의 그 누구도 간 적이 없는 길이니. 자네가 가는 길을 구경하는 재미도 있겠어. 종종 찾아와."

"알겠습니다."

홍원은 허리를 꾸벅 숙이고는 중심을 떠났다.

읍성을 향해 가는 홍원의 발걸음은 가벼웠다.

평범.

그저 자연스레 흘러가는 대로 지내는 것이 평범이리라.

홍원은 이제 평범한 한 가장이 되어 가족들과 충실한 삶을 살리라 마음먹었다.

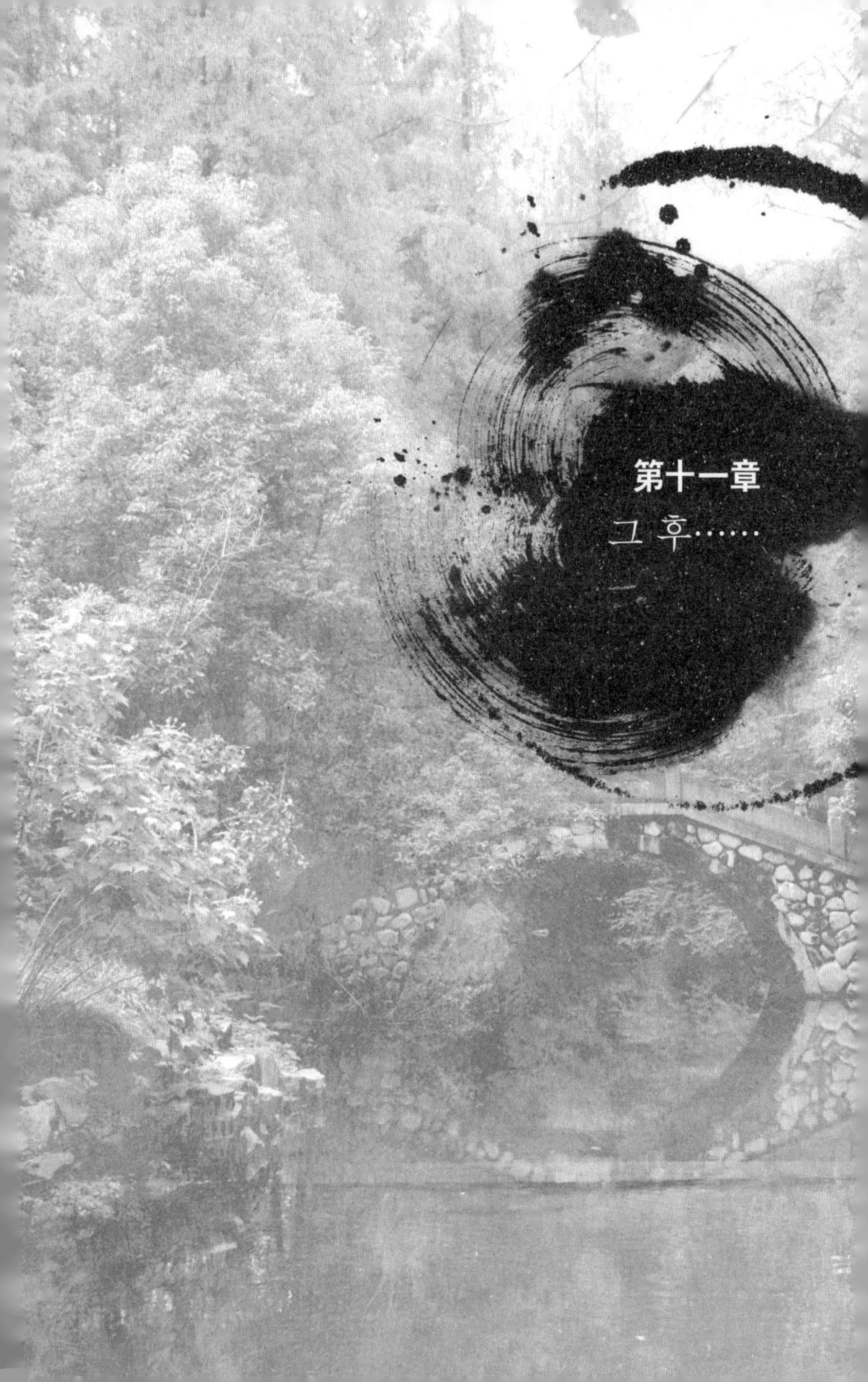

第十一章
그 후……

광평성이 떠들썩했다.

곳곳에 온갖 장식이 달려 있고, 여기저기서 폭죽이 터지는 소리가 들렸다.

사람들은 저마다 한껏 멋을 부리고는 즐거운 얼굴로 거리를 거닐었다.

육오는 이런 날이 좋았다.

자신의 수입이 절로 좋아지는 날이니 당연했다.

하오문 소속의 소매치기인 그에게 이렇게 들뜬 사람들이 거리를 가득 매우고 있으니, 전부 자신의 돈주머니로 보였다.

육오는 신중한 눈으로 사람들을 살피며 걸었다.

이렇게 많은 사람들이 있을 때, 상대의 돈주머니를 슬쩍하는 것은 아주 쉬운 일이지만, 한 길목에서 한 명 정도만 노려야 한다.

사람이 많다고 한 곳에서 너무 많은 수확을 올리면, 금세 눈치채는 사람이 생기게 마련이다.

그런 만큼 주머니가 두둑해 보이는 사람을 정확히 찍어서 순식간에 해치워야 했다.

육오는 매와 같은 눈을 빛내며 계속해서 사람들을 살폈다. 그리고 마침내 적당한 목표를 찾았다.

아주 아름다운 여인이었다.

이제 스물은 되었을까? 그 미모가 화사하게 피어나고 있었다.

절대로 예뻐서 목표로 삼은 것이 아니다.

그 여인은 양손이 묶여 있었다.

각기 남자아이와 여자아이와 손을 잡고 저자를 거닐고 있었던 것이다.

거기에 환상적인 몸매 선이 절로 침을 삼키게 만들었다.

"아, 이러면 안 되지. 집중. 집중."

육오는 작게 중얼거리며 머리를 흔들었다.

자연스럽게 사람들에게 밀려 어쩔 수 없이 다가가는 것처럼 그 여인 쪽으로 움직였다.

가까이 오니 향기마저 감미로웠다.

"어이쿠."

육오는 자연스럽게 여인의 손을 잡고 있는 사내아이와 부딪혔다.
"죄송합니다. 사람들이 너무 많아서 그만. 아이야, 괜찮니?"
육오는 몸을 바로 하고 아이를 일으켜 주며 허리를 숙였다.
여인의 신경이 온통 사내아이에게 집중되었다 싶은 순간.
슥삭.
자연스럽고도 빠른 손놀림이었다.
그리고 재빨리 그곳을 벗어났다.
몇 걸음이나 걸었을까?
육오는 걸음을 멈췄다.
분명 묵직한 감각이 있었는데 어느 순간 사라졌다. 그 사실을 깨닫는 순간, 등이 축축이 젖었다.
'좆 됐다.'
대륙의 동부를 지배하는 경천회의 성도인 광평성이다. 당연히 고수들이 많을 수밖에 없었다.
그것까지 감안해서 최대한 안전하고 돈 많은 목표를 잡았다고 생각했건만, 고수였다.
자신의 손에 들린 주머니를 순식간에 되가져갈 실력이라면.
육오는 최대한 걸음을 빨리 했다. 태연히, 자연스럽게 걷는 듯하면서도 도망치기 위한 빠른 걸음.
그만의 특기였다.
그렇게 열심히 움직였건만, 그는 어느새 네 명의 사내에게 둘러싸였다.

'씨발, 신분까지 높았나?'

그냥 봐도 호위무사였다. 자신이 채 기척을 느끼지도 못하는 사이에 이렇게 포위되다니.

오늘 일진이 더러워도 너무 더러웠다.

육오를 둘러싼 경천회 무사들의 얼굴이 사나웠다. 이 하찮은 소매치기 놈의 더러운 손이 감히 그분의 품에 들어갔다 나왔다.

어찌 그런 희롱이.

네 사람은 아무 말 없이 자신들이 원하는 곳으로 육오를 몰고 갔다.

멀찍이서 소매치기를 당할 뻔했던 여인이 그 모습을 물끄러미 보고 있었다.

"고모! 왜 그래??"

왼쪽의 여아의 물음에 여인, 홍해는 고개를 저으며 말했다.

"아무것도 아니야. 저쪽으로 가보자고 했었지?"

"응."

홍해의 말에, 여아 현주는 밝게 웃으며 답했다.

조금 전 남자가 현우에게 부딪혔을 때는 우연인가 싶었다. 그만큼 사람이 많았으니까. 그런데 자신의 품을 훑고 지나가는 손에 소매치기임을 알았고, 무유의 묘리로 돈주머니는 되찾았다.

단지 놈의 손이 자신의 품을 스쳤다는 것이 문제였다.

자근자근 밟고 싶었지만, 아이들이 함께 있었다. 그래서 참았다.

'뭐, 호위무사들이 가만히 두지 않을 테고.'

광평성에 도착한 지 보름이 지났다. 그날부터 경천회에서 준비한 호위무사들이 항상 은밀히 따르고 있음을 알고 있었다.

그리고 그 젊은 호위무사들이 자신에게 홀딱 빠졌음도 잘 알고 있었다.

홍해는 자신의 미색을 너무나 잘 알고 있었다.

"에휴, 그러면 뭐 하나. 내 마음에 드는 사람이 없는걸."

작게 중얼거리는 소리를 현주가 들었다.

"고모 눈이 너무 높은 거야. 삼촌만큼만 낮춰. 그지, 오빠?"

어린 조카의 말에 홍해는 피식 웃었다.

"그래그래. 삼촌은 눈을 낮춰서 경천회의 금지옥엽에게 장가가는구나."

그랬다.

광평성 전체가 들뜬 축제 분위기에 휩싸인 이유였다.

이제 내일이면 경천회주 모용백의 둘째 딸, 모용혜와 검선 장홍원의 동생, 장홍산의 혼례식이 치러진다.

그 때문에 벌써 나흘째 광평성이 떠들썩했다.

대륙을 양분한 경천회주와 사혈궁주가 인정한 천하제일인 검선 장홍원.

그와 경천회가 혈연으로 맺어지는 것이다.

광평성의 사람들에게는 경사도 이런 경사가 없었다.

더군다나 첫째인 모용연이 아직 혼례를 올리지 않고 있기에, 이번이 첫 혼례라는 점에서 더욱 흥겨웠다.

홍해는 다시 조카들의 손을 잡고 움직였다.

조카들의 밝은 얼굴을 보니 금세 기분이 나아졌다.

옛일이 떠올랐다.

오라버니와 함께 광평성에 처음 왔을 때.

조그만 읍성에만 살다가 이 거대한 도시를 보고 얼마나 신기해했던가.

이 아이들도 그때의 자신과 마찬가지였다.

벌써 보름이 지났건만 매일같이 이렇게 자신의 손을 끌고 저자로 나오고 있었다.

혼례는 예정대로 성대하게 치러졌다.

신랑과 신부의 얼굴은 연신 싱글벙글했다.

홍원은 그런 동생의 얼굴을 흐뭇하게 바라보았다. 설마 인연이 이렇게 이어질 것이라고는 생각지도 못했다.

"장 대협, 감축드립니다."

혼례식이 끝나고 축제가 벌어졌을 때, 많은 이들이 홍원을 찾아 허리를 숙였다.

너무 많은 사람들이 모였기에 정신이 없었다.

단리유화와 곡비연은 각기 아들과 딸을 돌보느라 정신이 없었다.

호기심이 가득한 두 아이도 연신 이곳저곳을 다니느라 정신이 없었다.

홍해는 어머니의 곁에 조용히 앉아 있었다. 그 와중에 여기저기로 눈을 굴리는 모습에 홍원은 피식 웃었다.

홍산의 혼례 때문인가. 요즘 유독 멋진 남자를 만나고 싶다는 말을 종종했다.

어찌 저런 성격인 것인지.

어릴 적의 그 부끄럼 많던 모습이 문득 그리워졌다.

"네 볼일 보거라."

결국 홍원이 어머니 곁을 지키고 홍해를 자유롭게 해주었다.

홍해는 처음에는 쭈뼛거리는가 싶더니 조금씩 사람들 속으로 움직였다.

"좋구나. 정말로 좋아."

어머니는 홍원의 손을 잡으며 그렇게 말씀하셨다.

"앞으로도 더 좋을 겁니다."

홍원의 말에 어머니는 고개를 끄덕였다. 홍원이 사람들 틈바구니를 빠져나와 어머니 곁으로 온 것을 본 단리유화와 곡비연이 다가왔다.

"아빠!!"

두 아이가 냉큼 홍원의 품에 안겼다.

행복했다.

이것이 평범한 삶 아니겠는가.

모용백과 교하운은 멀찍이서 그 모습을 보며 담소를 나누고 있었다.

"회주님, 정말 축하드립니다. 하하하."

"허허, 궁주님. 고맙습니다."

두 사람의 얼굴은 밝았다. 그 와중에 교하운의 얼굴에는 부러움이 자리하고 있었다.

"이럴 줄 알았으면, 저도 딸을 둘 것을 그랬습니다."

"허허, 훌륭한 자제분들이 있지 않으십니까?"

모용백의 말에 교하운은 고개를 저었다.

"이공녀처럼 용을 잡을 만한 녀석은 없군요. 아쉽게도."

그 말에 모용백은 그저 웃었다.

그의 내심을 짐작한 것이다. 그도 자신처럼 홍원과 혈연으로 맺어지고 싶은 것이었다.

홍원의 남동생인 홍산은 자신의 딸과 결혼을 했으니, 이제 남은 것은 여동생인 홍해였다.

그러나 교하운은 자식 농사에는 실패하지 않았던가.

아들 중 하나는 홍원과 아주 호되게 엮이기도 했었다.

아쉬워도 어쩔 수 없는 일이다.

하후진은 수많은 사람들 사이에서 즐거운 시간을 보냈다.

사혈궁에서 경천회주 딸의 혼례식에 보낸 축하 사절의 일원으로 온 것이다.

임관을 한 지 이게 겨우 두 해째다.

그의 형이 사혈궁주의 오른팔인 하후필이라는 것과는 아무 상관 없이 그의 실력만으로 사절단에 합류했다.

사실 그는 형과는 재능이 달랐다. 머리가 뛰어난 형과는 달리 그는 무공에 소질이 있었으니.

하후진은 이런 혼례와 축제는 처음이었기에 아주 흠뻑 빠져들었다.

오늘은 비번이었기에 마음껏 즐겨도 상관없었다. 근무 일자가 운이 좋았다.

그럼에도 기본 숙지 사항은 단단히 상기하며 조심했다.

절대 경거망동하지 말며, 예의를 지킬 것. 시비가 붙어도 일을 키우지 말고 사과할 것.

사혈궁 사절단 전체에 내려온 명령이었다. 함께 온 궁의 장로들에게도 똑같이 적용되는 것이다.

이유는 간단했다.

검선 장홍원. 그의 가족들 때문이다.

사실 그의 가족들의 얼굴은 알려지지도 않았고, 알릴 수도 없었다.

그랬기에 그냥 모든 사람을 조심하라는 지령이 떨어진 것이다.

경천회와 사혈궁에서 홍원의 가족의 얼굴을 아는 이들은 극소수였다.

읍성에 파견 나가 있는 이들 정도일까.

그랬기에 홍에 취하되 결코 예는 잊지 않았다.
하지만 아주 잠깐 한눈을 판 사이, 한 여인과 부딪히고 말았다.
"앗."
여인도 다른 곳을 두리번거리며 걷고 있었다. 서로 다른 데 정신이 팔린 것이다.
"죄, 죄송합니다, 소저. 괜찮으십니까?"
하후진은 어쩔 줄을 몰랐다. 조심한다고 했건만.
바닥에 쓰러졌던 여인은 새초롬한 얼굴로 손을 내밀었다.
"일단 부축 먼저 해주시면 어떨까요?"
여인의 말에 하후진은 황급히 여인을 일으켜 주었다.
"정, 정말 죄송합니다."
하후진은 연신 허리를 숙였다.
그는 어쩔 줄을 몰랐다. 태어나서 이렇게 아름다운 여인은 본 적이 없었다. 그런 여인을 밀쳐서 쓰러뜨렸으니 어쩐단 말인가.
그의 머리는 복잡하기 그지없었다.
차라리 검을 든 적을 상대하는 것이 훨씬 쉬울 것 같았다.
"아얏."
그때 여인의 입에서 다시 한 번 소리가 흘러나왔다. 발목을 접질린 듯했다.
"이, 이런. 괜찮으십니까? 정말 죄송합니다."
그 모습에 하후진은 더욱 당황했다.

"저, 일단은 앉을 수 있는 곳까지 부축 좀 부탁드려도 될까요?"

여인의 말에 하후진은 엉거주춤 어색한 모습으로 부축해서 걸음을 옮겼다.

그의 얼굴은 시뻘겋게 물들어 있었다.

시선은 어디로 둬야 할지 모르는 듯했다.

멀리서 홍원이 그 모습을 지켜보고 있었다. 마침 주위를 둘러보던 여인과 눈이 마주쳤다.

여인, 홍해는 오빠와 눈이 마주치자 혀를 살짝 빼물었다.

그러고는 언제 그랬냐는 듯 새침한 얼굴로 돌아갔다.

"허허, 이번에는 그 친구냐? 부디 괜찮은 친구였으면 좋겠군."

홍원은 피식 웃었다.

저러는 동생이 과연 어떤 남자를 데리고 올까. 기대도 되고 걱정도 되었다.

모든 것이 좋았다.

만족감이 고양감이 되어 온몸에 차올랐다.

그때 홍원의 눈에 두 사내가 들어왔다.

흑발의 차가운 인상의 미남자와 녹색 두건을 쓴 편안한 인상의 남자였다.

"잠시 다녀오겠습니다."

홍원이 사람들을 헤치고 그 둘을 향해 다가갔다.

"여기까지는 무슨 일이지? 묵애, 산록."

그 둘은 묵애와 산록이었다.

홍원에게 꼬리를 잘렸던 묵룡과 팔을 잘렸던 영수.

그 둘이 인간의 모습으로 나타난 것이다. 산록이 중심에 든 것은 홍원으로서도 의외의 일이었다.

헌우린의 말로는 그때 홍원에게 팔이 잘린 것이 전화위복이 되어 중심과 연이 닿았다고만 했다.

어쨌든 그 이후로 묵애와 산록은 중심의 전령으로 홍원을 찾아왔다. 무명은 중심을 벗어나는 데 제약이 많았기 때문이다.

"축하한다. 그 꼬마가 장가를 다 가는군."

홍산이 두하족의 마을에 들러 공방 일을 배울 때, 가끔 중심에서 두하족의 마을에 들렀던 묵애였다.

물론 인간의 모습을 하고서였다.

"고작 그 일로?"

홍원의 물음에 산록이 답했다.

"궁기가 깨어났다."

그 말에 홍원의 눈썹이 꿈틀했다. 하필이면 이 경사스러운 때, 사흉수 중 한 놈이 봉인에서 풀려났단 말인가.

"후우, 어디야?"

"남면에 봉인되었던 녀석인데… 봉인이 깨지면서 순식간에 달아났어. 거기에 인간에게 빙의까지 했지."

"흉수가 원래 빙의가 특기인가?"

도철을 떠올리며 물었다. 그 말에 묵애가 고개를 저었다.

"전해 오는 말에 따르면 그러지 않았지. 아마도……."

그러면서 묘한 눈으로 홍원을 바라보았다.

"후우."

홍원은 다시 한 번 한숨을 내쉬었다.

"산록, 찾을 수 있겠어?"

홍원의 물음에 산록을 고개를 끄덕였다.

"그러려고 산을 내려온 거니까."

산록의 대답에 셋은 함께 움직였다. 아무래도 이곳에서 궁기를 찾을 수는 없었다.

광평성 인근의 야산 봉우리에 올라 산록은 두건을 벗었다.

작은 뿔이 머리 위로 솟아나 있었다. 흡사 혹처럼 보이기도 했다.

산록이 인간형으로 변해도 저것만은 어찌할 수가 없어서 두건을 쓰고 다닌 것이었다.

산록은 두 눈을 감고 기감을 퍼뜨렸다.

"찾았다."

인간에 빙의까지 한 흉수라면, 홍원보다는 산록의 탐색 능력이 훨씬 뛰어났다.

산록의 말과 함께 셋은 다시 움직였다.

그렇게 도착한 곳은 태장산의 깊은 기슭이었다.

"이곳은?"

홍원이 고개를 갸웃거리며 걸음을 옮겼다. 거대한 바위가 박살이 난 채 동굴이 드러나 있었다.

홍원은 안으로 들어섰다.

"허."

그러고는 낮은 숨을 흘렸다.

미처 생각지도 못한 곳이었다.

천선문의 조사동이었던 것이다.

길을 따라 들어가니 낯익은 사내 한 명이 위패들의 가운데서 있었다.

"암투라고 했던가?"

그랬다.

북궁휘용의 수족이었던 암투와 패검 중 암투였다.

그 결전의 날, 암투는 구사일생으로 목숨을 건졌다.

그리고 조용히 숨어서 지내던 차에 예기치 못한 궁기의 빙의로 인해 이곳에 나타난 것이다.

"이 몸의 주인을 알고 있나, 인간? 이곳을 너무도 간절히 원하기에 와봤더니 아무것도 없군."

암투의 입에서 사이한 목소리가 흘러나왔다.

"후우, 궁기."

"응? 나를 아는 건가, 인간?"

자신의 이름이 불리자 궁기는 흥미를 보였다.

"조용히 봉인되어 있을 것이지, 왜 이렇게 뛰쳐나온 거냐. 귀찮게."

홍원의 기세가 사방을 지배하기 시작했다.

"뭐, 뭐냐?"

홍원에게서 흘러나오는 영기를 느끼고 궁기는 당황했다.
"어서 본체로 돌아가. 한 번에 끝내게."
그 말과 함께 홍원은 궁기를 향해 달려들었다.

『홍원』 완결

작가의 말

이렇게 제 다섯 번째 글이 완결이 되었습니다.

완결이 될 때면 늘 아쉽고 모자란 부분만 보입니다.

홍원은 특히 더 그러네요.

2012년 9월 20일에 문피아에서 연재를 시작했던 글입니다.

출판사와 계약까지 되어 있었는데, 개인적인 사정으로 4년이란 시간 동안 글을 놓고 있었습니다.

첫 글을 시작하고 완결까지 5년 6개월이라는 시간이 걸렸네요.

그래도 늦게나마 이렇게 마무리를 지을 수 있어서 얼마나 다행인지 모릅니다.

홍원을 봐주신 모든 독자님들께 감사의 인사를 전합니다.

다음에 더 재미있는 글로 다시 찾아뵙겠습니다.

감사합니다.